Jürgen Seibold
Unsanft entschlafen

Jürgen Seibold

Unsanft entschlafen

Ein Gäu-Krimi

Silberburg-Verlag

Jürgen Seibold, 1960 geboren und mit Frau und Kindern im Rems-Murr-Kreis zu Hause, ist gelernter Journalist, arbeitet als Buchautor, Musik- und Filmkritiker und betreibt eine Firma für Internet-Dienstleistungen.

Sie wollen mehr wissen über Gottfried Froelich? Kein Problem: Das für diesen Krimi erfundene Bestattungsinstitut ist online ... www.institut-froelich.de

1. Auflage 2009

© 2009 by Silberburg-Verlag GmbH,
Schönbuchstraße 48, D-72074 Tübingen.
Alle Rechte vorbehalten.
Lektorat: Michael Raffel, Tübingen.
Umschlaggestaltung: Wager ! Kommunikation, Altenriet.
Druck: CPI books, Leck.
Printed in Germany.

ISBN 978-3-87407-829-0

Besuchen Sie uns im Internet
und entdecken Sie die Vielfalt unseres Verlagsprogramms:
www.silberburg.de

Donnerstag

»Herr Froelich?«

Die Frauenstimme drang mit etwas ängstlichem Unterton in den großen Raum, brach sich in den Ecken und hallte von den großflächigen glatten Wänden wider.

»Herr Froelich?«, fragte Patricia Möller noch einmal vorsichtig, dann stellte sie den Putzeimer auf dem blank polierten Boden ab und zog ihre Gummihandschuhe glatt. Immer wieder schaute sie sich nach allen Richtungen um, doch sie sah nichts als Särge. In verschiedenen Größen, Farben und Ausführungen zwar, aber doch Särge. Langsam ging sie weiter in den Raum hinein.

Kurz schielte sie in die beiden Holzbehälter direkt neben ihr: leer, zum Glück. Natürlich hatte hier noch nie ein Toter über Nacht aufgebahrt gelegen, dafür gab es den gekühlten Raum im Untergeschoss. Aber Gottfried Froelich, der mit achtunddreißig Jahren noch recht junge Eigentümer des Bestattungsinstituts, hatte sich einige skurrile Eigenheiten angewöhnt – und nicht selten hatte sich Patricia Möller fast zu Tode erschreckt, weil er plötzlich wie aus dem Nichts aufgetaucht war.

Heute schien es dagegen ein ruhiger Dienstagabend zu werden: Die Tür zu Froelichs Büro war geschlossen, sie war offenbar allein. Seufzend tauchte sie den Wischmopp ins Putzwasser, wrang die Stoffstreifen wieder halb aus und wischte damit auf dem Boden hin und her.

Sie kam schnell voran, denn sie hatte sich in den vergangenen Jahren als Putzfrau des Instituts Fürchtegott Froelich & Söhne am Friedhof von Weil der Stadt einige Übung erworben. Zügig und doch gründlich arbeitete sie sich von der einen zur anderen Ecke des großen Ausstellungsraums vor. Hinter der Ausgangstür stieß sie mit dem Stiel des Wischmopps gegen einen dort abgestellten, besonders ausladenden Eichensarg, dessen schräg aufgelegter Deckel den Blick ins Innere verwehrte. Gerade wollte sie dem Raum den Rücken kehren, da hörte sie Geräusche, die aus dem Sarg zu kommen schienen.

Sie erstarrte.

Holz knarrte leise, dann raschelte es wie Kleidung.

Patricia Möller zwang sich, ruhig zu bleiben. Ganz langsam stellte sie den Putzeimer ab und wandte sich dem Sarg zu, aus dem die Geräusche zu kommen schienen.

Ein Mann schien leise aufzustöhnen, und das Podium, auf dem der übergroße Sarg stand, ächzte ein wenig. Dann schien sich der Sargdeckel zu bewegen.

Als sich am Sargrand eine fleischige Hand nach oben schob und die Holzkante fest packte, entfuhr Patricia Möller ein gellender Schrei und im Handumdrehen war sie durch zwei Räume nach vorne geeilt, hatte ihre Jacke so heftig vom Garderobenständer gerissen, dass der umstürzte, und strebte panisch der Ausgangstür zu.

* * *

»Hallo, Gottfried!«

Jo Weller, der Wirt des »Chick'n'Egg«, musste nicht von seinem Geschirrtuch aufsehen, um seinen treuesten Stammgast zu erkennen. Gottfried Froelich hatte Gewicht genug für zwei und entsprechend deutlich war zu hören, wie er sich schwer atmend auf den Barhocker hievte, der vernehmlich unter ihm knarrte.

»Mmmh«, brummte Froelich. Weller machte ihm ein bereits halb gezapftes Pils fertig und schob das Glas vor ihn hin.

»Ärger?«

»Scheiße …«, murmelte Froelich und trank das Glas in einem Zug leer. Während er sich den Schaum vom Mund wischte, schob Weller ihm gleich das nächste Pils hin. Er kannte seine Gäste, und Froelichs Laune sah nach deutlich mehr als einem Pils aus. »Ich bin wohl meine Putzfrau los, so wie es aussieht.« Weller sah ihn an, aber offenbar wollte Froelich nicht weitererzählen.

Vom zweiten Glas nippte Froelich nur, dann drehte er sich halb zu der kleinen Bühne in der Ecke um. Auf dem leicht erhöhten Podium machten sich zwei Männer Ende dreißig, Anfang vierzig an einigen Geräten zu schaffen und verbanden sie mit schwarzen Kabeln.

»Wen hast du heute Abend?«, fragte Froelich lahm.

Weller zuckte mit den Schultern. »›Maigerles Midnight Men‹ heißen die, spielen Blues, Rock und so. Sind nicht von hier, kommen aus dem Remstal. Hat mir einer empfohlen, der die von dort her kennt. «

»Und? Gut?«

»Ich hoffe. In Waiblingen gibt es eine Kneipe wie meine hier. Bobby, den Wirt, kenne ich ganz gut. Der meinte, man kann sie schon mal auf die Bühne lassen.«

»Mmmh.«

Weller polierte weiter an seinen Gläsern, Froelich nahm noch einen Schluck.

»Haben übrigens keinen Keyboarder«, grinste Weller vor sich hin und prompt schaute Froelich eine Spur interessierter zur Bühne hinüber. Weller fühlte sich bestätigt: Eine kleine Jamsession mit der Band würde Froelich wieder auf andere Gedanken bringen, egal was ihm heute die Laune verhagelt hatte. Und die Band würde auch ihren Spaß haben: Gottfried Froelich war ein begnadeter Blues-Pianist.

* * *

Das Seniorenheim Abendruh lag still in der Nacht.

Die junge Frau stand am Fenster von Zimmer 317 und sah hinaus. Vor ihr drängelten sich dichte Wolken am Himmel, die den Mond schon seit dem Abend verhüllten. Darunter lag Weil der Stadt mit seinen wirkungsvoll beleuchteten Mauern und Türmen, mit den Straßenlaternen, Ampeln und den Leuchtreklamen der Gasthäuser. Hinter vielen Fenstern brannte noch Licht, meistens ein warmes, gemütlich wirkendes Licht mit einem Schlag ins Gelbliche.

»Solche Fenster wirken schön«, ging der Frau durch den Kopf. »Schön und anheimelnd, bis man daran denkt, dass man sie und das Licht dahinter nur von außen betrachtet.« Genau daran dachte sie nun – und wie immer deprimierte sie der Gedanke.

Sie seufzte, drückte den schmerzenden Rücken durch und drehte sich um. Vor ihr im dunklen Zimmer lag Agathe Weinmann. Klein wirkte die alte Frau inmitten des ausladenden Bettzeugs, klein und zerbrechlich.

Es war ruhig im Zimmer.

Die junge Frau betrachtete minutenlang die Greisin, dann wandte sie sich zum Gehen. Vorsichtig zog sie die Tür hinter sich ins Schloss, um kein Geräusch zu machen. Aber Agathe Weinmann hätte es nicht mehr gestört.

* * *

Die Band aus dem Remstal war gut. Das »Chick'n'Egg« war voll wie immer und das verwöhnte Stammpublikum drängte sich an der Bühne, johlte einige Blues-Standards mit und belohnte auch leisere Stücke mit großem Applaus.

Drei der vier Musiker hatten sich vorne am Bühnenrand aufgebaut. Der Schlagzeuger hatte seinen Kram hinten neben die Hammond-Orgel gezwängt, die sich Jo, der Kneipenwirt, vor Jahren gekauft hatte und die für ihn so etwas wie ein Talisman war. Vorne in der Mitte stand der Gitarrist und Sänger, ein etwa 1,90 Meter großer Mann um die 40 mit dunklen, kurzen Haaren, der auf Froelich eine Spur zu adrett wirkte, um ein guter Bluesrocker zu sein. Aber er hörte, was er konnte – und wusste ja ohnehin aus eigener

Anschauung, dass das Äußere eines Menschen nicht immer auf seine Talente schließen ließ.

Viermal war die Band nun schon auf die leicht erhöhte Bühne geklettert, und jetzt spielten sie ihre letzte Zugabe: einen Blues-Klassiker, den zuletzt Gary Moore noch einmal neu aufgenommen hatte. Die Zuschauer klatschten begeistert und riefen nach mehr, doch die verschwitzten Musiker stellten ihre Gitarren oder ihren Bass ab oder kraxelten hinter dem Schlagzeug hervor. Unter anerkennendem Gemurmel und unablässigem Schulterklopfen bahnten sie sich den Weg zur Theke.

Jo zapfte drei Pils und ein Hefeweizen und verteilte die vier Gläser links und rechts von dem Hocker, auf dem Froelich saß.

»Hier, bitte!«, sagte der Wirt und nickte zu Froelich hin. »Ist übrigens so eine Art Kollege von euch.«

»Echt?«, fragte der Sänger und sah seinen massigen Nebenmann interessiert an.

»Na ja, ›Kollege‹ …«, wiegelte Froelich ab.

»Alexander«, sagte der Sänger und streckte ihm die Hand hin. »Gitarre und Gesang, hast du ja gesehen. Was spielst du?«

»Keyboard, Klavier, Orgel – was halt gerade passt.«

»Hättest du das mal früher gesagt«, warf der Schlagzeuger ein, der links neben Froelich saß. »Mit Keyboarder macht's gleich noch einmal so viel Spaß, oder, Wallie?«

Wallie, der Bassist, nickte und leerte sein Weizen mit einem langen Schluck. »Klar«, wollte er sagen, aber ein herzhafter Rülpser kam ihm dazwischen.

»Bassisten …!«, grinste der Schlagzeuger entschuldigend zu Froelich hinüber, doch der lachte schon so dröhnend, dass es seinen ganzen imposanten Oberkörper durchschüttelte.

»Wenn ihr noch Lust habt«, warf Jo ein und zapfte dem Bassisten ein zweites Weizenbier, »könnt ihr gerne zusammen noch eine kleine Session einlegen.«

»Tja«, machte der Sänger und blickte unschlüssig zum neben ihm sitzenden Leadgitarristen. Der zuckte mit den Schultern und murmelte ein »klar, gerne« in sein Pilsglas.

»Gut, dann los«, ermunterte sie Jo und nickte zur Bühne hinüber. »Ich mach euch so lange hinten in der Küche was klar. Sind Maultaschen okay?«

»Was für eine Frage!«, lachte der Bassist, und der Schlagzeuger fügte hinzu: »Dem kannst du alles hinstellen, da bleibt nichts übrig.«

»So ist es richtig, den mag ich«, grinste Jo und verschwand durch die Küchentür.

* * *

Anita Wessel schlenderte ziellos durch die Altstadt, als ihr auffiel, dass aus dem »Chick'n'Egg« noch Musik zu hören war. Sie sah auf ihre Armbanduhr: Es war schon nach zwölf. Kurz dachte sie nach, dann ging sie über die Straße, zog die Eingangstür auf und schob sich in die abgestandene Luft der Kneipe.

An den meisten Tischen saßen nur noch ein, zwei Leute, die sich weit vornüberbeugten, um sich trotz der Musik unterhalten zu können. Direkt vor der kleinen Bühne waren zwei Tische voll besetzt. An dem einen saßen fünf Frauen Mitte zwanzig, die sie flüchtig vom Sehen kannte. Am anderen Tisch saßen zwei Pärchen. Zu einem dritten Tisch direkt daneben trug der Wirt gerade ein Tablett. Ein einzelner Mann Mitte vierzig saß dort, und Jo stellte Teller und eine große Servierplatte ab, die fast unter einem wahren Berg geschmolzener Maultaschen begraben war.

Als er mit dem leeren Tablett zur Theke zurückging, bemerkte er Anita, grüßte sie herzlich und winkte zu dem Tisch hinüber, den er gerade gedeckt hatte. »Setz dich doch dazu und iss was mit«, rief er und auch der einzelne Mann am Tisch machte eine einladende Geste.

Kein Wunder: Anita Wessel sah verdammt gut aus und wusste das auch. Sie war 32 Jahre alt, 1,70 Meter groß, schlank, aber wohlgerundet, und ihre dunkelblonden schulterlangen Haare gaben ihrem auffallend hübschen Gesicht den perfekten Rahmen.

Jo kannte Anita von der Schule her, obwohl sie vier Klassen unter ihm gewesen war. Damals hatte sie für den drahtigen Drummer der Schulband geschwärmt; als nicht mehr ganz so drahtiger Kneipenwirt hatte sich Jo dann alle Flausen in Bezug auf die schöne Anita aus dem Kopf geschlagen. Aber Freunde waren sie geworden, und auch mit Jos Frau Monika, die an manchen Tagen in der Küche half, verstand sich Anita gut.

Auf der Bühne improvisierte gerade ein Gitarrist ein langes Solo, während der Schlagzeuger, der zweite Gitarrist und der Bassist ihm mit einem pumpenden Bluesrhythmus assistierten. Hinter der Hammond-Orgel thronte der dicke Gottfried und peppte den Sound mit virtuosen Einlagen ordentlich auf.

Anita setzte sich, stellte sich dem Mann am Tisch vor und schenkte Jo, der ihr gerade ein Glas Weißwein hinstellte, ihr bezauberndstes Lächeln.

»Hans-Dieter«, sagte der Mann neben ihr und nickte ihr zu, »oder lieber nur Didi – wie du magst.«

»Und auf Hanny ist noch keiner gekommen?«

»Hanny?« Hans-Dieter Kortz prustete los. »Nein, da bist du die Erste. Aber danke, gerne!«

»Weil's wie Honey klingt, was? Das darfst du nun aber bitte nicht persönlich nehmen«, grinste Anita.

»Schade eigentlich. Prost!«

So gut blieb die Stimmung dann auch, und Anita war froh, dass sie noch ins »Chick'n'Egg« gegangen war. Die Musiker kamen nach zwei weiteren Stücken an den Tisch, nur der Schlagzeuger wurde von den Frauen am Nebentisch aufgehalten. Sie riefen ihm etwas zu, kicherten, und der Drummer setzte sich aufgekratzt zu ihnen.

Die Platte mit den Maultaschen leerte sich allmählich und Gottfried Froelich, der mit den anderen allerlei Musikerlatein austauschte, schob sich einen Bissen um den anderen in den Mund.

»Wie heißt eure Band denn?«, fragte Anita nach einer Weile.

»Maigerles Midnight Men«, antwortete der Bassist schmatzend.

»Das passt ja«, sagte Anita. »Musikalisch meine ich, mit Blues und so. Und wer von euch ist Maigerle?«

»Ich«, sagte Alexander und lächelte Anita freundlich an.

»Schön«, erwiderte Anita und meinte es auch so. Sie prostete dem Sänger zu und blickte ihm tief in die Augen. Alexander war ziemlich gutaussehend. Und dass sie auch ihm gefiel, war nicht schwer zu erkennen. »Kannst mir ja nachher deine Karte geben.«

»Das sollte ich eigentlich lieber lassen«, lachte Alexander auf und griff in seine Gesäßtasche.

»Warum das denn?«

»Darum«, grinste er und gab Anita und Froelich je eine Visitenkarte, auf der unter anderem »Kriminalpolizei« stand.

»Oh, ein Polizist …?«

Alexander zuckte mit den Schultern und nahm einen Schluck von seinem Bier.

Anita sah ihn forschend an, dann meinte sie: »Na ja, sind auch Menschen.«

»Danke!«, lachte Maigerle und zwinkerte ihr zu.

»Gilt das auch für Polizisten, die beim LKA arbeiten?«, warf Hans-Dieter Kortz ein, aber Anita schien ihn nicht zu hören.

»Sollen wir langsam zusammenpacken?«, fragte der Bassist schließlich. »Wir fahren ja noch fast eine Stunde und müssen dann auch noch ausladen.«

Anita sah sich um. Fast alle Gäste waren inzwischen gegangen. Am Tisch mit den Frauen fehlten zwei und auch vom Schlagzeuger war nichts zu sehen.

»Das dauert nicht lange«, sagte Maigerle, der ihrem Blick gefolgt war.

»Wie?«

»Na, unser Drummer. Fünf Minuten, vielleicht zehn, dann ist der wieder da.«

Anita verstand kein Wort, aber tatsächlich: Nach wenigen Minuten kam der Schlagzeuger zur Tür herein, ein unverschämt entspanntes Grinsen auf dem Gesicht, und setzte sich auf den letzten freien Stuhl neben Anita. Sie rückte ein wenig von ihm ab: Er roch etwas nach Schweiß und sah leicht ramponiert aus.

Maigerle lachte kurz auf, als er sah, dass Anita allmählich verstand, wo der Drummer gerade gewesen war und mit wem. Sie wurde rot.

Freitag

Trude Hasert balancierte das Frühstückstablett auf dem linken Unterarm und drückte die Türklinke mit der rechten Hand. Die Luft im Zimmer war etwas muffig, wie meist am Morgen. Allerdings hatte sich eine scharfe Duftnote unter den sonst üblichen Geruch geschoben und Trude Hasert seufzte. Das Bett musste wohl neu bezogen werden.

Das Tablett mit Tee, einer Scheibe Brot und etwas Marmelade stellte sie auf dem kleinen Tischchen an der Seitenwand ab, dann ging sie zum Fenster und öffnete die beiden Flügel.

Unter ihr konnte sie ein Stück der Leonberger Straße sehen. Der Berufsverkehr war längst nicht mehr so dicht wie in den Jahren vor dem Bau der Umgehungsstraße, aber noch immer stauten sich die Wagen vor der Ampel und an den Abzweigungen.

Sie atmete noch einmal tief die frische Luft ein, dann trat sie ans Bett und schaute auf die alte Frau hinunter. Es dauerte nur einen Moment, bis sie erkannte: Agathe Weinmann würde kein neues Bettzeug mehr brauchen.

Trude Hasert kannte die alte Frau, seit sie ins Seniorenheim Abendruh gezogen war. Später hatte sie erfahren, dass Agathe Weinmann sehr wohlhabend war und seit dem Tod ihres Mannes irgendwann in den Neunzigern immer wieder großzügig für kulturelle Zwecke gespendet hatte.

Traurig, obwohl sie im Seniorenheim ja immer wieder alte Leute tot im Bett vorfand, wandte sich Trude Hasert ab und verließ das Zimmer. Sie würde nun die Heimleitung informieren, alles würde in die Wege geleitet werden und schon heute Nachmittag würde sich jemand von der Warteliste über einen freien Platz freuen können.

* * *

Gottfried Froelich saß in seinem liebsten, ausgebeulten Morgenmantel auf der Terrasse, die er auf die Garage seines Wohn- und Geschäftshauses hatte bauen lassen. Unter ihm parkte der Leichenwagen, hinter ihm lag das Esszimmer, das er fast nur für Gespräche mit der Kundschaft nutzte, und vor ihm konnte er durch die Kronen der Bäume den Friedhof sehen. Das Plätschern der Würm, die direkt an seinem Grundstück entlangfloss, wurde von den Verkehrsgeräuschen von der Leonberger Straße überdeckt, die hinter dem Friedhof von der Umgehungsstraße herunterkam und dann ein kleines Stück an Würm und Stadtmauer entlangführte.

Das Telefon allerdings konnte er sehr gut hören, zumal er es ohnehin aus alter Gewohnheit neben sich auf den Tisch gelegt hatte. Es klingelte unangenehm schrill. Zwar hatte Froelich schon mehrmals versucht, eine Blues-Melodie als Klingelton einzurichten – aber das hatte nicht nur nicht geklappt, sondern er hatte hinterher viel Mühe damit, dass das Gerät überhaupt wieder einen Klingelton von sich gab. Also ertrug er eben das schrille Geräusch, mit dem das Telefon ausgeliefert worden war.

»Ja? Froelich?«

Am anderen Ende der Leitung teilte ihm Frida Verhayen, die Leiterin des Seniorenheims Abendruh, in dürren und sachlichen Worten mit, dass es wieder Arbeit für ihn gab und wo sie zu finden war. Vor zehn Minuten war die Tote in Zimmer 317 entdeckt worden, in fünf Minuten würde der Arzt den Totenschein ausstellen, und in einer halben Stunde könnte die Leiche abgeholt werden.

»Gibt es keine Angehörigen, die vielleicht noch in der etwas persönlicheren Atmosphäre des Zimmers ...?«, warf Froelich ein.

»Nein, keine Angehörigen«, versetzte Frida Verhayen. »Kommen Sie dann?«

Die Warteliste des Seniorenheims musste lang sein, wenn die Leiterin so auf die schnelle Abholung drängte. Froelich sah auf seine Armbanduhr: kurz nach acht.

»Natürlich, ich schicke gleich jemanden.«

Noch bevor sich Froelich verabschieden konnte, hörte er einen gleichmäßigen Ton: Die Leitung war wieder frei, Frida Verhayen hatte aufgelegt.

* * *

Dr. Jochen Fähringer ließ sich zu Zimmer 317 führen, obwohl er den Weg schon kannte. Er hatte seit Jahren ein Auge auf Johanna Kramer geworfen, eine junge und recht hübsche Pflegerin mit einem aufreizend wiegenden Gang – entsprechend enttäuscht war er nun auch, dass nicht sie, sondern die etwas ältlich wirkende Trude Hasert vor ihm her zu der Toten ging.

Agathe Weinmann lag in ihrem Bett, als sei sie über Nacht vertrocknet und verhutzelt, denn alles an ihr wirkte viel zu klein für das große Kissen und die ausladende Bettdecke.

Das dünn gewordene und zerzauste Haar war dunkel gefärbt geworden, aber überall drängte inzwischen das übertünchte schmutzige Grau der Originalfarbe wieder hervor. Ihre Haut hatte Altersflecken und wirkte an den Wangenknochen und an den Handgelenken fast durchsichtig. Die Arme waren unterschiedlich stark angewinkelt und lagen neben dem Oberkörper auf der Bettdecke, die Hände zeigten mit den Innenflächen nach oben und die Finger waren leicht nach innen gekrümmt.

Agathe Weinmann starrte mit leerem Blick nach oben und Fähringer fand es etwas unangenehm, dass sie ihn während seiner ersten Untersuchungen geradezu aufmerksam zu mustern schien.

Es roch streng im Zimmer. Fähringer begutachtete die Tote, prüfte die üblichen Reflexe, dann schob er die beiden Arme der Toten ein wenig zur Seite und schlug die Bettdecke zurück. Sofort bereute er, dass er nicht rechtzeitig die Luft angehalten hatte. Der Geruch von Urin, Kot und schlecht gewaschener Haut schien ihn wie ein Tier anzuspringen und raubte ihm fast den Atem.

Agathe Weinmann trug ein blassrosa geblümtes Nachthemd, das ihren mageren Körper bis zu den Knien bedeckte. Die Beine lagen etwas angewinkelt, und ein Stück der Bettdecke hatte sich unter dem linken Unterschenkel zerknäult. Agathe Weinmann hatte wohl unruhig geschlafen vor ihrem Tod.

Es gab keine ungewöhnlichen Flecken auf der Haut der Toten, es gab keine Würgemale und die Altersflecken und Muttermale auf den Armen kannte er: Er untersuchte regelmäßig alle Bewohner des Seniorenheims.

Dr. Jochen Fähringer sah keinen Grund, auf etwas anderes als einen natürlichen Tod zu schließen. Er füllte den Totenschein aus, ließ sich von Trude Hasert noch einen Becher Kaffee einschenken. Als sie ihm sagte, dass Johanna Kramer in dieser Woche Spätschicht habe, nahm er noch einen Schluck und verabschiedete sich dann eilig. Trude Hasert sah ihm grinsend nach. Ihre Kollegin hatte ihr mal verraten, wie sehr ihr der Arzt auf die Nerven ging, wenn er ihr auf die Beine und in den Ausschnitt schielte.

»Danke!«, sagte Johanna erleichtert zu ihrer Kollegin, als Fähringer im Treppenhaus dem Ausgang zustrebte und sie endlich ihr Versteck in dem kleinen Nebenraum verlassen konnte.

* * *

Froelich saß noch immer auf der Terrasse, als unter ihm Reiff mit dem Leichenwagen aus dem Garagentor fuhr. Walter Reiff war sein erfahrenster Mitarbeiter, er würde Frida Verhayen wenigstens einen letzten Rest an Pietät abfordern, ohne dass sie deswegen gleich beleidigt sein würde. Er konnte sehen, wie der schwarz lackierte Wagen auf der kleinen Brücke die Würm überquerte, sich auf der Leonberger Straße nach links einfädelte, kurz darauf nach rechts abbog und langsam zum Seniorenheim Abendruh hinauffuhr.

Er konnte auch das Seniorenheim von hier aus sehen. Wenn er den Plan von Abendruh noch richtig in Erinnerung hatte, zeigte das Zimmer der Verstorbenen zur Stadt hin – also konnte man von dort aus auch sein Haus und seinen großen Garten sehen. Er konzentrierte sich und schaute den Hang hinauf, aber nur ganz verschwommen konnte er ein offen stehendes Fenster erahnen. Er würde wohl doch mal einen Termin mit dem Augenarzt verabreden müssen.

Dazu war er aber heute zu müde. Gestern Abend war es spät geworden, und nachts schlief er seit Jahren nicht mehr gut. Immer wieder wurde er wach von dem Gefühl, keine Luft mehr zu bekommen. Also stand er in fast jeder Nacht irgendwann auf, las ein Buch, trank Sprudel oder Bier, spielte Keyboard oder schlug sonstwie die Zeit tot.

Freudlos musste Froelich lachen: Todmüde war ja für einen Bestatter eigentlich eine passende Gemütsverfassung.

Er wuchtete sich aus seinem Terrassenstuhl und schlurfte in die Küche, um noch einmal Kaffee nachzuschenken.

* * *

Anita Wessel und Trude Hasert gaben sich ein Zeichen, dann hoben sie den alten Mann aus dem Rollstuhl und setzten ihn auf der Matratze ab. Unter den aufmerksamen Augen der beiden erwachsenen Kinder des Mannes schoben sie die beiden dürren Beine unter die halb aufgeschlagene Bettdecke und halfen dem Mann dabei, sich auf das große Kissen sinken zu lassen.

Die beiden Pflegerinnen traten etwas zurück und der alte Mann deutete fahrig zu dem metallenen Nachtkästchen neben seinem Bett.

»Hier, Vater«, sagte die Tochter und reichte ihm eine Brille. Sie war etwa Mitte vierzig und sah verhärmt aus. Das leere Etui klappte sie wieder zusammen und wollte es gerade in die Schublade des Nachtkästchens legen, als ihr dort noch etwas auffiel. Ganz hinten, wo es Trude Hasert vorhin wohl übersehen hatte, lag noch ein kleines Faltblatt. Die Tochter kramte es hervor und reichte es den Pflegerinnen. Trude Hasert sah das Foto und erkannte das Motiv natürlich sofort: Mit solchen kleinen Flyern sammelte der Förderverein Klösterle Spendengelder für die Renovierung des historischen Gebäudes.

»Will Ihr Vater das vielleicht noch lesen?«, fragte Trude Hasert, bereute es aber sofort: Die Tochter des neuen Heimbewohners bestrafte sie mit einem strengen Blick.

»Sie sollten das Zimmer frei von allen Spuren übergeben, finde ich«, schnappte die Frau.

»Spuren«, dachte Trude Hasert. »Als sei hier ein Verbrechen geschehen.« Wortlos reichte sie das Faltblatt an ihre Kollegin weiter, doch die ließ es zu Boden fallen.

»Anita?«

Anita Wessel stand etwas bleich neben ihr und hatte gar nicht mitbekommen, dass sie den Zettel hätte halten sollen. Trude Hasert hob ihn auf.

»Alles okay, Anita?«

»Wie?«

»Komm, wir gehen«, drängte sie die junge Kollegin und zwei Minuten später standen die beiden Frauen in der kleinen Teeküche des Seniorenheims.

Trude Hasert musterte Anita Wessel. »Ist alles in Ordnung mit dir?«

»Ja, ja. Was soll denn sein?«

»Du warst da drin irgendwie ... Ich weiß auch nicht.«

»Sterben geht mir halt auf die Nerven.«

»Nach all den Jahren noch?«, fragte Trude Hasert, obwohl sie sich selbst ebenfalls noch nicht an diesen Teil ihres Jobs hatte gewöhnen können.

»Hmm. Komisch, was?«

»Ja. Nein. Was weiß ich. Kaffee?«

»Nachher vielleicht, Trude, danke. Ich mach mal die Runde und geh danach eine rauchen.«

Trude Hasert rührte etwas Milch und Zucker in ihren Kaffee, nahm einen großen Schluck und sah ihrer Kollegin nachdenklich hinterher.

* * *

»Maier«, drang es aus dem Hörer an Froelichs Ohr. »Ja, bitte?«

Die Frau am anderen Ende der Leitung hatte eine sympathische Stimme und klang freundlich.

»Mein Name ist Froelich, vielleicht kennen Sie mein Institut am Friedhof in Weil der Stadt«, stellte sich Gottfried Froelich vor.

»Ja, natürlich, das kenne ich. Zum Glück hatten wir noch nicht ... ich meine ...«

»Sie müssen sich nicht entschuldigen«, beruhigte Froelich
sie. »Und natürlich hoffe ich, dass Sie und Ihre Familie unsere Dienste noch lange nicht in Anspruch nehmen müssen.«
Froelich meinte das ehrlich. In letzter Zeit war er zunehmend deprimiert, wenn er über den Tod im Allgemeinen
und seinen Beruf im Besonderen nachdachte.

»Wie kann ich Ihnen denn helfen?«, fragte Frau Maier
nach einer kurzen, etwas peinlichen Pause.

»Nun ...«, druckste Froelich herum und ging mit dem
schnurlosen Telefon in seinem Büro auf und ab. »Sie sind
doch die Vorsitzende der Landfrauen hier.«

»Ja, ich bin die Vorsitzende unseres Ortsvereins Merklin-
gen-Hausen. Möchten Sie an einer unserer Veranstaltungen
teilnehmen?«

»Nicht direkt, ich ...« Inzwischen war sich Froelich
doch nicht mehr so sicher, ob er eine gute Idee gehabt hatte. Landfrauen – das waren für ihn Damen mittleren und
fortgeschrittenen Alters, die sich zu Vorträgen über Glau-
bens- und Küchenfragen trafen und sich Tipps für das Ein-
wecken von Obst gaben. Noch vor einer halben Stunde
war er ganz stolz auf seinen Einfall gewesen, dass er dort
am schnellsten und sichersten eine neue Putzfrau finden
konnte.

»Ich ...«, Froelich atmete tief durch und fasste sich ein
Herz: »Ich wollte Sie fragen, ob Sie mir vielleicht eine Putz-
kraft empfehlen könnten.«

Stille am anderen Ende der Leitung.

»Hallo? Frau Maier?«

»Das ist nicht Ihr Ernst, oder?«

»Ich ... doch ... warum?«

»Frechheit!« bellte es aus dem Hörer, dann war das Gespräch beendet.

* * *

Die Glocken von St. Peter und Paul schwangen aus, und bald war auch der letzte Widerhall des Stundengeläuts in den Gassen und Straßen von Weil der Stadt verklungen.

Die Eingangstür an der Westseite des Klösterle, wo noch vor wenigen Monaten das große Scheunentor die Fassade verschandelt hatte, stand weit offen, und in dem großen Raum dahinter, dem früheren Kirchenschiff des ehemaligen Kapuzinerklosters, ging Moritz Currlen hin und her und fotografierte Details der alt wirkenden Balkenkonstruktion, die den Innenraum in zwei Hälften teilte. Nach einer Weile hörte er Schritte und drehte sich um: Vor ihm stand Jens Heym – der Kassier des Fördervereins Klösterle stattete seinem Vorsitzenden einen Besuch ab.

»Hast du schon gehört?«, plapperte Heym ohne Vorrede los. Er hörte sich ohnehin gerne reden, aber die sorgenvolle Miene passte nicht zu seiner sonst üblichen guten Laune.

»Gehört?«, fragte Currlen zurück. »Was denn gehört?«

»Frau Weinmann ist gestorben. Sie wurde heute früh im Seniorenheim tot in ihrem Bett gefunden.« Das erklärte natürlich die Sorgenfalten auf Heyms Stirn: Agathe Weinmann war eine treue Unterstützerin der Klösterle-Renovierung gewesen, ihr Tod würde die jährlichen Spendensummen empfindlich verringern.

»Heute früh ist sie gestorben? Und woher weißt du das dann jetzt schon?«

»Meine Frau hat auf dem Weg in die Stadt einen Mitarbeiter des Bestattungsinstituts gesehen, den sie kennt. Der rangierte gerade rückwärts mit dem Leichenwagen in die Garage des Instituts. Da blieb sie kurz stehen und wartete, bis er wieder rauskam. Na ja, und wie die beiden so plaudern …«

Currlen lachte laut auf. »Gut, dass deine Frau nicht neugierig ist, oder?«

»Wie man's nimmt«, antwortete Heym und klang fast ein wenig eingeschnappt. »Ich finde es schon nützlich, solche Dinge zu wissen.«

»Ist ja schon gut, Jens.« Er klopfte Heym versöhnlich auf die Schulter. »Tut mir übrigens sehr leid für sie, das war eine wirklich nette alte Dame«, murmelte Currlen. »Na ja, und für uns tut es mir natürlich auch leid …«

»Blöd ist auch, dass sie wohl vorhatte, uns in den nächsten ein, zwei Wochen eine größere Summe zu spenden. Wir hatten uns länger unterhalten und ich habe ihr ein wenig beschrieben, was als nächster Schritt anfällt und wie teuer das voraussichtlich wird. Ihr Scheckbuch hatte sie da leider nicht dabei, aber sie wollte Ende dieser, Anfang nächster Woche ihr Briefchen bei mir daheim einwerfen. Dieses Geld ist nun natürlich futsch …«

»Also bitte, Jens«, tadelte Currlen seinen Vereinskameraden. »Etwas mehr Pietät darf ich schon erwarten, oder? Schließlich ist Geld nicht alles.«

»Nun gut«, zuckte Heym mit den Schultern. »Aber ich bin nun mal unser Kassier.«

»Schon recht, Jens.«

»Mir tut die alte Dame ja auch leid. Die sah ganz gesund aus und war meistens guter Dinge. Na ja, reinsehen kann man halt in niemanden.«

Currlen dachte nach. »Sag mal, Jens«, begann er dann, »vielleicht hat sie uns ja was vermacht.«

Heym sah seinen Vorsitzenden an und ganz hinten in den Augen des Kassiers glomm ein leichtes Leuchten auf.

»Tja, vielleicht …«, murmelte er.

In den vergangenen Jahren hatten einige ältere Mitbürger den Förderverein in ihren Testamenten bedacht, darunter auch jene, die schon zu Lebzeiten immer wieder für die Renovierung des Klösterles gespendet hatten.

»Das müssen wir nun einfach mal abwarten«, sagte Currlen noch und wandte sich dann wieder mit dem Fotoapparat der Balkenkonstruktion des Kirchenschiffs zu.

* * *

Froelich nahm die Jacke vom Haken und zog eine wollene Mütze über. Im Sarglager neben der Garage schlüpfte er in gefütterte Stiefel und schob das Keyboard auf dem Rollwägelchen, das er eigens an das Instrument angepasst und mit zwei ordentlichen Lautsprechern versehen hatte, auf die Plattform des Aufzugs. Dann drückte er den untersten Knopf und fuhr ruckelnd ins Kellergeschoss hinab.

Als der Aufzug zum Stehen kam, schob Froelich die Tür mit dem Keyboard-Wagen auf. Der Bewegungsmelder reagierte und Neonröhren tauchten den Flur in grelles Licht. Froelich schob auch die nächste Tür auf und trat in den großen Kühlraum, der ebenfalls von Neonröhren erleuchtet war.

Der Sarg von Agathe Weinmann stand rechts in der Ecke, daneben stand ein sehr stabil wirkender metallener Klavierhocker mit Ledersitzfläche. Dorthin schob Gottfried Froelich das Keyboard und ließ sich mit dem Rücken zur Wand auf dem Hocker nieder.

Steckdosen, ein kleines Schränkchen und ein geschlossenes Wandregal mit Notenblättern und Skizzen eigener Songs: Hier hatte Froelich alles, was er für seine Musik brauchte. Er verkabelte das Keyboard, holte eine Flasche Cognac und ein Glas aus dem kleinen Schränkchen und goss sich ein.

»Auf Ihr Wohl, Frau Weinmann«, murmelte Froelich und nahm einen Schluck. »Nachträglich sozusagen.«

Er schaltete das Keyboard ein, auf dem Menüfeld wurden Buchstaben sichtbar, die Kontrollleuchten der Lautsprecher blinkten grün auf, und ein erster Akkord hallte durch den Raum. Die Akustik war hervorragend, wenn man Hall mochte. Froelich tippte auf der Menü-Auswahl herum, bis er einen wuchtigen Klaviersound gefunden hatte, der zu seiner Stimmung passte. Dann spielte er einige Blues- und Jazz-Standards.

Agathe Weinmann lag in einem der einfacheren Särge, die das Bestattungsinstitut Fürchtegott Froelich & Söhne im Angebot hatte. Da es nach aktuellem Stand keine Angehörigen gab, war zunächst die Stadtverwaltung Froelichs Auftraggeber. Und dort wurde gewohnheitsmäßig das günstigste Arrangement gewünscht, auch wenn Frau Weinmann sicher genug hinterlassen hatte, um auch höhere Kosten abzudecken.

Trotzdem hätte es dem Bestatter widerstrebt, die Frau in einen billigen Sarg zu packen. Sie sollte zwar verbrannt werden, aber lumpige Ware kam Froelich nicht ins Haus, da war er eigen. Also kaufte er nicht unterhalb eines bestimmten Standards ein, kalkulierte aber in besonderen Fällen etwas knapper, damit er keinen Ärger wegen der Kosten bekam.

Eine Weile spielte Froelich vor sich hin und betrachtete sinnierend den offenen Sarg. Dann stand er auf, steckte die Hände in die Jackentaschen, in die er kleine Wärmekissen gepackt hatte, und blickte auf Frau Weinmann hinunter.

Friedlich lag sie da, auch wenn ihr Gesichtsausdruck etwas Gequältes hatte. Natürlich waren ihr noch im Seniorenheim von Walter Reiff die Augen geschlossen worden, aber ihre Miene wirkte nicht sehr glücklich, nicht sehr entspannt. Offenbar hatte Frau Weinmann bis zuletzt noch versucht, krampfhaft Luft zu holen – die Vorstellung, dass zum Sterben nun mal auch der berühmte letzte Atemzug gehörte, hatte Gottfried Froelich noch nie behagt.

Ihr Mund war ebenfalls verzerrt, als sie im Institut ankam, und die Arme und Beine machten einen verkrampften Eindruck. Wie auch immer: Agathe Weinmann hatte es hinter sich.

Nun würde alles seinen gewohnten Gang gehen. Mit Routine würden alle Amtsgeschäfte erledigt, alle Punkte auf der Checkliste abgearbeitet, alle Vorbereitungen für die Einäscherung und die anschließende Urnenbestattung getroffen werden. Dann etwas Feuer, etwas Feierlichkeit – und fertig.

Gottfried Froelich setzte sich deprimiert zurück auf seinen Hocker und nahm noch einen Schluck. Seit Jahren schon ödete ihn sein Beruf an. Seit Jahren schon ertrug er ihn nur noch aus zwei Gründen: Er fühlte sich wegen des inzwischen in der dritten Generation bestehenden Instituts dazu verpflichtet, und er fand zumindest die Tatsache angenehm, dass ihm das Bestattungsinstitut Fürchtegott Froelich & Söhne ein finanzielles Auskommen sicherte, um das er sich nach Lage der Dinge keine allzu großen Sorgen machen musste.

»Gestorben wird immer«, hatte schon Großvater Fürchtegott selig gesagt.

Gottfried Froelich fingerte zwei Mollakkorde auf den Tasten und lauschte den Harmonien nach, die sich an den kahlen Wänden des Kühlraums brachen.

»Gestorben wird immer«, murmelte er. »Und erst dann komme ich ins Spiel.«

Ein kleiner Triller, ein Septimakkord, eine kurze Melodie.

»Scheiße!«

Froelich schenkte sich nach. Der Cognac war zu kalt, aber die Wirkung blieb trotzdem nicht aus.

»Ein Bestatter, der von seinem Job tödlich gelangweilt ist.« Das Lachen polterte freudlos und rau aus Froelich heraus und klang irgendwie unheimlich, wie es hier verhallt auf ihn zurückgeworfen wurde.

»Six Feet Under« hieß ein Song, den Froelich vor ein paar Jahren geschrieben hatte. Natürlich spielte das auf dasselbe an wie die gleichnamige Fernsehserie, die es damals allerdings noch nicht gab. Und im Refrain wiederholte sich, nach den in den Strophen beschriebenen Zielen und Träumen, die Frage: ›Will I've been gone there before I'm six feet under?‹ – Werde ich dort gewesen sein, werde ich dieses oder jenes erreicht haben, bevor ich sechs Fuß tief unter der Erde liege?

Froelich stimmte den Bluesrock-Song an, sang mit zunehmend wütendem Unterton die erste Strophe und den Refrain, dann brach er ab. Es war hier, in der auf konstant acht Grad heruntergekühlten Luft, zu kühl zum Singen.

Und er wusste ja auch nach all den Jahren noch immer nicht, ob er dies oder jenes erreicht, erlebt oder erfahren haben würde, bevor er eines Tages selbst unter die Erde kam.

Er stand wieder auf, wärmte sich die Finger in den Taschen und stellte sich vor den Sarg mit der toten alten Frau.

»Haben Sie alles erlebt, was Sie wollten?«, fragte er. Ein plötzlicher Impuls ließ ihn wünschen, Agathe Weinmann zu Lebzeiten gekannt zu haben. Wer war diese Frau? Wie war sie gewesen? Hatte sie ihre Pfleger mit Sonderwünschen malträtiert oder hatte sie sich still in ihr Alter ergeben? Hatte sie alle Verwandten überlebt oder hatte sie ihre Familie verprellt? War sie fröhlich gewesen oder trübsinnig? Würde sie jemand vermissen oder würde erst jetzt ein jahrzehntealter Streit enden?

Warum hatte er es mit den Leuten immer erst zu tun, wenn alles vorüber war? Und warum, fragte er sich danach, warum sollte es diesmal nicht ein wenig anders sein – warum sollte er dieses eine Mal nicht herausfinden, wer oder wie diese Tote zu Lebzeiten gewesen war?

Irgendwie kam es ihm nicht richtig vor, dass er Leute unter die Erde brachte, von denen er nur wusste, dass sie tot waren, und im besten Fall noch, welche Ausstattung sich die Hinterbliebenen für die Beerdigung wünschten. Das würde er im Fall dieser Toten ändern. Vielleicht half es ihm ja.

Fast ein wenig beschwingt kehrte Froelich zu seinem Klavierhocker zurück. Er goss sich reichlich Cognac ein und trank das Glas in einem Zug aus. Er kramte Stift und Papier aus dem Wandregal, machte sich Notizen, spielte einen Akkord, machte sich weitere Notizen. Er schrieb ein Lied für Agathe Weinmann. Ein Lied von Träumen, Plänen, von der Hoffnung und von einer Zukunft ohne Zwänge.

Gottfried Froelich war betrunken.

Samstag

Der Klingelton des Telefons schnitt wie ein Messer in Froelichs Schläfen, und je häufiger sich das Geräusch wiederholte, um so mehr fühlte es sich an, als würde jemand mit diesem Messer tief in seinem Kopf herumstochern.

Stöhnend erhob er sich von der Eckbank in seiner Küche und wankte zum Telefon hinüber. Bevor er den Hörer abheben konnte, verstummte das Klingeln.

»Klasse …«, seufzte Froelich und kehrte in die Küche zurück, um die Kaffeemaschine einzuschalten. Nach seinem nächtlichen Konzert hatte er es nicht mehr geschafft, sich vor dem Schlafengehen noch auszuziehen, und trotz der bleiernen Müdigkeit, die der Cognac noch verstärkt hatte, erwachte er wie gewohnt mitten in der Nacht und konnte zunächst nicht mehr einschlafen.

Eine Stunde später war er noch immer nicht ganz nüchtern, aber müde genug, um auf der Eckbank einzuschlafen. Als er gegen fünf Uhr noch einmal aufgewacht war, schaffte er es immerhin, sich eine Wolldecke in die Küche zu holen, um es etwas wärmer zu haben.

Mit rot geäderten Augen sah er auf die Zeitanzeige am Backofen. Kurz vor acht Uhr morgens. Das Telefon klingelte erneut.

»Froelich, guten Morgen«, brummte er und räusperte sich geräuschvoll.

»Liegt Frau Weinmann bei Ihnen?«

»Ja«, antwortete Froelich und ärgerte sich sofort, dass er, verschlafen und verkatert wie er war, aus reinem Reflex eine Auskunft gegeben hatte, ohne zu wissen, mit wem er eigentlich sprach. »Wer sind Sie denn, bitte?«

»Ich … hmm …« Die Stimme einer Frau. Eine dünne Stimme, unsicher, etwas zittrig. Die Frau verstummte. Am anderen Ende der Leitung war nun nur noch zu hören, wie die Frau leise atmete. Es schien ihr schwer zu fallen – war sie erkältet? Dann schienen sich im Hintergrund Schritte zu nähern und die Frau legte wortlos auf.

Umständlich tippte sich Froelich durch das Menü seiner kleinen Telefonanlage, bis er endlich den Eintrag des Anrufs von eben fand. Die Telefonnummer, die dort angezeigt wurde, kannte er: Es war der zentrale Anschluss des Seniorenheims Abendruh.

* * *

Als er mit dem Schreibkram für diesen Tag fertig war, lehnte er sich in seinem Sessel zurück und ließ den Blick durch sein kleines Büro schweifen.

Der Raum wurde beherrscht von seinem ausladenden Schreibtisch, auf dem sich Unterlagen und Broschüren stapelten. Zwei Fenster und zwei Türen – eine führte auf den Flur hinaus, die andere in den Ausstellungsraum mit einer Auswahl der vorhandenen Särge – ließen gerade genug Wandfläche frei für ein halbhohes Wandregal und einen zweiflügeligen Wandschrank mit Glastüren und Schubladen. Hinter den Glastüren waren Anzüge und Kleider zu sehen, die Froelich für Verstorbene bereithielt. In den Schubladen darunter lagen die passenden Stoffe, die um die Toten herum im Sarg drapiert werden konnten.

In dem Wandregal waren Stehordner aufgereiht, in denen Prospekte von Sargherstellern steckten. Obenauf stand das kleine Holzmodell eines Sarges, daneben lag das Angebot einer Firma aus der Nähe von Münster, die als neue Geschäftsidee eine Art von elektronischem Grabstein anbot. Auf einem Display konnten Infos über die Verstorbenen angezeigt werden, den Strom dafür lieferten Akkus, gespeist von Solarzellen. Ein Foto zeigte ein erstes Beispiel, das auf einem Kölner Friedhof installiert worden war: Das Grabmal war in der Form zweier übereinanderliegender Blätter gestaltet. Der Begleitbrief pries auch die Möglichkeit an, Videos mit und ohne Klang über das Display flimmern zu lassen – aber auf deutschen Friedhöfen war Beschallung dieser Art nicht gestattet.

Froelich stellte sich den Friedhof der Zukunft vor mit all seinen Toten-Videos und schüttelte grinsend den Kopf. Irgendwie fand er es albern, in der Bestatter-Branche immer mit dem neuesten Trend zu gehen. Obwohl: Wenn etwas sozusagen der letzte Schrei war, passte es ja auf einen Friedhof wie die Faust aufs Auge …

Dann fiel sein Blick auf eine kleine graue Pappschachtel, die vor dem Regal auf dem Boden stand. Frida Verhayen vom Seniorenheim Abendruh hatte Walter Reiff die letzten Habseligkeiten von Agathe Weinmann gleich mitgegeben. Die wenigen Möbel, die in ihrem Zimmer im Seniorenheim Platz gefunden hatten, die Kleider und alles andere, was Agathe Weinmann im Heim hinterlassen hatte, war daraufhin vom Ordnungsamt der Stadt erfasst worden, und offiziell wurde die sogenannte Nachlasssicherung dem Notariat übergeben. Doch manchmal war das Notariat ganz froh, wenn Froelich sich bereit erklärte, die Sachen zunächst bei sich in einem Lagerraum unterzubringen.

Irgendwie war der Karton dabei übersehen worden. Nun stand er in Froelichs Büro – gleich am Montag früh wollte er ihn mitsamt Inhalt zum Notariat bringen. Vielleicht konnte das ja helfen, Angehörige von Frau Weinmann zu ermitteln.

Bis Montag allerdings waren es noch zwei Tage. Froelich überlegte kurz und kam dann zu dem Schluss, dass er ebenso gut mal einen Blick riskieren konnte, wo der Karton doch schon mal da war …

Seufzend trug er ihn ins Esszimmer. Er klappte ihn auf und blickte auf das nur knapp zur Hälfte gefüllte Innere. Viel war, diesem Behälter nach zu urteilen, nicht übrig geblieben von einem ganzen langen Menschenleben.

Einige Haarklammern, ein kleines Puderdöschen, ein kunstvoll verzierter Kamm, mit dem man die Haare auch zum Dutt hochstecken konnte. Gottfried Froelich klaubte ein Stück nach dem anderen heraus und legte es auf die Tischplatte. Eine Damenarmbanduhr, eine Herrenarmbanduhr. Zwei Päckchen Spielkarten, eines für Gaigel, eines für Skat, beide ziemlich abgegriffen. Ein wertvoll aussehendes Feuerzeug, in das die Initialen »HW« in schwungvoller Schrift eingraviert waren. Eine Taschenbibel mit einer handschriftlichen Widmung: »Unserer großzügigen Frau Weinmann alles Liebe und Gute«, stand dort in großen Krakelbuchstaben, dahinter ein Namenszug, den Froelich nicht entziffern konnte.

Ein winziges Notizbuch mit Namen und Telefonnummern legte Froelich links neben den Karton, danach einen Bleistift und einen Füller zu den anderen Dingen auf die rechte Seite. Ein Scheckbuch für ein Konto bei der hiesigen Sparkasse enthielt nur noch wenige Vordrucke, links war ein Blatt eingelegt, auf dem Frau Weinmann offenbar vermerkt hatte, wann welche Summen an wen gegangen waren. »Benutzt man so etwas heute noch?«, dachte Froelich erstaunt – und legte es nach links zum Notizbuch.

Er räumte weiter aus: einen nicht frankierten, nicht beschrifteten und nicht zugeklebten Briefumschlag, in dem ein einzelnes Blatt steckte, beschrieben mit Schreibmaschine und im Gegensatz zum eher neu wirkenden Couvert offenbar schon ziemlich alt – nach links. Drei Ansichtskarten, je eine aus Tunesien, Florenz und Kanada, wie er den Urheber-Infos entnehmen konnte. Das Datum des Poststempels war auf keiner der Karten mehr zu sehen: Die Briefmarken waren abgelöst worden. Die handschriftlichen Texte überflog er nur kurz – soweit er sie lesen konnte, waren es tatsächlich nur Urlaubsgrüße. Trotzdem legte er die Karten auf die linke Seite.

Ganz unten im Karton fand er noch einige Haarspangen, zwei kleine Probeflakons mit Parfum, vier säuberlich gefaltete Stofftaschentücher mit den Initialen »AW« und ein paar Hustenbonbons, Geschmacksrichtung »Grüner Apfel«.

Was ihm unwichtig erschien, legte er in den Karton zurück. Den Rest breitete er vor sich aus: die drei Postkarten, den Brief, das Scheckbuch, das Notizheft und den Schlüssel.

Er nahm den Brief zur Hand und begann zu lesen. »Liebe Agathe«, begann das Schreiben, »zunächst einmal hoffe ich, dass es dir gut geht – und dass ich dich nach allem, was geschah, noch so nennen darf.« Das Papier des Briefes war dünn und an vielen Stellen hatte die mechanische Schreibmaschine in Buchstaben wie »o« und »d« Löcher in das Papier gestanzt.

»Wir leben inzwischen in einem kleinen Dorf bei Offenburg, dort hat mein Franz nach langem Suchen endlich wieder Arbeit gefunden. Nach Ostelsheim haben wir seit Jahren keinen Kontakt mehr, auch die früheren Kollegen aus Sindelfingen hat mein Mann aus den Augen verloren, wie du dir denken kannst. Aber ich will gar nicht so viel von mir schreiben und auch gar nicht über das Vergangene klagen: Franz und mir geht es recht ordentlich, von Huberts Tod haben wir erst vor kurzem erfahren. Ich wäre sonst gerne zur Beerdigung gekommen, notfalls auch ohne Franz. Nachträglich möchte ich dir noch mein Beileid übermitteln – bitte entschuldige, dass es dich erst ein Jahr zu spät erreicht. Ich hoffe, du wirst in eurem großen Haus noch viele schöne Jahre verleben. Vielleicht darf ich dich ja mal besuchen? Schreib mir deswegen doch bitte gelegentlich. Liebe Grüße aus der Ortenau sendet dir deine Edith.«

Ein Datum oder eine Anschrift war auf dem Brief nicht zu finden, der Umschlag, in dem das Blatt zuletzt gesteckt hatte, war ganz offensichtlich nicht derselbe, in dem der Brief verschickt worden war. Agathe Weinmann hatte wohl keinen weiteren Kontakt mit »Edith« gewünscht, nur: Warum hatte sie dann trotzdem dieses alte Schreiben aufbewahrt? Seufzend legte Froelich den Brief wieder auf den Tisch und nahm das Scheckheft zur Hand.

Offenbar hatte Agathe Weinmann ihr Geld großzügig mit anderen geteilt und offenbar war ihr Vermögen dafür groß genug gewesen. Beide Seiten des eingelegten Kartons waren eng beschrieben in einer streng wirkenden Schrift mit steil aufragenden Buchstaben. »Kepler«, las Froelich und dahinter die Zahl »10.000,–« sowie ein Datum aus dem vergangenen November. Ähnliche Summen hatte sie scheinbar an mehrere Empfänger verteilt, die mit »Klösterle«, »Peter/Paul«, »Kolping«, »Ev. Gemeinde« und ähnlichen Kürzeln bezeichnet waren.

Einige der Vermerke konnte sich Froelich leicht erklären: Vermutlich waren Spenden an den Förderverein Klösterle in Weil der Stadt gegangen, auch für die katholische Kirchengemeinde und deren Hauptkirche St. Peter und Paul war wohl Geld geflossen, bedacht worden waren demnach auch die Kolpingsfamilien in Merklingen und Weil der Stadt sowie die evangelische Gemeinde – Agathe Weinmann hatte ihr Geld breit gestreut. »Kepler« könnte auf die Kepler-Gesellschaft hinweisen. Außerdem waren Vermerke zu finden, die zur kirchlichen Jugendarbeit in Weil der Stadt passten, zu einer Betreuungsgruppe für Alzheimer-Kranke, zum hiesigen Barock-Ensemble, zu den Pfadfindern und zur Narrenzunft.

Die Beträge variierten stark und fielen im sozialen Bereich meistens höher aus. Gottfried Froelich addierte die aufgelisteten Beträge und kam auf gut 170.000 Euro, die Agathe Weinmann über dieses Scheckbuch unter ihren Mitbürgern verteilt hatte. Der erste Eintrag stammte aus dem Februar 2004 und nannte einen Betrag von 3000 Euro. Er und vier weitere – der letzte war knapp drei Wochen alt – trugen den Vermerk »Anita«.

Sonntag

Der Innenraum von St. Peter und Paul hallte wider von den Tönen der Einleitung. Gottfried Froelich arbeitete sich mit Händen und Füßen gekonnt durch seine Partitur, dann setzte der Gesang der Besucher ein und er nahm sich ein wenig zurück, um nur noch zu begleiten.

Seine sonntäglichen Konzerte in der katholische Kirche von Weil der Stadt liebte er, obwohl er sich vor Jahren nach scheinbarem Zögern nur dadurch vom damaligen Pfarrer hatte dazu »überreden« lassen, dass der Geistliche ihm zugestand, unter der Woche ein- oder zweimal zum Üben an der großen Orgel sitzen zu dürfen – und dabei auch ab und zu nicht besonders kirchlich angelegte Kompositionen zu spielen.

Das teils pessimistische, teils wütende »Six Feet Under«, das er Freitagnacht für Agathe Weinmann im Kühlraum gespielt hatte, war dabei entstanden. Meist aber spielte er Variationen von klassischen Klavierstücken oder improvisierte über Blues- und Jazz-Klassiker.

Natürlich zog er dafür nicht alle Register der imposanten Orgel, sondern beschränkte sich auf einige wenige, leise – der Hall im Kirchenschiff und Froelichs Fantasie schmückten das hinreichend aus. Froelich lächelte: Er zog die Register ja nicht, wie das früher üblich war, er schaltete sie über links von den drei Tastaturen angebrachte Kippschalter ein oder aus – aber die Formulierung »Register ziehen« war einfach geblieben.

Auch die Pausen, die während des Gottesdienstes für ihn als Organisten blieben, waren ihm angenehm. Er drehte sich dann auf seiner Bank um und sah hinunter in den Kirchenraum. Die Hinterköpfe der Kirchgänger, weiter vorn der Altar und dahinter der Chorraum: Bis hin zu den Buntglasfenstern am östlichen Ende der Kirche hatte er von hier oben einen atemberaubenden Blick. Und er sah in mancher Hinsicht hinter die Kulissen: Wenn sich etwa zwei Kommunionkinder heimlich zueinander beugten, um zu tuscheln, wenn ein Vater sein Kind mit einem strengen Seitenblick zur Ruhe ermahnte – dann schützten sich alle immer vor den Blicken des Pfarrers, der vor ihnen durch den Gottesdienst führte, nicht aber vor Beobachtern, die sie von oben betrachteten.

Vor allem die letzten Reihen konnte er, wenn er sich auf seiner Empore ein wenig vorbeugte, aus fast senkrechter Warte einsehen. Den meisten jungen Paaren, die sich gerne dort etwas ins vermeintlich Verborgene setzten, war das nicht bewusst, wie Froelich manchmal grinsend feststellen konnte.

Froelich sah zur leeren Kanzel hinüber: Gepredigt wurde schon lange nicht mehr von dem kleinen Säulenvorbau herab, sondern der Geistliche stand während des Gottesdienstes vor dem Altar. Pfarrer Staupitz war heute krank, erkältet, wie Froelich vorhin erfahren hatte. Er wurde vertreten von einem Kollegen, der in Weil der Stadt lebte und früher eine Pfarrstelle in Winnenden im Rems-Murr-Kreis innegehabt hatte.

Der Geistliche hatte sich längst warmgepredigt, und er hatte insgesamt ein sehr angenehmes Auftreten. Trotzdem war Gottfried Froelich enttäuscht: Vom heutigen Vormittag hatte er sich ein Gespräch mit Staupitz versprochen. Er wollte mit dem katholischen Pfarrer ein wenig über den Tod im Allgemeinen und den Tod von Frau Weinmann im Besonderen reden – mit dem befreundeten Staupitz, nicht seinem Vertreter, zu dem Froelich keinen engen Kontakt hatte.

Der Pfarrer stimmte ein Gebet an, und die Kirchgänger senkten die Köpfe. Stille kam auf in dem großen Gebäude, in Froelichs Nase allerdings kribbelte es plötzlich unwiderstehlich – und schließlich konnte er das Niesen nicht mehr stoppen, sondern nur noch halbwegs in seinem Ärmel dämpfen. Trotzdem ruckten unten einige Köpfe nach hinten. Der Pfarrer dagegen, ganz der altgediente Geistliche, blieb stocksteif in seiner bisherigen Haltung stehen, nur unter halb geschlossenen Lidern ging kurz ein Blick hinauf auf die Empore. Froelich war sich nicht ganz sicher: War da gerade ein leichtes Lächeln über seine Miene gehuscht?

* * *

Als am späten Sonntagnachmittag das Telefon klingelte, registrierte Froelich im Display die Nummer des Seniorenheims Abendruh, bevor er abhob.

»Ja?«, fragte er vorsichtig.

»Ich habe Sie gestern früh schon einmal angerufen«, sagte eine Frauenstimme. Er konnte nicht mit Sicherheit sagen, ob es dieselbe Frau wie gestern war, denn heute flüsterte die Stimme nur.

»Und warum haben Sie gestern so plötzlich aufgelegt?«

»Agathe Weinmann liegt also bei Ihnen?«

»Ich muss nun zuerst einmal wissen, mit wem ich überhaupt spreche.«

»Agathe …«

»Ja?«

»Agathe Weinmann ist …«

Froelich horchte gespannt, aber die Frau schien nicht weiterreden zu wollen. Außerdem waren im Hintergrund schon wieder Schritte zu hören.

»Jetzt bitte nicht schon wieder auflegen!«, sagte Froelich und horchte weiter. Die Schritte wurden wieder leiser, eine Tür fiel ins Schloss.

»Sie sollten wissen, dass Agathe Weinmann nicht einfach so gestorben ist«, raunte die Frau ins Telefon, als hätte sie einen Anfängerkurs in Verschwörungstechniken besucht.

»Ach – und wie kommen Sie darauf?«

»Ich weiß es einfach.«

»Und wer sind Sie?«

Schweigen.

»Ich meine, Sie können nicht einfach anonym hier anrufen und behaupten, Frau Weinmann sei ... – ja, wie soll ich es nennen?«

»Sie wurde ermordet«, sagte die Frau. Ihr Flüstern klang gepresst, als komme Wut in ihr hoch.

»Sie wurde – was?«, echote Froelich und sah mit weit aufgerissenen Augen zum Fenster hinaus.

»Ermordet«, wiederholte die Frau. »Agathe Weinmann wurde ermordet.«

Damit legte sie auf.

* * *

Gottfried Froelich träumte. Schöne Bilder einer jungen Frau zauberten ein seliges Lächeln auf sein schlafendes Gesicht. Er fühlte sich leicht und stark und voller Leben. Mit ausgreifenden, kräftigen Schritten folgte er der jungen Frau aus der Stadt hinaus, zwischen Wiesen und Feldern hindurch, und es dauerte eine Weile, bis er merkte, dass er inzwischen nicht mehr ging, nicht mehr rannte: Wie eine Feder flog er über den Weg dahin.

Die junge Frau drehte sich lachend zu ihm um und huschte zwischen den Bäumen des Waldrands hindurch ins Dunkel hinein. Statt ihr in den Wald zu folgen, sah er von oben auf die sattgrünen Wipfel hinunter, die sich sanft in einem Wind wiegten, den er nicht spüren konnte. Nur kurz noch sah er die hellen Kleider der jungen Frau zwischen den Ästen aufblitzen, dann schien sie verschwunden.

Ein gesichtsloser Fremder drängte sich in seinen Traum. Ohne jedes Geräusch breitete sich der Gesichtslose um ihn aus, hüllte ihn ein und raubte ihm den Atem. Froelich sah sich nach allen Seiten um, konnte aber in der plötzlichen Dunkelheit nichts erkennen. Er stieß die Dunkelheit mit den Händen von sich, aber sofort flutete sie wieder auf ihn ein. Er fühlte sich beengt, gefangen, seine Hände verkrampften sich, verzweifelt schnappte er nach Luft, doch da war nichts mehr.

Hustend erwachte Froelich und setzte sich im Bett auf. Sein Atem ging schwer und es war ihm, als habe er seit Stunden vergeblich nach Luft gerungen. Sein Herz raste, die Stirn war schweißnass.

Er sah durch sein Schlafzimmerfenster den großen Westturm von St. Peter und Paul. Die Turmspitze spiegelte an einigen Stellen das helle Mondlicht wider. Die Turmuhr zeigte 2.35 Uhr an.

Allmählich beruhigte sich sein Puls wieder und der Atem ging gleichmäßiger. Seufzend erhob er sich und schenkte sich in der Küche ein Glas Sprudel ein. Zurück im Schlafzimmer öffnete er das raumhohe Fenster und schob den schweren Sessel, auf dem er vor dem Zubettgehen gerne seine Kleider ablegte, davor. Müde ließ er sich in das Polster sinken und mummelte sich wegen der hereinströmenden kühlen Morgenluft tief ein in die Wolldecke, die neben dem Sessel auf dem Boden gelegen hatte.

Sofort löste der vertraute Geruch der Decke angenehme Erinnerungen in ihm aus. Seine Patentante Heidemarie hatte sie ihm geschenkt, damals, als sie noch in der Wolldecken-Fabrik in Weil der Stadt gearbeitet hatte, die es längst nicht mehr gab und auf deren Areal nahe bei Froelichs Haus sich heute ein Supermarkt ausbreitete.

»Sie wurde ermordet«, hallte in seinem Kopf die Stimme der fremden Frau wider, und die angenehmen Erinnerungen zerplatzten wie ein Luftballon.

Wer war diese Frau, die ihn anrief und so überzeugt war von einem Mord an Agathe Weinmann? Warum nannte sie ihren Namen nicht? Warum rief sie gerade ihn an – und warum telefonierte sie heimlich vom Empfang des Seniorenheims anstatt bequem von ihrem eigenen Anschluss aus?

Froelich blickte hinaus auf die Stadt. Das Metallgeländer vor seinem »französischen Balkon«, wie der Architekt dieses Fenster, das eine Glastür nachahmte, genannt hatte, legte sich aus dieser Perspektive wie ein geometrisches Muster über einen Teil der Stadtmauer. Der Seilerturm am rechten Bildrand, der Rabenturm ein Stückchen weiter links, das Dach des Wehrgangs auf der Mauer und die Dächer der dahinter zusammengedrängten Altstadt dagegen sah er völlig frei vor sich.

»Sie wurde ermordet.« Der Anruf ließ ihn nicht los. Wie konnte er herausfinden, wer die fremde Frau war, was sie wusste und was sie von ihm erwartete? Ihre Stimme hatte dünn geklungen, etwas zittrig, und Froelich kam zu dem Schluss, dass es wohl eine Insassin des Heimes, also eine ältere Dame wie Agathe Weinmann selbst sein dürfte. Vielleicht eine Zimmernachbarin oder zumindest eine gute Bekannte der Verstorbenen?

Gottfried Froelich musste niesen, was ihm gleich anschließend einen Hustenanfall bescherte. Ächzend wuchtete er sich aus dem Sessel hoch, zog die Wolldecke noch etwas enger um sich und tappte in die Küche hinüber. Aus einem Regal nahm er ein fein geschliffenes Glas, aus einem anderen eine Flasche, auf deren Etikett die Zahl »15« und der unaussprechliche Name einer schottischen Destillerie stand. Er goss sich ein, schlüpfte in seine weichen Hausschuhe und versuchte nichts von dem Whisky zu verschütten, als er durch den dunklen Flur zum Aufzug hinüberging.

Im Keller schlurfte er in den Kühlraum und blieb schließlich vor Agathe Weinmanns Sarg stehen.

»Gottfried«, murmelte er, hob das Glas, als würde er der Toten das Du anbieten und ihr zuprosten, und nahm einen Schluck. »Mensch, Agathe«, fuhr er dann kopfschüttelnd fort. »Was wurde nur mit dir angestellt?«

Agathe Weinmann antwortete nicht. Und als Gottfried Froelich schließlich fröstelnd und schniefend das leere Whiskyglas in der Küche abstellte, schlug die Turmuhr von St. Peter und Paul vier Uhr.

Montag

Nach dem dritten Kaffee stellte Gottfried Froelich sein Geschirr in die Spülmaschine und schob sich ein Pfefferminzbonbon in den Mund. Er nahm den Mantel vom Haken und ging aus dem Haus.

Die Leonberger Straße überquerte er zwischen zwei Kleintransportern, die in Richtung Umgehungsstraße unterwegs waren – jetzt, am späten Vormittag, war der Verkehr hier nicht so dicht wie frühmorgens und am Nachmittag. Er erreichte die Panoramastraße über einen kleinen Fußweg und stand wenige Minuten später am Gartentor eines mittelgroßen Wohnhauses. Am Tor und neben der Eingangstür gaben etwas protzig wirkende Messingschilder die Öffnungszeiten der Praxis des Allgemeinmediziners Dr. Jochen Fähringer bekannt, dazu gab es auch einen Klingelknopf. Zwei weitere Knöpfe waren mit »Jochen Fähringer« und mit »Fritz Fähringer« beschriftet.

Fähringer senior kannte Froelich seit seiner Kindheit: Er war zu seiner Zeit, also in den 60er-, 70er- und 80er-Jahren, der beliebteste Hausarzt in Weil der Stadt gewesen und gehörte zur Binokelrunde von Froelichs Vater, die sich jeden Dienstag im großen Gasthof an der Leonberger Straße getroffen hatte. Nun lebte Fritz Fähringer in einer kleinen Einliegerwohnung, die sein Sohn im Untergeschoss des Hauses hatte einbauen lassen und die dem Senior eine schöne Terrasse nach Westen hin bot. Seine noch recht rüstige Ehefrau Ilse wohnte zwar mit in der Einliegerwohnung, aber es schien Tradition in der Arztfamilie zu sein, den Frauen keinen Platz auf dem Klingelschild einzuräumen.

Froelich öffnete das Gartentor. Das leise Quietschen machte Fritz Fähringer auf ihn aufmerksam, der sich gerade mit einer kleinen Gartenschere an einigen Pflanzen neben der Terrasse zu schaffen machte. Der groß gewachsene, etwas dürr wirkende Mann drehte sich umständlich um und fixierte Froelich prüfend durch seine starken Brillengläser.

»Hallo, Herr Doktor Fähringer«, rief ihm Froelich zu, die bekannte Stimme hellte Fähringers Gesicht etwas auf.

»Ah, Gottfried«, machte er und lächelte. Offenbar gingen ihm Erinnerungen durch den Kopf, in denen er selbst noch viel jünger und der kleine Gottfried noch viel dünner gewesen war. Wie aus dem Nichts stand plötzlich eine kleine Frau neben dem Mann. Sie war ebenfalls dünn, trug ein geblümtes Kleid und darüber eine weiße Schürze und hielt sich mit sichtlicher Mühe, aber eisernem Willen kerzengerade.

»Frau Fähringer«, sagte Froelich und deutete mit dem Kopf eine leichte Verbeugung an. Zufrieden nahm Frau Fähringer die Geste zur Kenntnis und kehrte ins Haus zurück.

»Probleme?«, fragte Fähringer senior, als er wieder allein im Garten stand.

»Na ja«, antwortete Froelich, »ich schlafe schlecht. Nun will ich schauen, ob mir Ihr Sohn einen Tipp hat.«

»Du wachst sicher nachts auf und glaubst, keine Luft mehr zu bekommen, ja?«

Froelich nickte.

»Das passt«, nickte Fähringer senior. »Du solltest abnehmen, dann wird das besser.« Er grinste schelmisch und nickte zur Tür hinauf, die in die Praxis seines Sohnes führte. »Du hast Schlafapnoe, da wette ich. Kannst ihm ja einen Tipp geben, wenn er nicht gleich drauf kommt.«

Der alte Fähringer, der nach all den Jahren noch immer nicht allzu viel auf das medizinische Können seines ehrgeizigen Sohns gab, lachte rau auf, geriet dadurch in einen Hustenanfall und werkelte, als er den überstanden hatte, mit seiner Gartenschere weiter. Seinen Gesprächspartner schien er bereits wieder vergessen zu haben.

Froelich wandte sich dem Treppenaufgang zu, der an der Terrasse der Eltern vorbei und durch den Vorgarten hinauf zur Praxis führte. Er betrat den kleinen Windfang und danach den Flur der Praxis, den ein Tresen dominierte, hinter dem drei junge Frauen telefonierten, neue Patienten empfingen und den Papierkram erledigten.

»Haben Sie einen Termin?«, fragte ihn die Jüngste. Froelich hatte seinen Namen genannt und den Grund seines Hierseins, nun schüttelte er den Kopf.

»Oh«, sagte die Frau. »Da müssen Sie warten, das kann etwas dauern.« Dabei hielt sie ihren hübschen Kopf, von dem ein blonder Pferdeschwanz kess nach hinten abstand, betont gerade und drückte ihre schmalen Schultern etwas durch, wie um sich mit einer selbstbewussteren Körperhaltung gegen Froelichs Proteste zu wappnen – doch Froelich hatte nicht vor zu protestieren. Statt dessen nahm er wohlwollend zur Kenntnis, dass sich die ansehnliche Figur der Sprechstundenhilfe nun etwas auffälliger unter ihrem Kittel abzeichnete. Auch das Namensschild, das sie sich in Brusthöhe angesteckt hatte, war nun besser zu lesen: »Carina« stand darauf geschrieben.

Mit einer längeren Wartezeit hatte Froelich gerechnet, und das passte ihm auch ganz gut. Er hätte mit diesem Arztbesuch auch noch etwas länger gewartet – aber als Vorwand, mit Fähringer zu reden, waren ihm die lästigen Schlafstörungen gerade recht. Und wichtiger noch als das Gespräch mit Fähringer war ihm die Gelegenheit, unauffällig mit Heidi Brockmöller zu reden, der ältesten von Fähringers Arzthelferinnen.

Heidi war Ende Vierzig und verstand ihr Handwerk. Letztendlich war sie der Dreh- und Angelpunkt der ganzen Praxis, immer auf Draht, immer freundlich und auch in hektischen Phasen stets ein Ruhepol, an dem sich die beiden Kolleginnen orientieren konnten. Doch Heidi hatte drei Kinder zur Welt gebracht, und darüber war ihr die früher schlanke Figur um die Hüften herum etwas abhanden gekommen. Also umgab sie Dr. Fähringer, der auf jeden Fall Heidis berufliche Fähigkeiten sehr schätzte, mit häufig wechselnden jungen Damen, die nicht immer erstklassig arbeiteten, aber fast immer erstklassig aussahen.

Froelich trollte sich ins Wartezimmer und blätterte, umgeben von Husten, Schniefen und einer genervten Mutter, die ihr kleines Kind nur mühsam im Zaum halten konnte, in einem Lifestyle-Magazin. Er überflog zehn Tipps, die »jeden Mann zum Verführer machen«, las dann einen Artikel über den Trend zu taillierten Hemden und stieß schließlich auf ein zehnseitiges Special, das mit täglichen Turnübungen und einer »Low-Carb« genannten Vier-Monats-Diät den Weg zum perfekten Waschbrettbauch beschrieb.

Genervt legte Froelich das Magazin zur Seite und wuchtete sich aus dem unbequemen Plastikstuhl. Durch die offen stehende Tür des Wartezimmers hindurch hatte er gesehen, wie Heidi Brockmöller mit einer Urinprobe am Tresen vorbeigeeilt war. Er wusste, dass sie sich damit in einem kleinen Nebenraum zu schaffen machen würde, der direkt neben der Herrentoilette lag.

Als er das Wartezimmer verließ, sah der blonde Pferdeschwanz kurz auf, doch Froelich wandte sich der Toilette zu, und die hübsche Carina vertiefte sich wieder in ihre Unterlagen.

»Hallo, Heidi!«, rief Froelich scheinbar überrascht in das kleine Zimmer, in dem er auf dem Weg zur Toilette wie erwartet Heidi Brockmöller erspäht hatte. Sie wandte sich um, lächelte Froelich an und winkte ihn mit einer Kopfbewegung herein.

Froelich schlüpfte zu ihr ins Zimmer, während sich Heidi ungerührt weiter an der Urinprobe zu schaffen machte. Der Geruch, der Froelich in die Nase drang, war stechend.

»Na, Gottfried?«, fragte ihn Heidi im Plauderton. »Probleme?«

»Ach, ich will mich mal durchchecken lassen.«

»Bravo! Du bist ja ein wahres Vorbild!« Heidi lachte leise auf und steckte Froelich mit ihrer aufgeräumten Laune an. Die beiden kicherten ein wenig, plauderten über dies und das.

»Neuerdings habe ich eine eurer Patientinnen bei mir«, flocht Froelich schließlich möglichst unauffällig ein.

»Ach? Frau Weinmann, oder?«

Froelich nickte.

»Arme Frau …«, sinnierte Heidi und beschriftete einen leeren Behälter für die nächste Urinprobe. »Die hatte es nicht leicht im Leben. Geld war wohl da, aber so allein …«

»Hatte sie denn niemanden hier in der Stadt?«

»Verwandte wohl nicht, soweit ich das mitbekommen habe. Jedenfalls kam sie immer allein in die Praxis, auch wenn sie mal nicht so wahnsinnig gut zu Fuß war. Das Seniorenheim ist ja nicht so weit entfernt.«

»Na gut, aber Freunde …«

»Freunde? Das kommt wahrscheinlich ganz darauf an, was du darunter verstehst. Wer Geld hat, ist mindestens bei all denen beliebt, die davon etwas abbekommen haben – oder die sich gute Chancen ausrechnen. Sie hat von ein paar Vereinen hier in der Stadt und in der Umgebung erzählt, die sie zu Veranstaltungen eingeladen oder sogar abgeholt haben. Vermutlich hat sie sich mit Spenden revanchiert. Jedenfalls sprach sie weniger über sich und ihre eigenen Sorgen. Die hatte immer einen Blick für die Probleme der anderen, der weniger Wohlhabenden, der Jungen … War eine feine Frau, eine richtige Dame.«

»Und gesundheitliche Probleme?«

»Aber, Gottfried: Du weißt doch, dass ich dir das nicht sagen dürfte, selbst wenn sie welche gehabt hätte.«

»Ich will dich ja auch gar nicht in Verlegenheit bringen. Aber für mich sieht sie ganz gesund aus – na ja, ich meine: Wie sie so bei mir aufgebahrt liegt, sieht man ihr gar keinen Grund für ihren Tod an, weißt du?«

»Ich habe mich ja auch gewundert. Ich kann mich an keine ernsthafte Erkrankung erinnern. Kleinkram eben, Routine-Untersuchungen. Meistens kam Frau Weinmann vor allem deshalb zu uns, weil sie mal wieder jemanden zum Reden brauchte.«

»Dich, oder?«

»Ja, klar, wen denn sonst? Fähringer schaut gerne darauf, dass er möglichst viele Patienten durchschleust. Und die jungen Hühner, mit denen er sich hier umgibt, na ja …« Sie wedelte etwas genervt mit der Hand. Froelich wusste, was sie meinte – denn für die Arbeit, die ihre jüngeren und hübscheren Kolleginnen tagsüber nicht schafften, musste die treue Seele immer wieder Überstunden machen. »Dafür schielt er mir nicht mehr auf den Arsch«, hatte Heidi ihm dazu eines Abends im »Chick'n'Egg« verraten und ihm daraufhin lachend zugeprostet. So hatte eben alles seine Vor- und Nachteile.

Froelich spürte es mehr, als er es hörte: Hinter ihm stand jemand. Er drehte sich um und hatte das Gesicht der hübschen Carina vor sich. Sie blickte kurz fragend zu Heidi hinüber und bat ihn dann, ihr in den Behandlungsraum zu folgen.

Dr. Jochen Fähringer hatte schlechte Laune und hörte sich die Beschreibung von Froelichs Schlafstörungen mit mürrischer Miene an.

»Machen Sie sich mal frei«, kommandierte er, »oben reicht.« Er untersuchte seinen Patienten routiniert und meinte schließlich: »Sie sollten abnehmen, dann wird das besser.« Gespickt mit Fachausdrücken erklärte er Froelich, wie sein Übergewicht für schlechten Schlaf sorgte und welche Risiken die nächtlichen Atemaussetzer für ihn bargen.

»Wir machen am besten mal ein Langzeit-EKG, danach könnten wir Sie noch ins Schlaflabor schicken, um ganz sicher zu sein, dass die nächtlichen Atemaussetzer noch nicht akut bedrohlich sind.«

Froelich, der den Arztbesuch eigentlich eher als Vorwand für Fragen zum Tod von Agathe Weinmann hatte nutzen wollen, wurde etwas nervös.

»Ja … ich …«, begann er, und Fähringer, der gerade über die Sprechanlage eine Assistentin hereinrufen wollte, schaute auf.

»Ja?«

»Ich …«

»Sie brauchen vor dem Langzeit-EKG keine Angst zu haben«, versicherte Fähringer und fuhr, indem er Froelichs Nervosität offenbar falsch interpretierte, mit einem leicht hämischen Grinsen fort: »Und es tut auch nicht weh.«

»Ja, schon klar. Nur ist es mir … äh … nicht so recht, weil …«

Fähringer lachte auf. »Sie wollen vorher noch duschen? Kein Problem, kommen Sie einfach in den nächsten Tagen wieder, dann können wir Sie immer noch verkabeln. Den Termin können Sie sich gleich draußen von einer Assistentin geben lassen.«

»Gut«, brummte Froelich, der einerseits froh über die ihm unverhofft servierte Ausrede war – der aber andererseits fieberhaft darüber nachdachte, wie er das Gespräch auf Frau Weinmann lenken konnte.

Fähringer stand auf und begleitete seinen Patienten zur Tür, da drehte sich Froelich noch einmal um: »Sagen Sie, Herr Dr. Fähringer, Sie haben doch den Totenschein für Frau Weinmann ausgestellt?«

Fähringer stutzte.

»Ja, warum?«

»Nun«, stammelte Froelich, und unter dem forschenden Blick des Arztes hatte er das Gefühl, dass sich auf seiner Haut Schweißtropfen bildeten, »ich wollte Sie fragen …«

Fähringer fixierte sein Gegenüber noch ungnädiger und allmählich schien ihm zu dämmern, was sein Patient von ihm wollte.

»Sie wollen mich doch nicht wirklich über eine verstorbene Patientin aushorchen?«

»Ich …«

»Und wozu eigentlich?«

»Frau Weinmann könnte … na ja … Sie könnte …«

»Ja? Was könnte sie?«

»Sie ist vielleicht keines natürliches Todes gestorben.«

Fähringer hielt kurz die Luft an, dann schüttelte er ärgerlich den Kopf.

»Sie gehen jetzt. Für so einen Blödsinn habe ich keine Zeit und Sie sollten lieber aufhören, mit so seltsamen Fragen Ihren guten Ruf zu riskieren.«

Froelich sah betreten drein und ging dann langsam an der Empfangstheke der Praxis vorüber.

»Wollten Sie nicht einen Termin für das Langzeit-EKG vereinbaren?«, rief ihm Fähringer hinterher.

»Ach, stimmt ja«, antwortete Froelich lahm, ging aber weiter auf die Ausgangstür zu.

Dienstag

Nervös ging Gottfried Froelich auf dem Kopfsteinpflaster des Platzes hin und her. Recht still war es hier auf dem Gelände der Merklinger Kirchenburg. Immer wieder sah er auf die Uhr, schaute den schmalen Durchgang in Richtung auf die Kirchgrabenstraße hinunter, dann blickte er zum Eingang des Gebäudes vor ihm hinüber. Das Remigiushaus wurde von einer Laterne recht hübsch beleuchtet und wandte ihm und der benachbarten Remigiuskirche eine Seite des Satteldachs zu, die von einem Quergiebel unterbrochen wurde. Links davon führte eine modern aussehende, blaue Eingangstür ins Innere des Hauses, die Tür war von dem kleinen Platz aus über eine schmale Brücke zu erreichen.

Kurz vor halb zehn ging die Tür auf und einige Menschen gingen in die Nacht hinaus auf Froelich zu. Nach und nach kamen immer mehr ins Freie und schließlich drängelte sich Froelich an ihnen vorbei ins Innere des Gebäudes.

Der Vortrag, den der Ortsverein der Landfrauen heute Abend hier angeboten hatte, war offenbar zu Ende und Froelich hoffte, noch einige der Vereinsmitglieder anzutreffen, um sie direkt wegen einer Putzfrau zu fragen. Das Gespräch mit der Vorsitzenden war nicht sehr angenehm gewesen, aber die Aussicht darauf, seine Kunden künftig in verstaubten Räumen zu empfangen, schien ihm noch unangenehmer. Auf die Idee, selbst ein Tuch in die Hand zu nehmen, kam er erst gar nicht.

Im Remigiushaus hatten sich die Reihen schon sichtbar gelichtet. Einige Besucher – zu Froelichs Überraschung waren es Männer und Frauen – unterhielten sich angeregt mit einem älteren Herrn, der neben einem Pult mit Mikrofon stand und vermutlich der Referent des Abends war. Um den kleinen Pulk herum beeilten sich Frauen unterschiedlichen Alters, Tische abzuräumen, Stühle auf Transportkarren zu stapeln und den Raum auch sonst aufzuräumen. Zwei jüngere Frauen kamen gerade mit einem Staubsauger und einem Wischmopp in den Raum – Froelich lächelte erleichtert und ging auf die beiden zu.

»Entschuldigen Sie bitte die Störung«, begann er und fuhr hastig fort: »Darf ich Sie kurz etwas fragen?«

»Ja, worum geht es denn?«, fragte die eine der Frauen, während ihn die andere etwas misstrauisch musterte.

»Mein Name ist Gottfried Froelich«, setzte er an.

»Ach, der Bestatter aus Weil?«, unterbrach ihn die Frau und grinste. Aus dem Augenwinkel bemerkte Froelich, dass sich aus der Gruppe um den Referenten eine schick gekleidete Dame Mitte vierzig löste und energisch auf ihn zukam.

»Ja, der bin ich. Ich wollte Sie fragen ...«

»– ob eine von euch nicht für ihn putzen könnte!«, fuhr ihm die inzwischen neben ihm stehende Mittvierzigerin dazwischen. »Mein Name ist Maier, wir haben telefoniert.« So wie sie es sagte, schien das keine angenehme Erinnerung für sie zu sein. Froelich trat von einem Fuß auf den anderen und blickte auf den Boden, als suche er ein Schlupfloch.

»Sie haben ja Nerven, Mann!«

»Jetzt komm, Sabine! Unser guter Herr Froelich weiß ja schon gar nicht mehr, wo er hinsehen soll«, sagte die Frau, die er angesprochen hatte. »Wie kommen Sie denn auf die Idee, dass Sie ausgerechnet hier und heute eine Putzfrau finden könnten?«

»Ich ... Ich dachte ...«

»Pfff ...«, versetzte Sabine Maier und rollte die Augen.

»Na ja«, stammelte Froelich weiter. »Landfrauen ... da dachte ich ...«

»Ach, du liebes Lieschen«, lachte die Frau ihm gegenüber schallend auf, sodass sich einige der anderen Besucher zu ihnen umdrehten. »Da haben Sie zumindest mit uns dreien die Falschen erwischt.« Sie nickte zu der Frau neben sich: »Lena schwingt den Wischmopp nur hier und daheim, ansonsten ist sie als Anwältin und Mitglied in diversen Vereinen ausgelastet. Ich habe mit vier Kindern und einem Mann schon genug Arbeit. Und Sabine, unsere Vorsitzende, arbeitet zwar in Leonberg in der Bank, aber sie putzt nicht, sondern bewilligt Kredite.«

»Aber wissen Sie vielleicht ... Ich meine ...« Froelich litt und begann zu schwitzen.

»Na, nimm doch mich«, hörte er plötzlich eine gutgelaunte Stimme hinter sich, die er kannte. Er drehte sich um und sah in das strahlende Gesicht von Anita Wessel.

»Du?«

»Ja, ich, warum nicht?«

»Ich meine: du bei den Landfrauen?«

Anita prustete leise los, Sabine Maier murrte: »Haben Sie nun bald alle Fettnäpfchen durch?«

»Entschuldigung ...«

»Was zahlst du deiner Putzfrau denn?«

»Hättest du wirklich Lust?«

»Ja, das probieren wir einfach mal. Ich fand deinen Auftritt im ›Chick'n'Egg‹ ziemlich klasse. Im Seniorenheim arbeite ich Schicht, und wenn es sich mit meinen Dienstzeiten abstimmen lässt, kann ich das schon machen. Sagen wir: zweimal die Woche? Abends? Dienstags und freitags?«

Froelich nickte auf jede Frage und entspannte sich zusehends.

»Aber eine Bedingung habe ich.«

»Okay, welche denn?«

Anita schaute kurz in die Runde, ihr breites Grinsen begann Froelich Sorgen zu machen.

»Du isst doch ganz gerne, stimmt's?«

Das war nun angesichts seiner Statur nicht schwer zu erraten, fand Froelich.

»Ja, ich esse gerne und ich esse gerne gut, das sieht man doch.«

»Das sieht man?«, ätzte Sabine Maier und sah Froelich abschätzig an. »Dann finden Sie wohl auch, dass ein Mann, der schon fünfmal verheiratet war, mächtig viel Ahnung von Frauen hat, oder?«

»Jetzt lass ihn doch, Sabine«, vermittelte Anita. »Also: Die Bedingung ist, dass du ab übermorgen an unserem wöchentlichen Kochabend teilnimmst.«

»Hmm …«, machte Froelich und dachte nach.

»Jeden Donnerstag um Punkt 19 Uhr stehst du hier im Remigiushaus auf der Matte, bringst eine Schürze mit, ein Kochmesser, einen Rührlöffel und etwas zu schreiben, damit du dir Notizen zu den einzelnen Rezepten machen kannst.«

»Aber ich …«

»Schau, Gottfried, es ist im Grunde genommen ganz einfach: Entweder du nimmst dir einmal die Woche Zeit zum Kochen – oder zweimal die Woche zum Putzen.«

Das überzeugte ihn schließlich. Aber die drei anderen Frauen, die um ihn herumstanden, grinsten bei alledem so breit, dass er kein gutes Gefühl bei der Sache hatte.

Mittwoch

Das alte und abgegriffene Notizbuch, in dem Agathe Weinmann Geburtstage, Telefonnummern und Adressen aufgeschrieben hatte, lag seit Montag früh im Notariat, aber
bevor er es mit den anderen Kleinigkeiten aus Frau Weinmanns Karton hingebracht hatte, hatte er das Büchlein und
die Ausgabenliste des Scheckhefts kopiert. Gottfried Froelich legte die Kopien der Notizbuchseiten vor sich auf den
Esstisch.

Der Geruch von warmen Zwiebeln, Fleisch und einem et-
was angebrannten Brotfladen erfüllte den Raum. Also schob
Froelich die Kopien in sichere Entfernung und packte den
Döner aus, den er sich gerade aus der Stadt geholt hatte.
Herzhaft biss er in den aufgerollten und gut gefüllten Fla-
den, stark vornüber gebeugt, damit die üblichen kleinen
Fleischstücke, Zwiebelringe und ein paar Körnchen vom ex-
trascharfen Gewürz auf die Tischplatte und nicht auf den
Fußboden fielen.

Binnen weniger Minuten war der Döner bis auf einige
Krümel verputzt, die Froelich schließlich vom Boden auf-
sammelte und samt der Verpackung in die Mülltonne steckte. Mühsam wusch er sich mit viel Seife Fett und Spezialsoße
von den Fingern, braute sich dann einen Espresso und setzte
sich mit der kleinen Tasse wieder an den Tisch.

Unschlüssig hielt er die Kopien des Notizbuchs in den
Händen, bevor er auf der ersten Seite zu lesen begann. Hier
hatte Frau Weinmann ihre eigene Adresse samt Durchwahl
ihres Zimmers im Seniorenheim notiert – dieser Eintrag sah
noch recht neu aus. Der Rest des Buchs bestand den Kopien
zufolge zum größten Teil aus Seiten, die rechts Seitenreiter
in alphabetischer Reihenfolge trugen. Was danach folgte,
hatte er nicht mitkopiert: Er erinnerte sich an einige unli-
nierte Seiten, an ein Verzeichnis von Autokennzeichen der
alten Bundesländer sowie an eine Karte, die das Gebiet der

Bundesrepublik Deutschland vor dem Mauerfall zeigte. Die letzten Seiten hatten eine Art Lexikonteil enthalten, der sich mit Maßen, Einheiten und den Wappen der alten Bundesländer befasste. Außerdem war ein Ferienplaner für das Jahr 1978 abgedruckt.

Froelich blätterte im alphabetischen Teil. Er ließ die mal mehr, mal weniger beschrifteten Seiten durch seine Finger gleiten und sah sich dann wahllos einige an.

Unter »L« stand unter anderem Lydia Laufz – scheinbar hatte Frau Weinmann die Seniorchefin seines Lieblingscafés persönlich gekannt. Froelich verspürte einen Stich im Bauchbereich. War der Döner doch keine so gute Idee für heute gewesen? Oder reagierte sein Magen auf den Gedanken an die Konditorenkunst, für die Familie Laufz berühmt war?

Unter »P« war ein Eintrag durchgestrichen: Der Name »Probst«, ohne Vornamen, und die Adresse in Ostelsheim samt Telefonnummer waren kaum mehr zu entziffern, so wild wirkten die Striche, mit denen der Eintrag regelrecht ausgelöscht wurde.

Während diese Striche alt und schon etwas abgewetzt aussahen, war der Eintrag für einen gewissen Peter Prags scheinbar neueren Datums – dahinter war »Kepler« notiert und eine Telefonnummer ohne Vorwahl. Außerdem waren neben einigen anderen Einträgen auf der Seite noch die Telefonnummern des katholischen Pfarrbüros und des Polizeireviers notiert. Ein Eintrag mit dem Titel »Presse« enthielt keine Telefonnummer, aber die Kürzel »F.H.«, »I.C.« und »T.H.« – vielleicht Querverweise?

Unter »F« entdeckte Froelich seinen eigenen Namen mit dem Zusatz »Bestatter« – hatte Agathe Weinmann womöglich Todesahnungen? Direkt über seinem Namen stand die Praxisnummer von Dr. Fähringer – Froelich musste grinsen: Das sah fast so aus, als hätte Agathe Weinmann nicht viel von Fähringers medizinischen Fähigkeiten gehalten. Einen »F.H.« gab es hier nicht.

Unter »H« standen hinter »Hubert« einige Zahlen, darunter ein Geburtsdatum, eine »44« – war das die Schuhgröße? –, die Zahl »180!« – mit Ausrufezeichen! – und ein Kreuz mit einem zweiten Datum – vermutlich der Tag, an dem »Hubert« starb. Dabei handelte es sich mit ziemlicher Sicherheit um ihren Mann.

Darunter war ein Ferry Hasselmann verzeichnet, noch eine Zeile weiter ein »Thorsten Huth«, beide mit dem Kürzel »P« markiert, beide mit einer Telefonnummer mit Stuttgarter Vorwahl. Nun blätterte Froelich etwas gezielter: Unter »C« fand er ebenfalls einen Eintrag mit dem Kennzeichen »P«, eine gewisse Ingeborg Coordes, deren Telefonnummer mit 0 70 32 begann, der Vorwahl von Herrenberg.

Froelich legte die Kopien zur Seite und sah nachdenklich zum Fenster hinaus. Wenn das Kürzel »P« zum Eintrag »Presse« gehörte – und die Initialen auf der »P«-Seite passten ja –, dann musste Agathe Weinmann irgendwann einmal geglaubt haben, sie müsse für irgendetwas die Presse einschalten. Was aber konnte das sein? Und konnte das mit Agathe Weinmanns Tod zu tun haben?

Gottfried Froelich sah auf die Uhr: ein guter Zeitpunkt für eine leckere Torte. Die Einträge im Notizbuch mussten warten.

* * *

Aus dem Verkaufsraum der Bäckerei und Konditorei Laufz schlug ihm warme Luft entgegen. Am linken Tresen standen eine Frau und zwei Männer Schlange für Brezeln und Brötchen, am rechten Tresen ließ sich gerade eine ältere Dame ein kleines Baby-Püppchen in einen ebenfalls winzig kleinen Kinderwagen legen und beides als Geschenk verpacken.

Froelich sah der Dame über die Schultern und deutete dann hinter ihrem Rücken wortlos auf eine der Torten in der Auslage. Die Verkäuferin nickte ihm lächelnd zu. Als sich die Kundin daraufhin irritiert umdrehte, stapfte Froelich schon durch den Verbindungsgang zum Café hinüber.

Kaum hatte er an einem kleinen Tischchen an der hinteren Wand Platz genommen, da huschte auch schon die Bedienung zur Kaffeemaschine und startete das Programm für einen Cappuccino mit Sahne. Hier kannte jeder Gottfried Froelichs kulinarische Vorlieben.

Umständlich zerrte Froelich die Tageszeitung aus der Tasche seines Mantels, den er über die Stuhllehne gehängt hatte. Zum Lesen kam er vorerst nicht: Die Bedienung kam an seinen Tisch, stellte den Cappuccino und einen Teller mit einem großen Stück Torte vor ihm ab.

»Einmal van Rijn, bitteschön«, sagte die Bedienung und zwinkerte ihm zu. Natürlich hieß die Torte anders, aber Lea stammte aus dem südholländischen Städtchen Leiden und studierte Kunstgeschichte an der Uni Stuttgart – da hatte es sich zwischen ihr und Stammgast Froelich eingebürgert, dass sie sich einen Spaß mit dem Namen der nach dem berühmten Leidener Maler benannten Kalorienbombe machten.

Froelich lächelte, als er bemerkte, dass ihm Lea auch diesmal drei Zuckerpäckchen auf die Untertasse gelegt hatte. Nach und nach riss er sie auf und ließ den Inhalt in seine Tasse rieseln. Als er mit dem Löffel einen Teil der Sahne vom Cappuccino hob und ihn auf der Torte verstrich, verstummten am Nebentisch die Gespräche.

Gottfried Froelich schaute hinüber und sah fünf Damen Mitte, Ende sechzig, die sich um einen Tisch am Fenster drängten und nun fassungslos auf seinen Teller blickten.

»Die Damen ...«, grüßte Froelich seine Nachbarinnen lächelnd und mit einem Kopfnicken, danach rührte er genüsslich seinen Cappuccino um. Einige Minuten lang hörte er die Damen noch tuscheln, er schnappte Gesprächsfetzen auf wie »so dick ...«, »kann sich's doch gar nicht leisten ...« und »das würde bei mir ...« – dann kehrte wieder die normale Atmosphäre ein: gleichmäßiges Gemurmel aus allen Ecken des Cafés, aus Gottfried Froelichs Perspektive überlagert von der Unterhaltung der fünf Damen am Nebentisch.

Bald hatte Froelich die Torte in großen Happen verschlungen. Er ließ sich das Rum-Aroma noch ein wenig auf der Zunge zergehen, dann schlug er die Zeitung auf. Er las nur oberflächlich und hörte nebenbei den Damen am Nachbartisch zu, die ihn und seine Essgewohnheiten längst wieder vergessen hatten.

»Weißt du«, sagte eine der Damen, und ihre Stimme klang durch einen deutlichen österreichischen Akzent angenehm weich, »ich kann das irgendwann einfach nicht mehr.«

»Aber er will wahrscheinlich nicht ins Heim, oder?« Diese Frau nun hatte wiederum einen fränkischen Einschlag und rollte das R.

»Nein, natürlich nicht«, seufzte die Österreicherin. »Und jedes Mal, wenn ich davon anfange, schaltet Vater einfach auf stur und tut so, als hätte er nichts gehört.«

Froelich schaute verstohlen zu den Damen hinüber: Sie hatten teils graue, teils vermutlich gefärbte Haare, trugen Dauerwellen oder gefönte Kurzhaarfrisuren, dünne wollene Oberteile, dezentes Make-up und teuer, aber nicht protzig aussehende Halsketten. Und sie hatten Kaffeekännchen und fünf Stückchen Linzer Torte vor sich stehen – offenbar schätzte Froelich das Alter der Damen schon richtig ein. Aber hatte die Österreicherin nicht gerade von ihrem Vater gesprochen?

»Das nervt, gell? Geht mir ähnlich«, warf eine dritte ein.

»Aha, endlich auch mal eine Schwäbin«, dachte Froelich und blätterte leise um.

»Sobald ich meiner Mutter vom Pflegeheim erzähle oder ihr auch nur mal ein Prospekt dalasse, geht sofort die alte Leier los: Ich sei undankbar, wolle nur ihr Geld, sei mir wohl zu schade, auch nur einmal etwas für meine arme Mutter zu tun – und so weiter.«

»Ach Gott«, seufzte die Fränkin. »Die alten Leute sind schon anstrengend.«

»Wem sagst du das …«, stimmte ihr eine weitere Schwäbin mit halb vollem Mund zu.

»Wenn ich mal alt bin«, hob die Österreicherin an und Froelich musste unwillkürlich grinsen, »wenn ich mal alt bin, will ich meiner Tochter nicht zur Last fallen. Da geh ich ins Heim und fertig!«

»Bring das mal deinem Mann bei«, schnaubte die Fränkin.

»Ja, das wird eine harte Nuss. Männer sind ja so komisch.«

Vier der Damen nickten eifrig, die Österreicherin schenkte ihren Freundinnen ein triumphierendes Lächeln. Froelich trank seinen Cappuccino aus und ging zum Bezahlen zu dem kleinen Raum zwischen Café und Bäckerei hinüber, in dem Lea gerade weitere Kuchenbestellungen und Kaffee richtete.

* * *

Als Gottfried Froelich die Tür von St. Peter und Paul nach außen zog, stieß er fast mit Metzgermeister Schabonsky zusammen, der gerade die Kirche verlassen wollte. Die beiden beleibten Männer grüßten sich, Froelich hielt Schabonsky die Tür auf, und etwas umständlich drückten sich die beiden aneinander vorbei.

Schabonsky war stadtberühmt für seine Kalbsleberwurst im Golddarm und manchmal, das hatte er Froelich einmal über eine Schale dampfender Brustripple hinweg verraten, zog er sich tagsüber in die düstere Kirche zurück. Meist, um den Ärger über einen besonders schlecht gelaunten oder aus anderem Grund mäkeligen Kunden zu verdauen.

Froelich, der ebenfalls gerne eine Denkpause in dem alten Gemäuer einlegte, konnte den Metzger gut verstehen. Und besser als ein wütend hinuntergestürztes Viertele oder ein Frust-Ripple war ein solcher Kirchenbesuch allemal.

Den ganzen Tag über war die Sonne kaum durch die Wolken gedrungen, und nun begann schon das Zwielicht der Dämmerung. Im großen Innenraum von St. Peter und Paul war es auch an hellen Tagen eher düster, jetzt kroch die Dunkelheit aus allen Ecken auf die Sitzbänke zu.

Froelich sah sich um. Er stand zwischen den beiden Glastüren, die hinter den westlichen Eingängen der Kirche einen kleinen Windfang bildeten. Über ihm erhob sich der Kirchturm, das menschenleere Kirchenschiff öffnete sich nach Osten hin zur Kanzel, zum Altar und zum dahinter liegenden Chorraum. Wie ein Reflex schoss ihm jedes Mal, wenn er zu den Buntglasfenstern hinsah, der Gedanke an Professor Jokarl Huber durch den Kopf, der um 1940 herum mit seiner Frau Hildegard die Fenstermotive gestaltete und dabei dem Teufel die Gesichtszüge von Adolf Hitler verliehen hatte.

Langsam und leise ging Gottfried Froelich in das Kirchenschiff hinein. Nur gedämpft drangen die Geräusche der vorbeifahrenden Autos durch die dicken Mauern. Metallisches Scheppern war zu hören – es klang, als würde ein Kind mit einem Skateboard oder einem City-Roller über das Pflaster der Pfarrgasse bergabwärts rattern.

Froelich machte seine übliche Runde. Im Mittelgang passierte er die Kanzel, wandte sich nach rechts und blieb dort im Dunkeln einige Minuten lang stehen, ging danach gemächlich auf die andere Seite hinüber, wo auch die steile Treppe zu sehen war, die den Aufgang zur Kanzel bildete. Froelich wusste, dass sich hier und auf der anderen Seite die kleineren östlichen Türme der Kirche erhoben – während einer Führung hatte er vor Jahren viele Details gehört, an die er sich nicht mehr erinnern konnte. Dass die beiden kleineren, älteren Türme romanisch, der größere aber gotisch war, hatte er sich immerhin gemerkt.

Froelich seufzte und vollendete seinen Rundgang, indem er sich auf einer schmalen Sitzbank an der Nordseite der Kirche niederließ.

Allmählich kam tiefe Ruhe in Froelich auf. Sein Atem ging nach und nach leichter, die Füße kribbelten ein wenig und die Augen hatten sich an das dämmrige Halbdunkel gewöhnt. Er ließ den Blick über die Wände schweifen, ohne dabei etwas Bestimmtes ins Auge zu fassen. Und schließlich blickte er durch eines der Glasfenster in den Spätnachmittag hinaus.

Während sich das Restlicht des Tages in den bunten Glasstücken verfing, stieg vor Froelichs geistigem Auge das Gesicht von Agathe Weinmann auf, umrahmt von den fünf Damen des Kaffeekränzchens. Seufzend rieb sich Froelich die Augen und massierte langsam seine Nasenwurzel.

Was ließ ihn nur daran zweifeln, dass die alte Frau Weinmann eines natürlichen Todes gestorben war? Die Einträge im Scheckbuch zeigten, dass sie auch schon zu Lebzeiten großzügig Geschenke verteilt hatte – wer würde sich eine solche Quelle durch Mord selbst abgraben? Angehörige, die sich Sorgen machen könnten, die spendenfreudige Frau könne ihnen nicht genug vom Erbe hinterlassen, schien es nicht zu geben – jedenfalls hatte sich bei Froelich noch niemand gemeldet, um Details der Bestattung zu besprechen.

Trotzdem: Froelich wurde den Verdacht nicht los, dass mit dem Tod von Agathe Weinmann irgendetwas nicht stimmte. Bildete er sich das nur ein? Oder fand er ein Einfach-so-Einschlafen zu deprimierend, zu kümmerlich als endgültiger Schlusspunkt eines ganzen, langen Lebens?

Über das Kirchenfenster huschte ein kleiner Schatten, wahrscheinlich war ein Vogel draußen vorbeigeflogen. »Vielleicht eine Meise«, dachte Froelich und musste lächeln, als ihm die kleine Legende einfiel, die von den Meisen im Garten des Kapuzinerklösterles erzählte, wie sie einst im Bart der Mönche nach Nusskernen pickten – und anschließend im Wegfliegen den neben den Mönchen sitzenden Pfarrer von Nußdorf mit ihren Hinterlassenschaften bombardierten.

Froelich wusste, dass mit diesem »Nußdorf« der heutige Eberdinger Ortsteil Nussdorf gemeint war, der etwa 20 Kilometer nördlich von Weil der Stadt an der Grenze vom Hecken- zum Strohgäu lag. Aber er wusste auch, dass ihn all das im Hinblick auf Agathe Weinmanns Tod keinen Schritt weiterbrachte.

Er notierte sich in Gedanken, mit wem er in den nächsten Tagen reden wollte, um weitere Informationen über Agathe Weinmann zu sammeln. Und wenn sich dadurch mehr und Konkreteres ergab als das ungute Gefühl, das ihn bisher zu dem Thema beschlich, musste er unbedingt mit der Polizei reden. Denn demnächst würde Frau Weinmann bestattet werden – und falls sich nicht vorher noch Angehörige fanden, würde die Tote ins Krematorium gebracht werden. Das wäre dann auch gleich das Ende aller Möglichkeiten, Agathe Weinmanns Leichnam auf ein Verbrechen hin zu untersuchen. Zwar würde der Leichnam der alten Dame im Krematorium noch einmal vom Amtsarzt untersucht werden – aber würde er genauer hinsehen als Dr. Fähringer?

* * *

Etwas außer Atem stand Franz Sedelmayr im Vorraum der Stadtkirche und sah sich um. Er holte mehrmals tief Luft und knetete mit der linken Hand seine zitternde Rechte, die den Knauf seines Spazierstocks umkrampfte. Allmählich verschwand das leichte Schwindelgefühl wieder, das ihn befallen hatte, als er die schwere Eingangstür der Kirche endlich aufgeschoben hatte.

Aus dem Halbdunkel des Kirchenschiffs kam ein dicker Mann hervor. Er schien ganz in Gedanken versunken, nickte Sedelmayr aber doch im Vorübergehen grüßend zu, wie man das aus Höflichkeit auch Fremden gegenüber macht. Die Tür, durch die der Dicke die Kirche verließ, schloss sich wieder. Danach war Sedelmayr allein in der Kirche St. Peter und Paul.

Auf wackligen Beinen und gestützt auf seinen Stock arbeitete er sich langsam den Gang zwischen den Sitzbänken entlang, bevor er sich vor dem Altar nach links wandte. Er nahm mit der linken Hand eine kleine Kerze, entzündete ihren Docht an einer der anderen Kerzen, die in der Nische schon brannten, und stellte seine Kerze dazu.

Er faltete die Hände und bemerkte wieder einmal, wie kalt und papieren sich seine Haut anfühlte. Nur eine Stelle am Rücken seiner linken Hand war warm und etwas schwarz verfärbt – staunend betrachtete Sedelmayr sie, bis er zu dem Schluss kam, dass er sich dort gerade verbrannt haben musste, als er die Kerze für seine verstorbene Frau angezündet hatte.

»Ach, Agnes«, flüsterte er und schluckte die aufkommende Übelkeit hinunter. »Vielleicht hast du es gar nicht so schlecht getroffen.«

Agnes Sedelmayr war von ihrem Mann vor zwölf Jahren an einem frühen Nachmittag tot in der gemeinsamen Wohnung in der Ortsmitte von Renningen gefunden worden. Sie hatte auf der herausgezogenen unteren Schublade der Spülmaschine gelegen, den Kopf zwischen benutzten Tellern und einem Nudelsieb aus Plastik – der seltsame Anblick ging Franz Sedelmayr seither nicht mehr aus dem Sinn.

»Schlaganfall«, hatte der Notarzt lapidar gesagt und sich dann mit einem kurzen Händedruck verabschiedet.

Kurz danach hatte er sich von seinem Hausarzt noch einmal gründlich untersuchen lassen – ihm zufolge hatte er keinen Schlaganfall zu befürchten. Er hatte eher niedrigen als hohen Blutdruck, Stress kannte er nicht einmal aus seiner Zeit als Stadtbeamter in Stuttgart, er rauchte nicht, trank nicht, und seine dürre Statur verdankte er seinem ausgeprägten Desinteresse an allem, was mit Essen zu tun hatte.

Ein schmerzliches Lächeln schlich sich in die Miene von Franz Sedelmayr, und in seinen leicht gelblich unterlaufenen Augen schimmerte Feuchtigkeit. Später – das lag noch nicht lange zurück – hatte ihn derselbe Hausarzt nach einem Routinetermin zur Seite genommen. Ihm war aufgefallen, dass er Symptome einer Gelbsucht zeigte. Die Frage, ob er Schmerzen habe, konnte Sedelmayr verneinen, und er wunderte sich noch, warum der Arzt auf diese gute Nachricht so besorgt reagierte. Bald darauf kannte er den Grund: Die Gelbsucht war das Symptom gewesen, die eigentliche Krankheit gab ihm noch ein paar Monate bis maximal zwei Jahre zu leben.

Eine Operation wurde ihm nicht einmal mehr angeboten, und als er die Chemotherapie ablehnte, nickte der Arzt verständnisvoll mit dem Kopf und murmelte etwas von einer »ohnehin schlechten Prognose«, und dass er es verstehen könne, wenn sich Sedelmayr diese vermutlich wirkungslose Belastung ersparen wolle.

Er war an diesem Tag ins Seniorenheim zurückgekehrt, hatte die Untersuchungsergebnisse in seiner Dokumentenmappe abgelegt, handschriftlich ein Testament verfasst und alles schließlich unter seine Hemden in den Schrank gepackt. Danach interessierte er sich nicht mehr für die medizinischen Details seiner Krankheit, er würde ja alles von ganz allein am eigenen Leib erleben.

Es fehlte ihm ohnehin an vielem das Interesse. Ohne Agnes waren die Tage zu still und die Nächte zu lang.

Früher hatte er gern gelesen, aber es fiel ihm seit einigen Jahren zunehmend schwer, sich mehr als eine halbe Stunde auf einen Text zu konzentrieren. Als er im vergangenen Herbst einen spannenden historischen Roman über einen Baumeister aus dem Mittelalter zu lesen begonnen hatte, dessen ersten Teil er zu Agnes' Lebzeiten geradezu verschlungen hatte, konnte er sich die Namen der handelnden Figuren nicht mehr einprägen. Nach zwei Tagen und einigen Lesepausen verlor er den Handlungsfaden – und die Lust, sich weiter durch die mehr als tausend Seiten zu kämpfen.

Früher hatte er sich für Fußball interessiert. Spiele der Stuttgarter Kickers hatte er gelegentlich oben auf der Waldau besucht, über Zeitungsberichte, Radioreportagen und später auch im Fernsehen verfolgte er das Auf und Ab des VfB Stuttgart. Zwischendurch hatte er auch einen Bezahlsender abonniert, finanziell konnte er es sich ja leisten – aber bald stellte er fest, dass ihm seine einstigen Fußball-Helden Edmund Conen, Albert Sing, Robert Schlienz, Erich Retter und später noch Buffy Ettmayer doch zu sehr fehlten, um noch wirklich mit den Mannschaften mitzufiebern. Mit den jungen Spielern aus aller Herren Länder konnte er nur noch wenig anfangen, also hatte er das Abo wieder gekündigt.

Franz Sedelmayr seufzte. Langweilige Tage lagen hinter ihm und langweilige Tage lagen vor ihm, wenn auch nicht mehr allzu viele. Er seufzte noch einmal, lange und tief. Das Leben war eine Plage geworden.

Donnerstag

»Maigerle, Kriminalpolizei«, meldete sich eine freundliche Stimme am anderen Ende der Leitung.

»Froelich hier, Gottfried Froelich, der Keyboarder aus Weil der Stadt – erinnerst du dich noch?«

»Hey, Gottfried, grüß dich!«, freute sich Maigerle und setzte sich unwillkürlich etwas bequemer hin. »Klar erinnere ich mich. An dich und die flotte Anita.« Sein Ton bekam etwas Schwärmerisches und Froelich fiel ein, dass auch Anita eine Visitenkarte von Maigerle bekommen hatte.

»Hast du sie noch einmal getroffen?«, fragte Froelich möglichst beiläufig.

»Ja, am vergangenen Samstag kam sie her, wir hatten noch ein Konzert hier in der Stadt, der Abend war recht nett«, antwortete Maigerle.

Das konnte sich Froelich besser vorstellen, als ihm lieb war. Nicht selten wärmten ihn Gedanken an die schöne Anita. Träume, die leider nie Wirklichkeit werden konnten, wie Froelich jedes Mal viel zu schnell bewusst wurde.

»Aber deswegen hast du doch sicher nicht angerufen, oder?«, hakte Maigerle nach.

»Ich? Äh … nein, nein. Ich hätte mal eine Frage an dich, dienstlich, sozusagen.«

»Schieß los!«

»Hier in Weil der Stadt ist an dem Abend, als ihr hier aufgetreten seid, eine alte Frau im Seniorenheim gestorben.«

»Ehrlich: Ich war's nicht!«, beteuerte Maigerle bemüht ernst und kicherte dann doch los.

»Sehr witzig, danke. Aber mir ist da gar nicht zum Lachen zumute, ich glaube nämlich, dass diese Frau umgebracht wurde. Kannst du mir da irgendwie weiterhelfen?«

»Oh, das ist ja wirklich eine ernste Sache. Mann, ihr macht Sachen bei euch im Gäu … Aber da kann ich dir leider nicht groß helfen, du musst die Kollegen bei euch anrufen. Zuständig sein müsste die Polizeidirektion Böblingen – Weil der Stadt liegt doch im Landkreis Böblingen, oder?«

»Ja.«

»Warte mal, ich such dir die Nummer raus.« Maigerle gab ihm eine Telefonnummer mit Böblinger Vorwahl und eine mit der Vorwahl von Leonberg. »Für euch müsste die Kripo-Außenstelle Leonberg zuständig sein. Schreib mal auf: Gerhart-Hauptmann-Straße 12 ist die Adresse. Ich kenne dort keinen, ich bin auch selbst noch nicht lange bei der Kripo, aber frag dich einfach durch. Mordverdacht ist ja keine Lappalie, da kann dir sicher schnell jemand sagen, wer dein Ansprechpartner ist. Okay?«

»Ja, danke. Nur eins noch.«

»Ja?«

»War im ›Chick'n'Egg‹ nicht auch ein Kumpel von dir dabei, der beim LKA arbeitet? Könntest du mir vielleicht seine Nummer auch noch geben?«

»Von Hans-Dieter Kortz? Klar, kein Problem.«

Als sich Froelich auch diese Telefonnummer notiert hatte, um sich für den Fall zu wappnen, dass er bei der Kripo nicht weiterkommen würde, verabschiedeten sich die beiden und versprachen sich wortreich, lose Kontakt zu halten.

In Böblingen verwies ihn ein Kriminalhauptkommissar tatsächlich an die Kripo-Außenstelle Leonberg, doch Froelich hatte nun genug vom Telefonieren und beschloss, mit seinem alten Transporter zur Kripo zu fahren.

Auf der B295 umfuhr er Renningen, passierte am Aufstieg nach dem Ort die Abfahrt zum Freilichttheater und fuhr danach durch den Wald weiter bis zur A8. Nach der Autobahn folgte er dem linken Leonberger Stadtrand und erreichte über die Römerstraße schließlich die Gerhart-Hauptmann-Straße, in der die Kripo-Außenstelle untergebracht war – neben dem großen Gebäude des Polizeireviers.

Froelich hatte kein Glück. Zwar nahm sich der Leiter der Außenstelle, ein Kriminalhauptkommissar Rothe, sofort Zeit für ihn, als er von seinem Mordverdacht begann, und eine Kripo-Kollegin, eine gewisse Frau Pfahls, setzte sich ebenfalls dazu. Doch schnell lösten sich Froelichs Hoffnungen angesichts der Fragen, die ihm gestellt wurden, in Luft auf.

»Welche Hinweise auf Mord haben Sie denn?«

»Was sagt denn der Arzt, der den Tod feststellte?«

»Welches Motiv vermuten Sie denn?«

Bald hatten sich Pfahls und Rothe vielsagend angesehen und Froelich schließlich mit einem höflichen »Wir werden mal mit den Kollegen vom Revier in Weil der Stadt reden!« hinauskomplimentiert. Da saß er nun am Steuer seines Transporters und konnte den Beamten noch nicht einmal richtig böse sein: Sein Verdacht gründete sich einfach zu sehr auf »so ein Gefühl«, auf ein »Ist es nicht komisch, wenn eine gesunde Frau einfach so stirbt?« und auf den Anruf einer mysteriösen, alten Dame – die ja vielleicht letztendlich auch nur »so ein Gefühl« hatte.

Wütend hieb Froelich mit der Faust auf das Lenkrad und erwischte dabei versehentlich die Hupe. An einem Fenster der Kripo-Außenstelle wurde ein Vorhang zur Seite gezogen. Froelich startete den Motor und fuhr zurück nach Weil der Stadt.

Daheim dachte er noch eine Weile über seine vergeblichen Versuche nach, die Polizei von seinem Verdacht zu überzeugen. Schließlich wählte er die Durchwahl von Hans-Dieter Kortz beim Landeskriminalamt. Einen letzten Versuch wollte er noch unternehmen.

Kortz hörte sich alles geduldig an und ließ sich schließlich von Froelich breitschlagen, mal mit den Kollegen in Leonberg zu reden.

»Aber versprich dir davon nicht zu viel«, warnte ihn Kortz. »Mir kommt deine Geschichte, entschuldige bitte, auch ziemlich dünn vor. Und wenn das LKA anruft, reagieren manche Kripo-Leute schon auch mal etwas verschnupft.«

Tatsächlich meldete sich Kortz schon wenig später wieder bei Froelich.

»Wie ich gedacht hatte: Die Kollegen glauben nicht, dass dein Verdacht begründet ist – und als ich sie auf die Geschichte ansprach und erwähnte, dass du mich angerufen hattest, wirkten sie etwas … sagen wir mal: eisig.«

Fluchend legte Froelich auf.

* * *

Zögernd machte Gottfried Froelich einige Schritte auf den Eingang zu, dann fasste er sich ein Herz und ging zur blauen Tür.

Im Remigiushaus in Merklingen hörte er schon geschäftiges Murmeln. Er folgte den Geräuschen geradeaus durch den Flur in eine professionell ausgestattete Küche, in der sich schon die anderen Teilnehmer des Kochkurses drängten. Anita Wessel kam sofort freudestrahlend auf ihn zu und nahm ihn am Arm.

»So, die Damen«, rief sie in die Runde, »das hier ist Gottfried Froelich, unser Neuer.« Während sie ihm alle Anwesenden vorstellte und ihm sagte, dass sich hier am Herd alle duzen würden, wäre Froelich am liebsten sofort wieder aus dem Gebäude gestürmt: Außer ihm nahmen nur Frauen teil, Anita war mit Abstand die Jüngste unter ihnen und zwei dünne Damen mit streng gescheiteltem grauem Haar musterten ihn misstrauisch.

Eine riesige Schüssel auf einer Arbeitsplatte der Küche war etwa zur Hälfte mit Mehl gefüllt. In der Mitte ruhte eine gräuliche Pampe, auf der Luftblasen trieben. Anita war Froelichs Blick gefolgt und erklärte: »Das wird unser Hefeteig. Wir haben schon die Hefe mit etwas lauwarmer Milch in die Mulde im Mehl getan und ein wenig umgerührt, bis sich die Hefe aufgelöst hat. Nun lassen wir das noch ein Weilchen stehen, bevor wir den Teig fertig machen.«

»Aha«, machte Froelich. »Und was wird das dann, wenn's fertig ist?«

»Zwiebelkuchen!«, meldete sich eine der beiden dünnen Damen zu Wort. Anita hatte sie als Dorothea vorgestellt. Ihre Stimme klang schneidend und ihr Tonfall ließ nicht darauf schließen, dass ihr der neue Kursteilnehmer besonders sympathisch war.

»Ach so, ich weiß schon«, seufzte Froelich und krempelte die Ärmel hoch. »Ich muss nun die Zwiebeln schneiden, richtig?«

»Nein«, beruhigte ihn Anita. »Das machen wir lieber selbst. Aber du kannst sie uns natürlich schälen helfen und nachher knetest du den Teig, ja?«

Froelich war verblüfft. Er hätte darauf wetten können, dass das blödeste Geschäft an ihm hängen bleiben würde. Aber offenbar verzichteten die Frauen darauf, ihn vor Zwiebelringen weinen zu sehen – vielleicht würde der Abend doch nicht so schlimm werden wie befürchtet.

Er legte seine Stofftasche auf dem Boden des Flurs ab und zog das Messer heraus, das er heute eigens für den Kochkurs gekauft hatte. Fast eine Stunde lang hatte er sich im Messerladen in der Altstadt beraten lassen, bis er sich gegen vier sehr teure Messer entschieden hatte, die den Verkäufer sichtlich begeisterten, die ihm aber zu leicht (drei Keramikmesser) oder zu ungewohnt (ein japanisches Modell) in der Hand lagen. Schließlich hatte er sich für ein Messer entschieden, das nicht besonders modern wirkte, dessen Hersteller nicht als besonders schick galt und das trotz allem noch so viel kostete wie drei gute Mahlzeiten beim Italiener um die Ecke. Aber es lag gut in der Hand – und nachdem sich der Verkäufer damit ganz behutsam etwas Haut abgeschabt hatte, war Froelich auch überzeugt gewesen, dass es sehr scharf war.

Die Frauen um ihn herum sahen Froelichs Messer und zeigten sich positiv überrascht, vielleicht sogar beeindruckt. Offenbar waren Lifestyle-Klingen hier weniger gefragt als praktische Küchenhelfer.

Erst etwas ungelenk, dann aber schnell geschickter schnitt er die Zwiebeln an und half mit einem kleineren Gemüsemesser beim Schälen. Dann setzten sich vier der Frauen an den Tisch und begannen das Schneiden der Zwiebeln, während Anita ihn zur Teigschüssel führte.

»So, nun nimmst du die Schüssel mit hinüber zum Tisch und knetest den Teig durch.«

»Wie lange?«

»Das dauert eine ganze Weile. Wenn der Teig glatt aussieht, kannst du fürs Erste aufhören. Dann muss er noch ein wenig gehen.«

»Kommen Sie ... ich meine: Komm ruhig hierher«, flötete die dünne Dorothea überraschend freundlich und wies Froelich einen Platz an zwischen sich und der zweiten dünnen Dame, einer gewissen Hilde.

Beherzt griff Froelich in die Teigschüssel und begann zu kneten, auf beiden Seiten seiner Schüssel türmten sich die ersten geschnittenen Zwiebeln.

Zehn Minuten später knetete Froelich noch immer, Tränen liefen ihm über das Gesicht und er schniefte möglichst unauffällig. Den Teig hatte er zu einem beachtlichen Klumpen vermengt, der fest an seinen Händen klebte. Hilde und Dorothea waren fertig mit dem Zwiebelschneiden, gegenüber nahmen sich die beiden anderen Frauen gerade die letzten Knollen vor. Keine der Frauen hatte auch nur gerötete Augen.

Dorothea ging zum Kühlschrank hinüber und holte zwei Flaschen Prosecco heraus, Hilde und Anita stellten sieben Gläser auf den Tisch. Froelich stutzte: Mit ihm hatte der Kurs acht Teilnehmer.

»Nur sieben Gläser?«, fragte er.

»Na ja«, meinte Dorothea und nickte zu seinen teigverschmierten Händen hin. »Du kannst ja gerade nicht. Leider.«

Dabei grinste sie so unverschämt, dass Froelich dem Teig noch etwas heftiger zusetzte.

»Wir gehen dann mal raus, Herr Froelich, ich meine: Gottfried«, sagte Hilde dann noch. »Im Stehen ist der ganze Zwiebelgeruch ja wirklich kaum zum Aushalten.«

Damit ging sie mit den anderen auf den Flur hinaus, nur Anita raunte ihm noch kurz erklärend zu: »Der Zwiebeldunst steigt beim Schneiden nach oben, deshalb sitzen die Frauen dabei lieber – und deshalb musst auch nur du deswegen weinen.« Sie lächelte versöhnlich, zuckte entschuldigend mit den Schultern und folgte den anderen nach draußen.

Freitag

Auf dem Weg vom Bett zur Toilette hatte er nicht auf die Uhr gesehen. Nun, als er sich auf ein Glas Bier in der Küche auf die Eckbank gesetzt hatte, zeigten ihm die Digitalziffern am Backofen grün schimmernd »3:07« an. Froelich seufzte.

Der Zwiebelkuchen vom Vorabend war nun zum größten Teil auf dem Weg zur Kläranlage, ein kleiner Rest drehte noch letzte Runden in seinem Magen.

Die schnippischen Damen vom Kochkurs kamen ihm in den Sinn, und er wunderte sich nicht, dass er sich vor allem Dorothea und Hilde gut in seinem Kühlraum unten im Keller vorstellen konnte.

Dann dachte er an Agathe Weinmann, die tatsächlich dort unten lag, und an das, was er bisher aus dem Leben der Verstorbenen erfahren hatte.

Trotz ihres Alters und ihrer zerbrechlich wirkenden Statur – Agathe Weinmann war eine zähe Frau gewesen und mit einer durchaus stabilen Gesundheit gesegnet. Es gab nichts, woraus Froelich hätte herleiten können, warum und woran sie mehr oder weniger friedlich in ihrem Bett gestorben sein könnte.

Aber natürlich war er Laie, dazu würde er Dr. Fähringer noch einmal befragen müssen. Er wuchtete sich von der Eckbank hoch und ging zum Telefon hinüber, das im Flur auf einem Sideboard in seiner Ladeschale stand. Er nahm den Hörer, tippte sich im Menü zu Fähringers Nummer durch und drückte die »Wählen«-Taste.

Froelich hatte es schon dreimal klingeln lassen, als ihm wieder einfiel, wie spät es war. Hastig legte er auf und kehrte in die Küche zurück. Das musste wohl noch ein paar Stunden warten.

* * *

Jochen Fähringer griff nach dem Hörer und meldete sich mürrisch. Am anderen Ende war die Stimme von Gottfried Froelich zu hören, dem Bestatter.

»Herr Dr. Fähringer, ich wollte Sie noch etwas zur toten Frau Weinmann fragen.«

Froelich ging dem Arzt auf die Nerven. Und ohnehin war er heute zu müde, um gute Laune zu heucheln.

»Was gibt es denn dazu noch?«, schnappte er.

»Sie sind ja heute nicht besonders gut gelaunt. Haben Sie Kopfschmerzen oder so was?«

»Nein, aber ich hatte Bereitschaft. Eigentlich war nichts los, nur irgendwann gegen drei heute Nacht rief einer an und legte gleich wieder auf. War wahrscheinlich nur ein schlechter Scherz.«

»Das glaube ich auch«, beeilte sich Froelich zu versichern. Er war froh, dass er es bisher nicht geschafft hatte, für seine Privatnummer die standardmäßig eingestellte Unterdrückung der Rufnummer zu deaktivieren.

»Aber was ich Sie fragen wollte … Sie haben doch Frau Weinmann vor drei Wochen untersucht, ja?«

»Ja, aber warum wollen Sie das wissen?«

»Ich mache mir halt Gedanken, weil ich überall nur gehört habe, dass Frau Weinmann eigentlich gesund war.«

»So, überall haben Sie das gehört? Aber nicht von mir, schließlich gibt es eine ärztliche Schweigepflicht. Ich dachte eigentlich, ich hätte Ihnen das unlängst deutlich genug gemacht.«

»Na, immerhin haben Sie den Totenschein ausgestellt.«

»Den Sie sicherlich inzwischen auch gesehen haben und auf dem ich Frau Weinmann einen natürlichen Tod bescheinige. Mehr müssen Sie nicht wissen, würde ich sagen.«

»Aber Sie haben sie untersucht.«

»Ja, das habe ich Ihnen doch schon gesagt. Was wollen Sie eigentlich von mir?«

»Und kam durch die Untersuchung irgendetwas heraus, an dem sie Ihrer Meinung nach nun gestorben sein könnte?«

»Nein, nicht direkt – obwohl Sie das, wie gesagt, überhaupt nichts angeht.«

Froelich wartete und schließlich wurde Fähringer die Pause zu lang.

»Frau Weinmann war ihrem Alter entsprechend durchaus gut beieinander.«

»Keine Krankheit? Nichts Auffälliges? Irgendetwas mit der Lunge, Herzrhythmusstörungen?«

»Was hätten Sie denn gerne?«, brauste Fähringer kurz auf. »Mann, wie stellen Sie sich das denn vor? Die Frau war 79 Jahre alt, da stirbt man dann halt mal.«

»Einfach so?«

»Einfach so. Das Herz hört auf zu schlagen, die Atmung stoppt. Exitus. Was glauben Sie denn, woran all die Leute sterben, die im Haus Abendruh und in den anderen Seniorenheimen die Betten frei werden lassen? Auch wenn Sie nicht gerade Krebs haben, werden auch Sie nicht unbedingt 150.«

»Wohl nicht, nein.« Froelich dachte nach. »Trotzdem … müsste es nicht einen medizinischen Grund für den Tod von Frau Weinmann geben?«

»Natürlich: ihr Alter. Der menschliche Körper regeneriert nach dem 25. Lebensjahr nicht mehr so gut wie vorher und irgendwann ist die Substanz eben marode.«

Es gefiel Froelich nicht, wie der gereizte Mediziner das Thema abhandelte.

»Wie geht es Ihren Eltern?«

»Was soll das denn jetzt? Denen geht es gut, beide leben hier bei mir und meiner Frau im Haus – und Sie haben sie am Montag wahrscheinlich auch gesehen, als Sie wegen Ihrer Schlafstörungen – oder eher wegen Ihrer Schnüffeleien zu Frau Weinmann? – bei mir in der Praxis waren.«

»Und wie alt sind die beiden?«

»Meine Mutter ist 77 und mein Vater 84, beide noch ganz rüstig und ohne nennenswerte Krankheiten, zum Glück.«

»Trotzdem rechnen Sie täglich mit dem Tod Ihrer Eltern?«

»Wie kommen Sie darauf?«

»Na, die gesunde Frau Weinmann starb mit 79 …«

Fähringer hielt die Luft an, bebte etwas, dann brach es aus ihm heraus: »Unverschämtheit! Sie können mich mal!« Damit knallte er den Hörer auf den Apparat und ging wutschnaubend zum Fenster hinüber.

* * *

Gottfried Froelich nahm die Stoffserviette von seinem Schoß und legte sie vorsichtig neben den leeren Teller. Die Bedienung nahm sein Gedeck mit und brachte ihm einen doppelten Espresso. Froelich schüttete großzügig Zucker hinein und rührte danach langsam um, während ihm der Duft des Gebräus in die Nase stieg.

Das Ristorante hatte sich schon größtenteils geleert. Die Angestellten strebten nach ihrer Mittagspause wieder den Schreibtischen zu, und draußen vor den großen Fenstern des Lokals tauchten die ersten Fremden auf: Drei ältere Herren mit schütterem Haar hatten ihre halb gefüllten Rucksäcke gerade am Lokal vorbei- und dann quer über die Fahrbahn getragen. Nun stützten sie sich mit ihren Nordic-Walking-Stöcken auf den Pflastersteinen des Marktplatzes ab und blickten andächtig zur Statue des sitzenden Johannes Kepler hinauf.

Froelich las die Rechnung, die auf einem winzigen Tablett vor ihm lag, legte den Betrag seiner Zeche aufgerundet daneben und machte sich auf den Fußweg zum Ordnungsamt. Etwas wehmütig sah er nach den ersten Schritten, die ihm nach einem üppigen Essen immer etwas schwerfielen, zum Rathaus hinüber: Leider war die Stadtverwaltung auf die Stadtteile Weil und Merklingen verteilt, und auch in Weil der Stadt selbst hatten nicht alle Ämter ihren Sitz am Marktplatz. Das Ordnungsamt war zusammen mit dem Notariat im Gebäude Kapuzinerberg 14 untergebracht, also am nördlichen Ende der Altstadt, rund 100 Meter vom Königstor entfernt.

Er ging einen kleinen Umweg, um sich die Steigung hinauf zum Augustinerkloster und dann wieder fast ganz hinunter bis zur Badtorstraße zu ersparen. Trotzdem atmete er schwer, als er schließlich das Amtsgebäude erreicht hatte.

Wie überall war auch in Weil der Stadt das Rathaus an den Freitagnachmittagen nicht mehr besetzt – von Susanne Döblin wusste er allerdings anderes. Seine alte Schulkameradin arbeitete im Ordnungsamt und blieb vor dem Wochenende gerne noch etwas länger, um montags die neue Woche mit einem mehr oder weniger freigearbeiteten Schreibtisch beginnen zu können.

Auch heute saß Susanne Döblin noch über ihren Akten. Sie wusste, dass Froelich nachfragen wollte, wie es um Informationen zu Angehörigen von Agathe Weinmann stand – er hatte sich heute Vormittag schon angemeldet.

»Hallo, Gottfried. Warst wieder beim Italiener, was?«, sagte sie grinsend und deutete auf einen rosafarbenen Fleck auf seinem Hemd – diese Spur der leckeren Krabben-Sahnesoße war ihm selbst bisher nicht aufgefallen. Hilflos rubbelte er mit dem Daumen ein wenig an dem Fleck herum.

»Lass das!«, schaltete sich Susanne ein und zog ein Taschentuch aus dem Schreibtisch hervor. »Jetzt schau mal kurz weg«, murmelte sie, befeuchtete das Taschentuch mit etwas Spucke und rieb die Stelle leidlich sauber. »So, das müsste bis zur nächsten Fahrt in der Waschmaschine reichen.«

»Danke«, sagte Froelich.

»Kein Problem. Aber wenn du gerade essen warst, bringst du wahrscheinlich gar keine süßen Stückle mehr runter.« Sie deutete auf die Bäckertüte, die Froelich in der linken Hand hielt.

»Doch, doch«, lachte Froelich. »Etwas Süßes geht immer.«

»Dann ist es ja gut«, grinste Susanne Döblin und schob Froelich zur Tür hin. »Komm, wir gehen am besten gleich rüber zu Carola, die kümmert sich um die Recherchen wegen Frau Weinmann.«

Carola Wehrle war Notargehilfin und das Notariat war im selben Gebäude untergebracht. Froelich hatte in der Bäckertüte Marzipanschnecken und musste weder Susanne noch Carola lange überreden, die süßen Stückle mit ihm zu teilen. Zu dritt saßen sie nun in Wehrles engem und mit Akten vollgestopftem Büro an einem kleinen Beistelltischchen, das für Besprechungen gedacht war.

»Sag mal«, begann Froelich und versuchte dabei nicht allzu sehr zu schmatzen, »was hast du denn bisher zur Verwandtschaft der toten Frau Weinmann herausgefunden?«

»Noch fast nichts, leider«, erwiderte Carola Wehrle und wischte sich einen Krümel aus dem Mundwinkel. »Kaffee?« Froelich winkte ab und sie schenkte nur sich nach. »Ich hoffe, dass ich kommenden Montag damit fertig werde. Aber im Moment sieht es nicht gut aus.«

Was sie damit meinte, wusste Gottfried Froelich: Konnte sie keine Hinterbliebenen aufspüren und war womöglich kein ausreichender Nachlass vorhanden, blieb die Stadt auf den Begräbniskosten sitzen.

»Hatte sie denn keine Sterbeversicherung?«

»Offenbar nicht, aber das ist diesmal egal.«

Froelich stutzte: So freigiebig kannte er seine Stadtverwaltung gar nicht.

»Frau Weinmann war nicht gerade arm«, fuhr Carola Wehrle fort und tippte auf einen Aktendeckel, der vor ihr auf dem Tisch lag. »Sie hat im Testament verfügt, wie sie bestattet werden möchte und hat auch das Geld dafür zurückgelegt. Und die Dame war offenbar gut informiert und wusste wohl, dass das Testament erst ein, zwei Monate nach ihrem Tod eröffnet wird: Sie hat die Verfügung zu ihrem Begräbnis zur Sicherheit auch noch einmal bei der Heimleitung hinterlegt.«

»Sehr ordentlich«, nickte Susanne Döblin.

»Und wie möchte sie bestattet werden?«, fragte Froelich.

»Feuerbestattung, kleine Trauerfeier in Weil der Stadt – mehr nicht.«

»Okay, das wäre ja ungefähr auch das Programm gewesen, das ihr für sie ausgerichtet hättet.«

Susanne Döblin nickte, dann fiel ihr etwas ein: »Carola, was hast du vorhin mit ›fast nichts‹ gemeint? Du hast gesagt, dass du fast nichts über die Verwandtschaft von Frau Weinmann herausgefunden hast.«

»Sie hat hier in der Gegend keine lebende Verwandtschaft, aber sagen wir es mal so: eine bewegte Vergangenheit. Gut, die Frau ist 79 geworden, da kommt natürlich einiges zusammen für eine Biografie, aber das …«

Froelich horchte auf und auch Susanne Döblin wartete gespannt darauf, dass die Kollegin fortfuhr.

»Sie war dreimal verheiratet, hatte aus allen Ehen zusammen vier Kinder, dazu eine Adoptivtochter. Ihre Ehemänner sind tot, die leiblichen Kinder auch – drei von ihnen kamen in einem Kleinbus von der schneeglatten Fahrbahn ab, das vierte starb an einem angeborenen Herzfehler.«

Froelich schluckte.

»Die Adoptivtochter konnte ich bisher noch nicht ausfindig machen. Wenn ich mir so ansehe, was diese Frau Weinmann alles hat aushalten müssen, würde es mich nicht wundern, wenn die Adoptivtochter auch tot wäre.«

»Aber müsstest du diese Tochter nicht recht zügig über die Meldeunterlagen finden?«

»In Deutschland schon, aber Frau Weinmann lebte eine Zeitlang in Kanada, irgendwo in der Nähe von Quebec. Dort hatte sie einen ihrer drei Ehemänner kennen gelernt, der Mann kam ein paar Jahre nach der Hochzeit ums Leben, als er während des Skiurlaubs mit einem Schneemobil von der Piste abkam.«

»Nein, oder?«

»Doch, ehrlich. Das ist die spannendste Recherche, die ich bisher hatte, das kannst du mir glauben.«

»Hört sich ganz so an. Und die Adoptivtochter?«

»Na ja … Frau Weinmann, damals hieß sie Hugues nach dem Familiennamen ihres zweiten Mannes, wollte nach der Tragödie nicht in Kanada bleiben. Sie ließ Anne, die Adoptivtochter, in der Familie eines Vetters ihres toten Mannes und zog zurück nach Deutschland. Eine Zeitlang wohnte sie in Althengstett, lernte dann ihren dritten Mann kennen …

»Herrn Weinmann, nehme ich an.«

»Genau, der war leitender Angestellter in einer Firma in Sindelfingen und besaß ein schönes Haus in Ostelsheim. Dort ist sie dann eingezogen, die beiden haben geheiratet, sind kinderlos geblieben und er ist Anfang der 90er gestorben. Zwei Jahre später hat sich Frau Weinmann ein Bein gebrochen und nach der Zeit im Krankenhaus hat sie sich um einen Platz im Seniorenheim Abendruh beworben. Dort lebte sie dann seit 1994.«

»Und nun liegt sie bei mir im Keller.«

»Ja. Tut mir leid, dass das nicht schneller geht, aber du weißt ja …«

»Mach dir keinen Kopf«, beruhigte sie Froelich. »Ich habe Platz genug.«

Susanne Döblin grinste, Carola Wehrle lächelte schmerzlich, Froelich verabschiedete sich.

* * *

Die Türglocke läutete an diesem Abend kurz vor sieben.

In den vergangenen beiden Tagen war viel Betrieb gewesen im Institut. In Weil der Stadt, Simmolzheim und Renningen waren je eine, in Malmsheim sogar zwei Beerdigungen angefallen. Und Frau Weinmann lag nicht mehr allein im Keller: Ein 58-jähriger Zimmermann hatte sich das Genick gebrochen, als er während eines Richtfests in Münklingen nach seinem Richtspruch vom Dach eines Rohbaus gestürzt war.

Gottfried Froelich hatte das nur indirekt betroffen: Seine Leute kümmerten sich um die Abholung der Toten und um alles, was auf den Friedhöfen zu erledigen war. Er selbst führte nur die Gespräche mit den Hinterbliebenen, tröstete die Traurigen, redete den allzu offensichtlich Erleichterten behutsam ins Gewissen – und übergab die Entscheidungen der Verwandtschaft zur weiteren Bearbeitung an seine beiden Bürodamen.

Nun war schon seit zwei Stunden Ruhe ins Institut eingekehrt. Walter Reiff war gegen fünf als Letzter gegangen.

Gottfried Froelich öffnete die Haustür und bat Anita Wessel herein. Sie trug Jeans und Turnschuhe, darüber ein grobes Baumwollhemd, unter dem ein weißes T-Shirt hervorlugte. In der einen Hand hielt sie zwei Paar Gummihandschuhe, in der anderen eine Flasche Rotwein.

»Du scheinst ja als Putzfrau deine ganz eigenen Rezepte zu haben«, grinste Froelich und deutete auf die Weinflasche.

»Nein, nein, Gottfried«, lachte Anita. »Erst die Arbeit, dann das Vergnügen. Du magst italienischen Roten?«

»Wenn er gut ist, klar.«

»Ist er, ist er, keine Bange. Nimm mal die Flasche und dann zeig mir am besten gleich, was ich alles putzen soll.«

Froelich führte sie von oben nach unten durchs Haus, zeigte ihr die einzelnen Räume und beschrieb ihr, was besonders oft gereinigt werden musste und was ihm nicht so wichtig war. Als er seine Wohnräume ausließ, meinte Anita Wessel nur: »Okay, zeigst du mir die eben nachher.«

Im Ausstellungsraum musterte sie ohne Scheu die dort platzierten Särge, zupfte am Blumenschmuck und besah sich die Arrangements, die den Kunden Anregungen geben sollten.

»Da werde ich darauf achten müssen, dass alles auch nach dem Putzen noch so aussieht, oder?«

»Tja, wenn das klappt, wäre es prima. Das hat deine Vorgängerin aber nie hinbekommen und ich würde dich sicher nicht deswegen rauswerfen.«

Durchs Treppenhaus gingen sie hinunter ins Sarglager, an das sich die kleine, alte Schreinerei-Werkstatt anschloss, in der noch Gottfrieds Vater maßgefertige Särge gebaut hatte. Er selbst hatte hier nie viel mehr gemacht, als die Holzplatten für seine Modelleisenbahn zuzusägen.

»Hier«, erklärte er, »musst du nur das Gröbste zusammenkehren. Durch die Holzreste in der Schreinerei ist das ohnehin nie ganz sauber zu bekommen.«

Garage, Kellerräume und den Flur nach vorne zur Haustür hin – bald hatten sie auch das Erdgeschoss besichtigt.

»Ist das alles?«, fragte Anita.

»Na ja, einen größeren Raum hätte ich noch – aber nur, wenn du dich traust.«

»Das klingt aber spannend. Was ist es denn?«

»Na, komm mit«, sagte Froelich und betrat mit ihr den Aufzug. Im Untergeschoss gingen die Neonröhren an, als sie den Flur betraten und nach einem letzten »Willst du wirklich?« drückte Gottfried Fröhlich die Tür zum Kühlraum auf.

Er ging voran und trat dann einen Blick zur Seite. Neben ihm erstarrte Anita Wessel. Unruhig ließ sie ihren Blick durch den großen, kahlen Raum streifen.

»Liegt da jemand drin?«, fragte sie und deutete auf die beiden Särge, die in dem ansonsten leeren Raum standen.

»Ja«, seufzte Froelich. »Im linken Sarg liegt ein toter Zimmermann, ist vom Dach gefallen und kam gestern am späten Nachmittag rein. Und dort«, er wies zu dem Sarg weiter rechts hinüber, »dort liegt eine alte Dame, die vor ein paar Tagen im Seniorenheim Abendruh gestorben ist.«

»Frau Weinmann?«, fragte Anita. Ihre Stimme klang brüchiger als noch gerade eben.

»Ja, du kanntest sie?« Froelich wusste es ja bereits, aber der Name »Anita« auf Frau Weinmanns Scheckbuch ging ihm nicht aus dem Kopf – also unterzog er Anita diesem kleinen Test und beobachtete dabei aufmerksam ihr Mienenspiel.

»Klar«, sagte Anita leichthin. »Ich arbeite doch im Seniorenheim. Schon seit ein paar Jahren. Da habe ich natürlich auch sie gepflegt.«

»Ach?« Froelich hatte den Eindruck, Anita Wessel wirke trotz ihrer betont entspannten Antwort nicht mehr so ruhig wie zuvor. »Da siehst du mal, was ich alles nicht von dir weiß.«

»Du weißt noch viel mehr nicht von mir«, lächelte Anita, als wolle sie mit ihm flirten. Aber es wirkte etwas aufgesetzt, wie Gottfried Froelich mit leiser Enttäuschung bemerkte.

Samstag

Nach seinem üppigen Mittagessen in der Pizzeria in der Stuttgarter Straße vertrat sich Gottfried Froelich die Beine. Sein Spazierweg führte ihn im Bogen außerhalb der südlichen Stadtmauer von Weil der Stadt entlang bis hinüber zur Herrenberger Straße, über die er den Marktplatz erreichte. Er passierte die sitzende Kepler-Figur in der Mitte des Platzes und wandte sich vor dem Rathaus nach links.

Er steuerte auf ein schmales Häuschen mit Fachwerk und einigen Blumentrögen vor den Fenstern des ersten Stocks zu und ging die Steinstufen vor der Eingangstür hinauf. Durch die Tür betrat er das Kepler-Museum, in dem an diesem Samstag Nachmittag wenig Betrieb war.

An der Kasse saß ein Mann mit kurzen grauen Haaren, die vor allem über der hohen Stirn strubbelig nach allen Seiten abstanden. Er trug einen grau gesprenkelten Drei-Tage-Bart, eine Brille mit fast kreisrunden Gläsern und war mit Jeans und T-Shirt leger gekleidet – eine bequem aussehende Lederjacke hing über der Lehne eines Stuhls, der im Eck stand. Gottfried Froelich kam ein Lied über einen Klempner in den Sinn und er musste grinsen, weil ihn der Mann an der Kasse tatsächlich sofort an Reinhard Mey erinnert hatte.

»Zwei Euro bitte«, sagte »Reinhard Mey« und sah ihn müde, aber freundlich an.

Froelich gab ihm eine Münze und fragte: »Sind Sie von der Kepler-Gesellschaft?«

»Ja, bin ich, warum?«

»Froelich ist mein Name«, stellte sich Gottfried Froelich vor und streckte dem Mann an der Kasse die Hand hin.

»Wie das Bestattungsinstitut am Friedhof?«, fragte »Reinhard Mey« und erhob sich, als Froelich nickte.

»Ja, das bin ich. Ich meine: Das ist mein Institut.«

»Lassen Sie das lieber«, meinte er und deutete auf Froelichs ausgestreckte Hand. »Ich bin tierisch erkältet.« Als müsse er es beweisen, zog er ein Papiertaschentuch aus der Hosentasche und schnäuzte sich imposant.

»Mein Name ist Peter Prags, ich bin der Kassier hier im Verein – obwohl es bei uns offiziell recht pompös Schatzmeister heißt. Na ja, allzu große Schätze muss ich hier nicht meistern.« Er lachte heiser, was sofort in einen Hustenanfall überging. »Sie hören es ja: Ich habe nicht übertrieben mit meiner Erkältung. Was wollen Sie denn über die Kepler-Gesellschaft wissen?«

»Tja, so ganz direkt geht es nicht um Ihre Gesellschaft.« Den Namen kannte Froelich schon aus dem Notizbuch von Agathe Weinmann: Dort war Prags mit dem Zusatz »Kepler« aufgeschrieben.

»Ach?« Prags nahm seine Lederjacke von der Stuhllehne. »Wollen wir nicht für einen Moment rausgehen? Hier drin ist gerade niemand, da können wir uns genauso gut im Sonnenschein unterhalten.«

Die beiden Männer gingen nach draußen und stellten sich mit Blick auf den Marktplatz vor das Haus.

»Was wollen Sie denn nun wissen?«, wiederholte Prags seine Frage und sah Froelich zunehmend amüsiert an, der offensichtlich nicht so richtig wusste, wie er am besten beginnen sollte.

»Ich …«, stammelte Froelich unbeholfen.

»Ein Pfefferminz?« Prags hielt ihm eine kleine blaue Papierrolle hin, Froelich schüttelte den Kopf.

»Vor ein paar Tagen starb eine Frau Weinmann, die im Seniorenheim Abendruh wohnte.«

»Frau Weinmann? Sie meinen Agathe Weinmann, nehme ich an.«

Froelich nickte erleichtert. Die erste Hürde schien genommen.

»Die Dame kannte ich, von ihrem Tod habe ich gehört. Sie war sehr großzügig, auch unserer Gesellschaft gegenüber. Soweit ich weiß, hat sie für alles Mögliche gespendet.«

»Ja, ich weiß. Ich meine: Davon habe ich auch gehört.«

Prags sah sein Gegenüber forschend an, als habe er bemerkt, dass sich Froelich gerade verplappert hatte.

»Was interessiert Sie denn so an Frau Weinmann?«

»Na ja, die Stadtverwaltung sucht nach Hinterbliebenen und bis sich etwas ergeben hat, liegt Frau Weinmann bei mir im Institut.«

»Stimmt. Sie hat in unseren Gesprächen auch immer einen eher einsamen Eindruck gemacht und von Verwandten hat sie auch nie gesprochen. Aber was haben Sie damit zu tun?«

»Wie gesagt: Frau Weinmann ist bei mir im Institut aufgebahrt.«

»Das haben Sie ja schon gesagt, aber das bringt Ihr Beruf ja wohl auch mit sich. Und die Recherchen liegen bei der Stadt, nicht bei Ihnen. Also?«

Froelich begann zu schwitzen. Prags war eine harte Nuss.

»Mein Beruf«, unternahm Froelich einen neuen Anlauf, »macht mir schon seit einiger Zeit zu schaffen. Sagen Sie es bitte nicht weiter: Aber im Moment finde ich es nicht so toll, dass ich immer erst ins Spiel komme, wenn die Leute schon das ganze Leben hinter sich haben. Können Sie das verstehen?«

»Irgendwie schon. Ich zum Beispiel bin Steuerberater und mag es nicht, wenn mich vor allem meine wohlhabenderen Kunden ständig mehr oder weniger offen darüber ausfragen, wie sie am besten Geld am Finanzamt vorbeimogeln könnten. Aber so ist das eben: Jeder Job hat seine unangenehmen Seiten.«

»Frau Weinmann habe ich zu ihren Lebzeiten nicht gekannt. Nun will ich der Stadtverwaltung ein wenig unter die Arme greifen, selbst ein wenig nachforschen – und dabei etwas über das Leben von Frau Weinmann erfahren. Natürlich nichts Intimes oder Geheimes oder so. Ich würde nur in diesem einen Fall gerne ein Gefühl dafür bekommen, was für ein Mensch Frau Weinmann gewesen ist.«

»Sie haben echt einen Knall!«, lachte Prags auf und musste sofort wieder husten. »Aber meinetwegen ...«

Froelich atmete auf.

»Frau Weinmann war eine nette alte Dame. Viel mehr weiß ich eigentlich auch nicht. Sie wirkte auf mich einsam, aber das habe ich ja schon erwähnt. Ab und zu rief sie mich an – ich hatte den Eindruck, dass sie lieber einen persönlichen Ansprechpartner in der Kepler-Gesellschaft haben wollte, als auf der Geschäftsstelle anzurufen. Sie spendete für unsere Gesellschaft, auch für andere Vereine und Einrichtungen, und sie genoss es sehr, wenn wir sie persönlich zu Veranstaltungen der Kepler-Gesellschaft einluden. Also im Grunde genommen ist das alles so, wie man es sich auch ohne Informationen über Frau Weinmann zusammenreimen könnte.«

»Hm.«

»Und: Gibt Ihnen das schon ein Gefühl dafür, wie Frau Weinmanns Leben war?«

»Eher nicht.«

»Dachte ich mir.«

»Ist Frau Weinmann als Spenderin für Ihre Gesellschaft ein großer Verlust?«

»Diese Frage kommt mir aber ein bisschen pietätlos vor, gerade für einen Bestatter, das muss ich schon sagen.« Allerdings wirkte Prags weniger entrüstet als weiterhin amüsiert.

»Na ja, wenn sie doch so großzügig gespendet hat …«

»Das kam nun auch wieder nicht so wahnsinnig häufig vor. Im vergangenen Oktober oder November hatte sie uns einen größeren Betrag gespendet. Sie brachte mir den Scheck daheim vorbei, ich wohne in der Pfarrgasse, gleich neben dem Eine-Welt-Laden, und habe dort auch meine Kanzlei. Ich erinnere mich noch, dass ich mich etwas geärgert habe.«

»Geärgert? Über die Spende?«

»Nein, natürlich nicht, es war ja auch ein schöner Batzen. Geärgert habe ich mich nur darüber, dass Frau Weinmann immer noch mit ihrem alten Scheckheft unterwegs war. Das bedeutete, dass ich wieder extra zur Bank laufen musste – Überweisungen schien sie nicht zu mögen, warum auch immer.«

»Bereitet Ihnen Frau Weinmanns Tod nun finanzielle Probleme? Spender stehen ja wahrscheinlich auch nicht an jeder Ecke parat.«

»Da haben Sie leider recht, aber es sterben natürlich immer wieder Gönner unserer Gesellschaft. Viele, die uns und auch andere Vereine unterstützen, sind ja nicht mehr die Jüngsten. Das ist also der natürliche Gang der Dinge. Im vergangenen Jahr starben sogar gleich zwei unserer Förderer innerhalb weniger Wochen. Ach ja, und wenn ich so darüber nachdenke: Im Jahr davor war es ähnlich. Seltsam eigentlich …«

Froelich hörte Peter Prags zunehmend interessiert zu. Sollte sich hier ein Ansatz für seine Nachforschungen ergeben?

»Ja, wirklich seltsam – das finde ich auch«, meinte er nun. »Hatte Ihnen Frau Weinmann denn in letzter Zeit von einer Krankheit erzählt oder davon, dass sie sich nicht wohl fühlte?«

»Nein, warum?«

»Und die anderen Spender, von denen Sie gerade erzählten: Waren die auch gesund, als sie starben?«

»Worauf wollen Sie denn hinaus?«

Froelich sah Prags an und gab sich einen Ruck. »Ich glaube nicht, dass Frau Weinmann einfach so gestorben ist.«

»Was?«

»Ich glaube, da hat jemand nachgeholfen.«

Prags stand mit offenem Mund und starrte Froelich wortlos an. Dann wechselte sein Gesichtsausdruck von staunend über wütend bis hin zu grinsend: »Also wirklich: Sie haben echt einen Knall!«

Damit wandte er sich ab und ging kopfschüttelnd die Stufen zum Eingang des Kepler-Museums hinauf.

Froelich sah ihm noch kurz nach, dann schlenderte er seufzend an der Rathausfront entlang und bog in die Stuttgarter Straße ein.

* * *

Als Gottfried Froelich den Hof seines Instituts betrat, lud Walter Reiff gerade zwei Kisten in den Transporter, in denen Muster für Kranzschleifen und verschiedenes Informationsmaterial lagen.

»So spät noch da, Walter?«, rief er seinem Arbeiter zu. Dass Reiff samstags hier war, hatte sich längst eingebürgert, aber meist trollte er sich gegen Mittag ins Wochenende.

»Ich muss den Pfleiderers noch ein paar Muster zeigen«, antwortete Reiff und zuckte resigniert mit den Schultern. Pfleiderer hieß die Familie des verunglückten Zimmermanns.

»Wo wohnen die nochmal?«

»In Ostelsheim. Übrigens gar nicht weit vom früheren Haus unserer Frau Weinmann. Wir haben also sozusagen die halbe Nachbarschaft hier.« Reiff grinste lahm und knallte die Hecktür des Transporters zu.

»Woher weißt du das denn schon wieder?«

»Ein Vetter von mir wohnt in derselben Straße, der hat mir das gestern Abend erzählt, als wir mit ein paar Kumpels vom Sportverein auf ein Bier draußen in der ›Säge‹ zusammensaßen.« Froelich wusste, dass es in der abgelegenen Kneipe nahe des Weihers auf halbem Weg nach Schafhausen selten bei einem Bier blieb. Und tatsächlich sah Reiff heute auch etwas zerknautschter aus als sonst.

»Weißt du was, Walter …«, begann Froelich, und in Reiffs Augen schimmerte sofort die Hoffnung auf einen baldigen Feierabend auf. »Ich mach die Fahrt für dich und du gehst zu deiner Frau nach Hause, ja?«

»Klasse, Chef. Abgemacht.« Er kritzelte die Adresse der Pfleiderers auf einen Notizzettel und reichte ihn Froelich.

»Gut, dann ab mit dir!«

Froelich sah Reiff noch kurz nach, dann riss er die Wagentür auf und zog sich auf den Fahrersitz. Umständlich rangierte er mit dem Transporter im Hof umher, doch nachdem er die Brücke über die Würm hinter sich gelassen hatte, dauerte es keine zehn Minuten, bis vor ihm das Ortsschild von Ostelsheim auftauchte.

Die auf dem Zettel notierte Schillerstraße hatte er kurz darauf ebenfalls erreicht. Langsam fuhr er weiter, hielt nach der angegebenen Hausnummer Ausschau und hielt schließlich vor einem schmucklosen Zwei-Familien-Haus, das sich direkt neben einem etwas herrschaftlicher wirkenden Anwesen zwischen alte Bäume duckte.

Mit Frau Pfleiderer, der Witwe des Zimmermanns, besprach er Details der bevorstehenden Beerdigung im Esszimmer. Er hatte einige Muster eingesteckt, dazu ein dickes Ringbuch mit Fotos von Blumenschmuck und anderen Dekorationen. Frau Pfleiderer war leidlich gefasst, nur aus dem Nebenzimmer war das leise Schluchzen einer anderen Frau zu hören.

»Die Mutter meines Mannes«, flüsterte ihm Frau Pfleiderer entschuldigend zu.

Sie kamen gut voran, und nach einiger Zeit verstummte auch das Schluchzen von nebenan und eine Tür fiel ins Schloss.

»Wäre das dann alles?«, fragte Frau Pfleiderer schließlich. Sie wirkte erschöpft und Froelich überlegte kurz, sie heute lieber nicht nach ihrer früheren Nachbarin zu fragen – doch dann siegte seine Neugier. Wenn er schon mal hier war ...

»Darf ich Sie noch etwas fragen?«, begann Froelich behutsam.

»Oh ...«, seufzte Frau Pfleiderer, aber Froelich beeilte sich zu versichern: »Sie müssen nichts mehr für die Beerdigung entscheiden, keine Angst. Es geht um etwas anderes.«

Frau Pfleiderer sah ihn an, erleichtert und etwas irritiert zugleich.

»Wir haben derzeit noch jemanden bei uns, der früher in Ostelsheim lebte.« Ein selten blöder Einstieg, wie Froelich selbst fand – und auch Frau Pfleiderer konnte mit der Bemerkung zunächst nichts anfangen und sah ihn weiterhin fragend an.

»Frau Weinmann ist vor ein paar Tagen gestorben. Sie wohnte vor Jahren im Haus nebenan, wenn ich es recht weiß.«

»Ach, Frau Weinmann ... Lebte die nicht in diesem Seniorenheim bei Ihnen in der Nähe?«

»Ja, im Haus Abendruh, seit Mitte der 90er etwa.«

»Stimmt, bis dahin wohnte sie nebenan. Erst mit ihrem Mann und dann nach dessen Tod noch eine Weile allein. Aber sie hatte einen Unfall und kam wohl allein nicht mehr so gut zurecht. Eigentlich ist es ja sehr vernünftig, dann von selbst in ein Heim zu gehen. Verwandtschaft war ja sonst keine da.«

»Traurig irgendwie«, seufzte Froelich.

»Aber so ist das halt«, zuckte Frau Pfleiderer mit den Schultern. »Schauen Sie: Der Vater meines Mannes wurde vor vier Jahren überfahren, drüben auf der Calwer Straße. Daran ist meine Schwiegermutter regelrecht zerbrochen. Ins Altersheim will sie nicht, weil sie auch die Eltern ihres Mannes bis zum Tod gepflegt hat. Und im Moment geht es ja auch noch: Sie ist nicht wirklich pflegebedürftig und für eine

Person mehr zu kochen, zu putzen und zu waschen ist ja nicht der Rede wert. Dafür schaut sie ab und zu mal nach den Kindern – gerade unser Jüngster hängt schon sehr an der Oma. Aber was ist, wenn sie sich nicht mehr waschen kann? Wenn sie nicht mehr aufstehen und zur Toilette gehen kann? Was ist, wenn sie nicht mehr alleine essen kann?«

Froelich hörte aufmerksam zu und wurde immer trübsinniger.

»Wissen Sie: Das mache ich dann schon. Ich kann meine Schwiegermutter nicht besonders leiden, aber sie ist nun mal die Mutter meines Mannes und da müssen wir halt ...« Sie stockte, schluckte und tupfte sich mit einem Taschentuch die Augen trocken. »Da muss ich halt zusehen, dass ich das irgendwie geregelt bekomme. Aber es gibt einfach Grenzen von der körperlichen Kraft her. Und was glauben Sie, wie toll meine Schwiegermutter das findet, wenn ich sie untenrum sauber machen muss und alles mitbekomme, was ihr so an großen und kleinen Malheurs passiert. Das ist ihr peinlich, vor mir sicher noch mehr als vor einer Fremden. Dann wird sie diese Situation unbewusst wahrscheinlich mir übel nehmen, wird wütend auf mich und ... Na ja, das wird wohl kein Zuckerschlecken.«

»Sie wissen aber gut Bescheid«, staunte Froelich.

»Ich habe früher mal im Altenheim gearbeitet und mir danach mit einzelnen Aufträgen von der Sozialstation etwas dazuverdient. Sie glauben gar nicht, wie viel Elend man da sieht: an hilflosen Alten und an völlig überforderten Jungen.«

Froelich überlegte, was mit ihm im Alter wohl geschehen würde.

»Tja, und die Weinmanns hatten ja keine Kinder. Da bleibt nur das Heim.«

»Und Freunde?«

»Hören Sie mal: Freunde gehen mit Ihnen in die Besenwirtschaft oder fahren Sie im besten Fall mal zum Arzt – aber Windeln wechseln die Ihnen nicht.«

»Das habe ich nicht gemeint. Hatten die Weinmanns denn Freunde?«

»Natürlich, aber ...« Frau Pfleiderer sah Froelich etwas misstrauisch an. »Warum wollen Sie das denn wissen?«

»Die Verwaltung in Weil der Stadt sucht nach Verwandten, die vielleicht Wünsche oder Vorschläge für die Bestattung von Frau Weinmann haben könnten. Na ja, und manchmal sind da auch enge Freunde eine Hilfe – wenn Sie da jemanden wüssten, könnte ich für die Stadtverwaltung mal vorfühlen.« Froelich war selbst überrascht, wie leicht ihm dieser Vorwand über die Lippen ging.

»Ach so«, erwiderte Frau Pfleiderer und wirkte besänftigt. »Nein, so richtig enge Freunde hatten die Weinmanns nicht hier im Ort. Er arbeitete in Sindelfingen, war dort in der Autofirma ein hohes Tier. Sie machte den Haushalt und war in einigen Vereinen engagiert. Die haben, glaube ich, auch immer fleißig gespendet für alle möglichen Vereine und Einrichtungen hier im Ort – leisten konnten sie sich's ja. Er hat wohl sehr gut verdient. Das Haus haben Sie ja wahrscheinlich gesehen, als sie hergefahren sind.«

Froelich nickte.

»Freunde ... hmm, lassen Sie mich überlegen. Ist ja doch schon einige Jahre her.«

Froelich wartete stumm.

»Früher mal waren sie ständig mit einem Ehepaar zusammen, kinderlos wie sie und er war auch ein Kollege von Weinmann. Probst hießen die und wohnten im Fichtenweg. Das ist nur ein, zwei Straßenecken von hier entfernt. Aber da gab es irgendwann wohl Streit und die Probsts sind weggezogen. Nach Karlsruhe oder Freiburg, glaube ich, irgendwo ins Badische halt.«

»In die Nähe von Offenburg vielleicht?«

»Ja, das kann sein. Doch, ich glaube, Sie haben Recht: Irgendein Dorf in der Nähe Offenburg könnte hinkommen. Heißt die Gegend dort Ortenau?« Froelich nickte. »Dann war's das: Ortenau, so habe ich das mal beim Metzger aufgeschnappt. Aber ich kannte das Ehepaar nur vom Sehen. Die waren etwas hochnäsig – eigentlich wie die Weinmanns auch, aber als direkte Nachbarn grüßt man sich dann doch eher freundlich.«

»Und worum ging es in dem Streit? Ich meine: Wenn das Ehepaar dann sogar weggezogen ist, muss es ja schon ordentlich zur Sache gegangen sein.«

»Keine Ahnung. Es gingen Gerüchte im Dorf herum, aber auch da hieß es nur, dass es wohl etwas mit der Firma zu tun habe, in der die beiden Männer arbeiteten. Tja, mehr weiß ich auch nicht, tut mir leid.«

Sonntag

Pfarrer Jan Staupitz runzelte die Stirn und schaute verstohlen zur Orgel hinauf. Das Vorspiel war heute etwas kurz ausgefallen und auch die Begleitmusik für die gewohnt kräftig singende Gemeinde wirkte weniger schmissig als sonst.

Gottfried Froelich, der auch heute wie an den meisten Sonntagen an der Orgel von St. Peter und Paul saß, war nicht bei der Sache. Er kämpfte sich mit Händen und Füßen durch sein Programm, aber eigentlich drehten sich seine Gedanken um die tote Frau Weinmann und das Leben, das sie vor ihrem Dahinscheiden wohl geführt hatte.

Irgendetwas stimmte da nicht, fand Froelich nach wie vor und verpatzte einen Einsatz. Ein kurzer Blick in die Kirche verriet ihm, dass nur wenige der Kirchgänger seinen kleinen Fehler bemerkt hatten – Pfarrer Staupitz allerdings sehr wohl.

Als nach dem Gottesdienst die Gemeinde ins Freie drängte und im Vorraum die Münzen in den Opferstöcken schepperten, hörte Froelich den Pfarrer mit schweren Schritten die Treppe heraufkommen.

Jan Staupitz hatte beinahe dieselbe Statur wie Froelich, und nicht selten gingen die beiden alleinstehenden Männer nach dem Sonntagsgottesdienst gemeinsam essen – sehr zur Freude des jeweiligen Wirtes, auf dessen Restaurant ihre Wahl gefallen war. Beide waren mit einem gewaltigen Appetit gesegnet, beide schätzten einen guten Tropfen zum Essen und beide ließen sich gerne ordentlich Zeit von der Suppe bis zum Dessert.

Heute allerdings hatte Gottfried Froelich keinen rechten Appetit. Er war erkältet, vermutlich hatte er an den vergangenen Abenden zu viel Zeit im Kühlraum verbracht. Die Erkältung ließ ihn nachts noch schlechter schlafen, durch die verstopfte Nase konnte er Essen und Wein nicht mehr riechen, und auch sein Gaumen meldete ihm nicht mehr so zuverlässig wie gewohnt den Geschmack dessen, was er zu sich nahm. So machte das Essen und Trinken einfach keinen Spaß. Und war ihm sein nach der Musik zweitliebstes Hobby verdorben, hatte Gottfried Froelich schlechte Laune.

Mit hängenden Mundwinkeln sah er zu, wie sich Pfarrer Staupitz einen Stuhl heranzog und sich umständlich darauf niederließ. Froelich drehte sich auf der Orgelbank zu ihm um.

»Na, mein Sohn?«, sagte Staupitz betont gespreizt, aber Froelich lächelte nur dünn. Staupitz war vier Jahre jünger als Froelich und er hatte einen sehr angenehmen Humor. Den Ministranten und Froelich gegenüber nahm er vor allem gerne Floskeln auf die Schippe, die zum Klischee des katholischen Geistlichen gehörten.

»Heute sehen Sie aber nicht sehr fröhlich aus ...« Froelich verzog das Gesicht. »Der war nicht so besonders, was?«, grinste Staupitz. »Was ist denn los? Kommen Sie, raus damit!«

»Mir geht Frau Weinmann nicht aus dem Kopf«, begann Froelich nach einer Weile. Staupitz sah ihn ruhig an und wartete ab. Immer wieder bewunderte Froelich den Pfarrer für sein Talent, einfach in Ruhe warten zu können.

»Irgendetwas stimmt da nicht.«

»Wie meinen Sie das?«

»Ich glaube nicht, dass sie einfach so gestorben ist. Das will mir einfach nicht einleuchten.«

»Solche Dinge geschehen und wir verstehen längst nicht alles, was um uns herum passiert.«

»Ja, ja.«

»Auf wen sind Sie denn wütend?«

»Ich? Wütend?«

»Ja, Sie, Herr Froelich. Sind Sie wütend auf sich, weil Sie den Tod der alten Dame nicht einfach so unspektakulär akzeptieren können, wie er wohl war? Sind Sie wütend auf die Leiterin des Seniorenheims Abendruh, weil sie nach Frau Weinmanns Tod so schnell das Zimmer neu belegen ließ? Sind Sie wütend auf den Arzt, weil er zu dem Schluss kam, dass Frau Weinmann tot ist, weil sie einfach zu leben aufgehört hat? Sind Sie wütend auf Frau Weinmann, weil sie nicht wenigstens ... sagen wir: einen ordentlichen Herzinfarkt hatte, an dem sie starb?«

»Hören Sie doch auf«, wehrte sich Froelich, aber es klang lahm.

»Was macht Ihnen denn am Tod von Frau Weinmann so sehr zu schaffen?«

»Ach ... ich ...«

»Sie sind nicht so furchtbar gerne Bestatter, stimmt's?«

»Hm ...«

»Ich kann Sie schon verstehen. Sie haben mit den Leuten erst zu tun, wenn alles vorüber ist.«

»Alles vorüber? Glauben Sie denn nicht an ein Leben nach dem Tod? Sie als Pfarrer?«

»Ach, natürlich, Herr Froelich – aber Sie wissen doch, wie ich das gemeint habe.«

»Ja, ja ...«

»Wissen Sie: Ich finde meinen Beruf auch nicht immer so wahnsinnig prickelnd. Ich würde mir wünschen, dass ich mehr Schulunterricht geben könnte, ich hätte gerne mehr Zeit für Jugendgruppen, für den Chor, für Gespräche über dies und jenes. Aber es gehört eben auch zu meinem Alltag, mir die immer gleichen Klagen über die ungerechter werdende Welt anzuhören und sonst von einem Termin zum anderen zu hetzen. Eigentlich kann ich es mir gar nicht leisten, nach jedem Gottesdienst die Besucher zu verabschieden oder noch ein wenig mit ihnen zu plaudern. Aber das habe ich bei einem Freund gesehen, der eine Pfarrei in Bayern hat, dort ist das noch ganz üblich. Also habe ich das für mich auch übernommen. Aber ansonsten … Mit anzusehen, wie immer wieder Leuten ihr eigenes Leben entgleitet und sie sich mit jedem verzweifelten Strampeln immer tiefer in Schwierigkeiten bringen. Was glauben Sie, was in mir vorgeht, wenn ich für einen Toten am Grab spreche und aus den Augenwinkeln beobachten kann, wie manche Angehörige auf die Uhr sehen, weil sie alles nur möglichst schnell hinter sich bringen wollen? Oder wenn ich von einer Frau, die jahrelang unter ihrem pflegebedürftigen Vater, ihrem grobschlächtigen Ehemann und ihren faulen Kindern gelitten hat, erfahre, dass ihr eine zu spät entdeckte Krebserkrankung vielleicht noch vier oder fünf Monate, schmerzerfüllte Monate Lebenszeit lässt?«

Froelich blickte peinlich berührt auf den Fußboden.

»Wissen Sie, Herr Froelich«, fuhr Pfarrer Staupitz nun in versöhnlicherem Ton fort, »ich will Ihnen kein schlechtes Gewissen einreden. Aber Sie haben die Bürde, manchmal unter Ihrem Beruf zu leiden, nicht exklusiv.«

Froelich sah auf. In seinen Augen schimmerte es feucht. Staupitz legte ihm die rechte Hand auf die linke Schulter.

»Sie sind ein guter Kerl, glauben Sie mir. Und die Leute könnten es hier in Weil der Stadt und Umgebung deutlich schlechter getroffen haben mit ihrem Bestatter.«

Froelich schluckte. Lob war ihm noch peinlicher.

»Und nun«, sagte Staupitz mit fester Stimme und straffte sich, »und nun gehen wir beide etwas essen.«

»Gut«, seufzte Froelich erleichtert und folgte dem Pfarrer die Treppe hinunter. »Das wird mich auf andere Gedanken bringen.«

»Das glaube ich eher nicht«, lachte Staupitz. »Ich wollte Ihnen dabei erzählen, wie großzügig Frau Weinmann war. Sie hat nicht nur unserer Kirchengemeinde immer wieder Geld gespendet.«

Froelich biss sich auf die Zunge. Er würde dem Pfarrer nun wohl geduldig zuhören müssen, obwohl er vermutlich nichts Neues erfuhr – denn er konnte Staupitz ja wohl kaum verraten, dass er im Scheckbuch von Frau Weinmann geschnüffelt hatte und deshalb schon von ihrer Spendenfreudigkeit wusste.

Montag

Froelich rief im Internet das Telefonverzeichnis auf und tippte den Namen »Franz Probst« ins Suchfeld. Früher Freunde, dann Streit und schließlich weggezogen in die Nähe von Offenburg: Die Geschichte des Ehepaars Probst passte einfach zu gut auf die Informationen aus dem Brief von »Edith«, der Frau von »Franz« – das konnte kaum ein Zufall sein. Zudem hatte er ja im Notizbuch einen Eintrag für »Probst« gefunden, der offenbar in größter Erregung ausgestrichen wurde – auch das würde passen.

Das Verzeichnis gab die Zahl der gefundenen Einträge für »franz probst« mit 55 für ganz Deutschland an. Froelich suchte online die Vorwahl von Offenburg heraus und notierte sich dann den einzigen Eintrag, der eine ähnliche Vorwahl auswies. Demnach wohnte das Ehepaar Probst in einem Dorf namens Durbach.

Froelich sah kurz auf die Uhr, die oben rechts auf dem Bildschirm seines Computers angezeigt wurde: Kurz nach elf Uhr vormittags konnte man schon noch anrufen, selbst wenn im Hause Probst pünktlich zu Mittag gegessen wurde.

Er tippte die Nummer ein und hörte das Tuten. Nach drei Klingeltönen wurde abgenommen und eine Frau meldete sich. »Probst?«

»Frau Edith Probst?«

»Ja, warum?«

»Ich ...«, Froelich fiel auf, dass er sich gar nicht zurechtgelegt hatte, wie er dieses Gespräch eigentlich beginnen wollte. Das rächte sich nun.

»Hören Sie«, blaffte ihn die Frau an, »wir kaufen nichts am Telefon!«

»Nein, nein«, beeilte sich Froelich zu versichern. »Ich will Ihnen nichts verkaufen und ich will Ihnen auch nicht weismachen, dass Sie irgendetwas gewonnen hätten.«

»Gut. Und worum geht es nun?«

»Ich bin Bestatter hier in Weil der Stadt und bereite die Beerdigung von Frau Agathe Weinmann vor. Und da Sie früher miteinander befreundet waren ... – hallo?«

Froelich hörte nur noch das Freizeichen. Die Frau am anderen Ende der Leitung hatte kommentarlos aufgelegt.

* * *

Den aufkommenden Ärger nach dem erfolglosen Telefonat hatte Gottfried Froelich mit einem dick belegten Wurstbrot bekämpft, dem erst eine halbe Flasche Limonade folgte und dann das schlechte Gewissen, das ihn seit dem ersten Kochabend mit den Landfrauen nach Fressattacken von Zeit zu Zeit befiel. Irgendwann würde er abnehmen müssen ...

»Na ja«, dachte Froelich und zuckte mit den Schultern. »Heute ist nicht irgendwann.«

Er trank die Limonadenflasche leer, blätterte die Kopie des Notizbuchs noch einmal auf der Seite »P« auf, wechselte dann auf die Seite »H« und beschloss, noch weitere Telefonate zu riskieren.

»Was hatte Agathe Weinmann von der Presse gewollt?«, murmelte er vor sich hin, als er die Nummer von Ferry Hasselmann wählte.

»Ja?«, meldete sich die Stimme eines Mannes, der offenbar etwas in Eile war.

»Ferry Hasselmann?«, fragte Froelich zurück.

»Ja, das bin ich. Was ist denn?«

»Ich …« Diesmal hatte sich Gottfried Froelich einen Grund zurechtgelegt, den er für das Gespräch mit diesem Hasselmann vorschieben konnte. »Ich bin Bestatter und habe unter anderem ein Institut hier in Weil der Stadt.«

»Schön für Sie, aber ich lebe noch«, schnappte Hasselmann. »Aber vielleicht kommen Sie ins Geschäft, wenn ich jetzt nicht gleich losflitze: Ich habe einen Termin und mein Chefredakteur killt mich, wenn ich den platzen lasse.«

»Nur ganz kurz«, beeilte sich Froelich. »Ich bereite die Bestattung einer alten Dame vor, die kürzlich hier im Seniorenheim verstarb. In Ihrem Notizbuch hatte sie Ihre Telefonnummer eingetragen. Nun wollte ich Sie fragen, ob Sie sie vielleicht kannten oder sogar eine Adresse von Verwandten haben.«

»Da müssten Sie mir zunächst mal verraten, wie die Frau hieß, oder?«

»Weinmann«, sagte Froelich. »Agathe Weinmann.«

Am anderen Ende war es still.

»Sind Sie noch da?«, fragte Froelich schließlich.

»Ja, ja«, machte Hasselmann. »Und: nein, die kenne ich nicht. Tschüs dann, ich muss!«

Das Tuten des Freizeichens drückte Froelich mit dem »Auflegen«-Knopf weg. Es schien zur Gewohnheit zu werden, dass seine Gesprächspartner einfach auflegten. Kopfschüttelnd tippte er die Nummer von Thorsten Huth ein, dem nächsten Namen mit dem Zusatz »P«. Der Apparat klingelte durch, ohne dass jemand abhob. Die siebenstellige

Nummer sah nach der Durchwahl eines Firmenanschlusses aus. Auf gut Glück wählte er die Vorwahl und die ersten drei Ziffern der Telefonnummer und hängte eine »0« an. Sofort meldete sich eine kräftige Frauenstimme.

»Südwestdeutscher Rundfunk, guten Tag.«

»Froelich hier, grüß Gott. Könnten Sie mich bitte mit Herrn Thorsten Huth verbinden?«

»Moment bitte«, damit landete er in der Warteschleife. Kurz darauf war die Frauenstimme von eben wieder zu hören. »Nein, tut mir leid: Herr Huth ist heute außer Haus. Soll er Sie zurückrufen?«

»Nein, nein. Ich versuche es lieber selbst noch einmal. Tschüs!«

»Auf Wiederhören!«, sang die Frauenstimme und Froelich wollte gerade die dritte Telefonnummer wählen, die Agathe Weinmann in ihrem Notizbuch mit einem Presse-»P« markiert hatte, als sein Telefon klingelte.

»Bestattungsinstitut Froelich, Gottfried Froelich am Apparat«, meldete er sich. Der jahrelang geübte Reflex hatte funktioniert: Auf das Klingelzeichen hin ratterte er automatisch die offizielle Meldeformel herunter, die ihm ein Unternehmensberater vor Jahren empfohlen hatte.

Am anderen Ende der Leitung war niemand zu hören. Nur mit Anstrengung konnte Froelich kurz ein halb kratzendes, halb raschelndes Geräusch erlauschen, als würde jemand hastig etwas auf einen Zettel schreiben. Dann war die Leitung wieder tot.

Froelich rief im Telefonmenü die Verbindungsdetails auf: »Unbekannte Rufnummer« stand im Display – der Anrufer hatte seine eigene Nummer unterdrücken lassen.

»Eigenartig«, dachte Froelich noch, aber wahrscheinlich hatte sich nur jemand verwählt und er hatte sich das Geräusch nur eingebildet oder falsch interpretiert. Es war ja auch sehr leise gewesen.

Zwei Minuten später war er mit Ingeborg Coordes verbunden, die erst etwas nachdenken musste, sich aber dann doch an ein Telefonat mit Agathe Weinmann erinnern konnte. Es sei um ihren Mann gegangen und es sei ein Gespräch verabredet worden, zu dem Frau Weinmann aber nicht erschienen sei.

»Erst habe ich mich ziemlich geärgert«, erzählte Frau Coordes. »Wissen Sie: Erst hat mich Frau Weinmann bekniet, dass ich mich mit ihr treffe – und dann kommt sie nicht und ich sitze wie bestellt und nicht abgeholt im Café.«

»Worum sollte es denn gehen in dem Gespräch?«

»Ich arbeite als freie Journalistin und schreibe für ein paar große Tageszeitungen. Sie wollte mir wohl Infos zu einer Geschichte geben. Sie hatte irgendetwas von einer ›heißen Story‹ gesagt – ich habe mich noch gewundert: Sie klang nicht mehr so jung am Telefon, dass man eine solche Formulierung unbedingt erwarten würde. Na ja, aber die Leute halten ja alles Mögliche für eine ›heiße Story‹, deshalb habe ich zunächst gezögert. Und dann kam sie nicht … blöde Sache!«

»Wann wollten Sie sich denn treffen?«

»Im vergangenen Oktober oder November, da müsste ich nachsehen.«

»Und worum ging es?«

»Sie wissen doch: Wir Journalisten müssen so etwas niemandem sagen – nicht einmal einem Bestatter.« Dabei lachte sie leise heiser auf, was fast wie das Schnurren einer Katze klang.

Froelich stellten sich die Nackenhaare auf. Er dachte: »Was für eine Stimme …!« Und er fragte: »Könnte das Thema dieser ›heißen Story‹ etwas mit dem Tod von Frau Weinmann zu tun haben?«

Ingeborg Coordes schwieg kurz, dann fragte sie gespannt: »Ist sie denn nicht eines natürlichen Todes gestorben?«

»Meiner Meinung nach nicht, nein.«

Wieder Schweigen.

»Dann kommen Sie am besten mal bei mir in Herrenberg vorbei.«

»Gerne«, sagte Froelich schnell und biss sich sofort auf die Unterlippe: Hoffentlich hatte er nicht zu euphorisch gewirkt.

»Okay«, sagte sie, im Hintergrund hörte man Blättern. Froelich atmete auf, sie hatte seinem Tonfall wohl nichts Ungewöhnliches angemerkt. »Von morgen an bin ich unterwegs bis Montag, am Dienstag schreibe ich dann aus den Interviews und Beobachtungen meine Geschichte – wenn es Ihnen passt, könnten Sie Mittwoch oder Donnerstag kommender Woche vorbeischauen.«

»Dann lieber gleich am Mittwoch. Am Nachmittag vielleicht? Ich bringe ein paar süße Stückle mit, und wenn Sie uns einen Kaffee machen …«

»Geht klar«, lachte sie wieder und Froelich bekam eine Gänsehaut. Sie gab ihm ihre Adresse und beschrieb den Weg ab der Herrenberger Ortsmitte. »Also dann bis Mittwoch!«

* * *

Auf dem kleinen Sträßchen von Bad Liebenzell nach Schömberg durchlebte Gottfried Froelich gemischte Gefühle.

Einerseits genoss er den schönen, sonnigen Nachmittag und die Tatsache, dass er ihn heute nicht mit Papierkram im Büro verbringen würde. Andererseits schaukelte ihn die Federung seines betagten Transporters in jeder Kurve unangenehm durch.

Einerseits freute er sich darauf, wieder einmal in Schömberg Station in einem Café-Restaurant zu machen, das er seit Jahren kannte – und dessen Eigentümer ihm während seines vorigen Besuchs im vergangenen Herbst zwei Regionalkrimis von einem Autor empfohlen hatte, der wie er hieß. Andererseits fragte er sich immer wieder, ob es wirklich eine so gute Idee war, eigens in die Ortenau zu fahren, um dort von einem Ehepaar, das nicht einmal am Telefon mit ihm reden wollte, mehr über Agathe Weinmanns Leben herauszufinden.

Einige der Bedenken verflogen, als sich Froelich in Schömberg zum Cappuccino ein großes Stück Kirschtorte genehmigte. Sie kehrten zurück, als er auf der B294 durch den Wald Richtung Süden kurvte. Das Ortsschild Baiersbronn weckte angenehme kulinarische Erinnerungen, und als er bald darauf Freudenstadt passiert hatte, war es ohnehin schon viel zu spät, unverrichteter Dinge umzudrehen.

Gegen 17.30 Uhr kam er in Durbach an, ließ sich von einem Passanten den Weg zum Haus von Franz und Edith Probst beschreiben und stellte seinen Transporter kurz darauf in der Straße Am Kochberg ab. Durch einen kleinen, gepflegten Vorgarten erreichte er die Haustür, auf sein Klingeln öffnete eine eher kleine, hagere Frau die Tür, die er auf Anfang siebzig schätzte.

»Ja?«

Edith Probst klang reserviert und misstrauisch, ähnlich wie heute Vormittag am Telefon. Hinter ihr im Hausflur stellte sich ein Mann auf, der etwas älter wirkte als sie, gut einen Kopf größer war und der Froelich aus sicherer Entfernung aufmerksam musterte.

»Mein Name ist Froelich, Gottfried Froelich. Wir haben heute Vormittag telefoniert.«

Froelich schloss in einem Reflex die Augen, als ihm die mit lautem Knall zuschlagende Haustür einen Windstoß ins Gesicht wehte. Konsterniert blickte er auf die geschlossene Tür, doch noch bevor er sich abwenden konnte, waren aus dem Inneren des Hauses Stimmen zu hören, Schritte entfernten sich und kurz darauf wurde die Tür wieder geöffnet.

»Entschuldigen Sie bitte«, sagte der Mann, der nun allein vor ihm stand. »Meine Frau ist zurzeit etwas … Kommen Sie doch herein.«

Froelich zögerte etwas und sah in den Hausflur hinein, aber Edith Probst war nicht zu sehen.

»Franz Probst«, sagte der Mann und hielt ihm die Hand hin. Froelich schüttelte sie und folgte Probst ins Haus. Der Flur war gefliest und roch muffig. Nach rechts ging eine Treppe in den Keller hinunter, weiter hinten eine weitere nach oben in den ersten Stock. Durch eine Tür mit einer eingelassenen Glasscheibe erreichten sie einen weiteren Flur, der mit Teppich ausgelegt war und offenbar den Verteiler zu den Wohnräumen im Erdgeschoss darstellte.

Probst ging ihm voran in ein nicht allzu großes, mit Möbeln vollgestopftes Wohnzimmer. Der Blick aus den Fenstern ging nach Westen und Süden, Gärten waren zu sehen, große Bäume und dahinter die Nachbarhäuser.

»Nehmen Sie doch Platz«, bat ihn Probst, deutete auf eine altmodisch, aber gemütlich aussehende Dreisitzer-Couch und holte Gläser aus einer Vitrine. Edith Probst kam ins Zimmer und stellte Sprudel- und Saftflaschen auf den Tisch. Wortlos setzte sie sich auf einen der Sessel, Franz Probst nahm auf dem Sessel neben ihr Platz.

»Wenn Sie lieber Bier mögen …?«

Froelich schüttelte den Kopf und schenkte sich ein.

»Sie hatten meine Frau heute Vormittag etwas wegen Agathe Weinmann fragen wollen?«

Froelich nickte und nahm einen Schluck.

»Und nun sind Sie hier.«

Froelich sah ihn an, aber Probst fixierte ihn ungerührt weiter.

»Und wofür haben Sie nun den langen Weg auf sich genommen?«, fragte er schließlich. Froelich hätte viel darum gegeben, aus seinem rätselhaften Blick schlau zu werden. Probsts Stimme jedenfalls klang fest und überraschend volltönend für einen so schlanken, fast dürren Mann.

»Nun …«, begann Froelich lahm. »Ich …«

Edith Probst zog ein Taschentuch hervor und tupfte sich damit die Augen.

»Vielleicht kommen Sie nun zur Sache! Sie sehen ja, dass das Thema meiner Frau nicht besonders angenehm ist. Mir übrigens auch nicht.«

Froelich schluckte, atmete dann tief durch und versuchte, Probsts festem Blick nicht auszuweichen.

»Wie ich Ihrer Frau heute Vormittag schon am Telefon sagte, habe ich ein Bestattungsinstitut in Weil der Stadt und kümmere mich um die sterblichen Überreste von Frau Weinmann. Angehörige gibt es vor Ort keine, auch die Stadtverwaltung konnte bisher noch niemanden ausfindig machen. Wegen eines anderen Todesfalls war ich vorgestern in Ostelsheim, dabei kam das Gespräch auch auf Frau Weinmann – und die Dame, mit der ich mich unterhalten hatte, erinnerte sich noch, dass das Ehepaar Weinmann früher sehr eng mit Ihnen befreundet war.«

»Das ist lange her. Und es ist lange vorbei.«

»Na ja, aber vielleicht …«

Franz Probst hob die Augenbrauen und um seinen Mund machte sich ein strenger Zug bemerkbar. Er trank sein Glas aus und sah Froelich dann ruhig an.

»Wenn Sie mir nicht sofort erzählen, warum Sie wirklich hier sind, werfe ich Sie achtkant raus!«

»Aber ich …« Froelich wollte gerade beschwichtigend die Hände heben, als ihm Probst unwirsch ins Wort fiel.

»Wir sind keine fünfzig mehr, aber wir sind nicht verblödet! Also raus mit der Sprache oder raus mit Ihnen!«

Froelich bereute die Fahrt in die Ortenau aus tiefstem Herzen und erhob sich mühsam aus dem weich gepolsterten Sofa. Er nickte Frau Probst zum Abschied knapp zu und ging auf den Flur zu. Vor der Tür drehte er sich noch einmal um: »Ich glaube nicht, dass Ihre frühere Freundin eines natürlichen Todes gestorben ist.« Damit wandte er sich wieder zum Gehen. Als er in seinem Rücken Franz Probst hörte, blieb er mit einem Ruck stehen.

»Dann«, sagte Probst mit ruhiger Stimme, »dann sollten Sie sich wieder hinsetzen.«

* * *

Seinen Termin in der Innenstadt hatte Ferry Hasselmann gerade noch so geschafft und auch die paar Zeilen, die er daraus für die morgige Ausgabe saugen konnte, hatte er bereits in die Tastatur gehämmert und an die Redaktion gemailt. Nun tippte Hasselmann noch die nicht verwendeten Zitate ein und speicherte sie für seine kleine, interne Datenbank ab, danach fegte er alle handschriftlichen Notizen in den Papierkorb und überflog das Bild des beinahe leergeräumten Schreibtisches.

An einem kleinen Zettel blieb sein Blick hängen. Darauf standen nur die Namen Agathe Weinmann und Gottfried Froelich, darunter Froelichs Telefonnummer und die Vermerke »Bestatter, Weil der Stadt« und »Nummer gecheckt«.

Im vergangenen Herbst hatte er einen Anruf von dieser alten Frau bekommen, die angeblich eine »heiße Story« für ihn hatte. Erst hatte es gar nicht geklingelt bei ihm, aber sein Chefredakteur hatte ihn darauf gebracht: Der Name Weinmann, Hubert Weinmann, war irgendwann einmal im Zusammenhang mit einer Schweinerei in der Autobranche gefallen – vielleicht, so hatte sein Chef spekuliert, war Agathe Weinmann ja die Frau von Hubert Weinmann, und dann ...

Als er daraufhin diese Frau Weinmann zurückrief und sie treffen wollte, trat er wohl zu ungestüm auf. Jedenfalls schreckte Agathe Weinmann zurück, wollte sich nicht mit ihm treffen und war danach auch telefonisch nicht mehr für ihn zu sprechen.

Ein paar Tage lang hatte er noch herumgestöbert, hatte einige dürre Fakten und einige dünne Gerüchte zusammengetragen. Dann stieß er auf die Spur zur nächsten Story und wenig später war Frau Weinmann vergessen. Fast jedenfalls. Hasselmann rief am Computer die Infos auf, die er vor einigen Monaten recherchiert hatte, und dachte darüber nach, ob er die Geschichte noch einmal angehen sollte.

* * *

Franz Probst hatte sich nun doch ein Bier eingeschenkt, auch Froelich hatte sich eines geben lassen. Nun drehte Probst eine Zigarre zwischen den Fingern, knetete sie ein wenig, knipste die Spitze ab und fummelte einige Tabakbrösel von der Schnittstelle. Dann nahm er das eine Ende in den Mund und hielt ein überlanges brennendes Streichholz unter das andere, drehte die Zigarre dabei langsam und zog immer wieder etwas Luft durch die Zigarre.

Als sich endlich ausreichend Glut gebildet hatte, sog Probst noch einmal etwas Rauch ein, blies den Qualm nach oben und sah dem Rauch noch etwas nach. Dann – endlich – wandte er sich Froelich zu.

»Sie glauben also, dass Agathe ermordet wurde?«

Froelich nickte. Erst jetzt fiel ihm auf, dass Probsts Blick etwas flackerte. Die Prozedur mit der Zigarre sollte wohl mehr Ruhe und Gelassenheit vortäuschen, als in Wirklichkeit vorhanden waren.

»Und warum glauben Sie das?«

Probst kam auf Anhieb auf den heikelsten Punkt in Froelichs Theorie zu sprechen. Froelich nahm einen tiefen Schluck aus seinem hohen Bierglas und wischte sich anschließend übertrieben sorgfältig den Schaum von der Oberlippe.

»Eine unbekannte Frau rief mich nach dem Tod von Agathe Weinmann an und behauptete, Frau Weinmann sei ermordet worden. Daraufhin habe ich mit dem Arzt von Frau Weinmann gesprochen. Er konnte mir von keiner ernsthaften Erkrankung bei ihr berichten.«

»Und was stand auf dem Totenschein?«

»Dass Frau Weinmann eines natürliches Todes gestorben ist.«

»Und was sagte Agathes Arzt zu diesem Befund?«

»Er war es, der den Totenschein ausgestellt hat.«

»Und das kommt Ihnen komisch vor?«

»Ja. Eine gesunde Frau stirbt doch nicht einfach so.«

»Agathe war ...« Er wandte sich seiner Frau zu, die in ihrem Sessel zusammengesunken hockte und unablässig Nüsse knabberte. »79?« Edith Probst nickte. »79 Jahre alt also ... Ich selbst bin 75, meine Frau 68. Wir beide haben abgesehen von Rückenschmerzen, Bluthochdruck und solchen Dingen, die sich regeln oder aushalten lassen, keine gesundheitlichen Probleme. Trotzdem ... Wir denken nun wirklich nicht jeden Tag ans Sterben, aber eines Morgens nicht mehr aufzuwachen, ist durchaus drin in unserem Alter.«

»Außerdem sah ihre Leiche nicht sehr friedlich aus: Die Hände waren verkrampft und sahen aus, als habe sie sich gegen irgendetwas gewehrt. Auch die Bettdecke war zerwühlt und hatte sich um eines ihrer Beine gewickelt – das hatte mir jedenfalls mein Mitarbeiter berichtet, der sie abholte und wohl mit einer Pflegerin plauderte.«

»Na ja, ich vermute mal: Sterben ist nicht immer angenehm, auch ein ›natürlicher Tod‹ nicht.«

Froelich sank ein wenig in sich zusammen. Hier würde er wohl keine Hilfe bekommen.

»Um es mal ganz klar zu sagen, Herr Froelich: Sie haben also nur so ein Gefühl, dass mit dem Tod von Agathe irgendetwas nicht stimmen könnte? Und außer der Unbekannten, die Sie deswegen angerufen hat, haben Sie keinen ernsthaften Hinweis darauf, dass Sie richtig liegen?«

Froelich nickte und sah resignierend auf die Tischplatte.

»Und Sie haben so wenige Ansatzpunkte für Ihre Theorie, dass Sie einfach mal unter der Woche mehr als 100 Kilometer durch die Gegend fahren, um ein paar Fragen ins Blaue zu stellen?«

Allmählich kochte Wut in Froelich hoch. Warum nur wollte jeder seine Zweifel als Hirngespinste abtun? Und warum sollte er sich das noch länger anhören? Froelich erhob sich erneut vom Sofa.

»Bleiben Sie ruhig sitzen«, sagte Probst und ein schwaches Lächeln huschte über sein Gesicht. »Ich kenne mich aus mit Zweifeln, mit Verdächtigungen und falschen Darstellungen.«

Froelich sah ihn fragend an und ließ sich wieder auf das Polster sinken.

»Wir mochten Agathe all die Jahre über sehr, auch wenn ich mit ihrem Mann nichts mehr zu tun haben wollte. Leider hatten wir keinen direkten Kontakt mehr und auch über gemeinsame Bekannte erfuhren wir nur wenig darüber, wie es ihr seit unserem Umzug hierher nach Durbach erging.«

Edith Probst sah ihren Mann an und zunehmend schien Angst in ihrem Blick aufzusteigen, doch Franz Probst fuhr ungerührt fort.

»Wenn Sie nun glauben oder den Verdacht haben oder auch nur so ein Gefühl, dass Agathe, die es ohnehin schon immer schwer hatte, schon wieder übel mitgespielt worden sein könnte, dann helfen wir Ihnen natürlich gerne.«

Edith Probst legte ihrem Mann eine Hand auf den Unterarm. Franz Probst sah sie an, streichelte dann kurz über ihren Handrücken.

»Muss das sein?«, fragte sie.

»Ach, Edith«, seufzte er, »das ist doch alles schon so lange her. Und wenn es ihm etwas nützt, kann er ruhig die ganze Geschichte hören. Vielleicht tut es mir ja sogar gut nach all den Jahren.«

»Mir nicht«, versetzte sie trotzig und verließ das Wohnzimmer.

Franz Probst sah seiner Frau nach. Dann räusperte er sich, setzte die Zigarre an und legte sie, als er bemerkte, dass sie ausgegangen war, auf dem Aschenbecher ab.

»So, Herr Froelich: Haben Sie spezielle Fragen oder soll ich Ihnen einfach mal die alte Geschichte erzählen, die damals die Freundschaft mit Hubert Weinmann beendete?«

»Mir wäre es tatsächlich am liebsten, wenn Sie einfach mal erzählen, falls es Ihnen nichts ausmacht. Ich verspreche mir im Moment am meisten davon, möglichst viel über das Leben von Frau Weinmann zu erfahren.«

»Gut.« Probst nahm einen Schluck Bier und atmete tief durch. Dann begann er.

»Wir kannten Agathe noch aus ihrer Zeit in Althengstett. Sie war in einigen Vereinen engagiert, in einem war auch meine Frau aktiv – na ja, Agathe war sehr nett und offen und kontaktfreudig, also haben wir sie immer wieder mal eingeladen oder sind gemeinsam etwas essen gegangen oder ins Theater nach Stuttgart. Irgendwann lernte sie Hubert Weinmann kennen, einen Kollegen von mir. Ich weiß gar nicht mehr genau, ob die beiden sich nicht sogar durch meine Frau und mich zum ersten Mal trafen – aber das ist ja auch nicht so wichtig. Jedenfalls verliebten sich die beiden ineinander, und Agathe zog zu Hubert Weinmann nach Ostelsheim. Die beiden heirateten kurz darauf, wir waren natürlich eingeladen, und auch sonst unternahmen wir ständig etwas miteinander. Das ging so eine ganze Zeitlang, und es war eine richtig schöne Zeit damals, bis mich Hubert Weinmann eines Tages in der Firma zur Seite nahm.«

Probst versuchte noch einmal, die Zigarre anzuzünden. Seine Bewegungen wirkten fahriger als vorhin, aber schließlich glomm der Tabak wieder auf, und Probst stieß einige Rauchwolken aus.

»Ich wusste zunächst gar nicht so recht, worauf er hinauswollte. Er faselte etwas von einer internen Untersuchung, von Verdachtsmomenten und davon, dass er das eigentlich alles gar nicht glauben könne.«

Probst nahm einen Schluck Bier.

»Schließlich sagte er mir auf den Kopf zu, dass ich verdächtigt würde, bestochen worden zu sein.«

Probst trank sein Glas leer, holte sich aus der Küche eine neue Flasche und schenkte sich umständlich nach.

»Es ging darum, dass in einer Produktionslinie unserer Firma auffällig oft dieselben Fehler auftraten und dass in der Folge dieser Fehler die Aufträge für die Nachbearbeitung an immer dieselben zwei Zulieferer gingen. Diese Zulieferer, so war der Vorwurf, hätten mich und zwei Kollegen in der Fertigung bestochen, damit ich das alles einfädeln und die beiden Kollegen die Fehler einarbeiten sollten. Wobei: Ein Vorwurf wurde mir nicht gemacht – nur Hubert Weinmann informierte mich unter der Hand über die Geschichte. Er war in der Hierarchie eine Ebene höher angesiedelt als ich, aber er war nicht mein direkter Vorgesetzter – na ja, er bekam in seiner Position natürlich mehr Informationen als ich. Und durch die private Freundschaft zwischen uns fühlte er sich wohl verpflichtet, mich vorzuwarnen. Jedenfalls dachte ich das damals.«

Probst bemerkte, dass der Schaum über den Rand seines Glases gestiegen war und nun über die Außenseite des Glases auf den Tisch hinunterlief. Er fluchte leise und holte einen Lappen aus der Küche.

»Tja, so dachte ich«, brummte Probst, wischte die Bierpfütze von der Tischplatte und rieb auch das Glas wieder trocken. Dann sah er Froelich direkt an: »Und, wollen Sie nicht fragen?«

»Fragen? Was denn?«

»Ob ich bestochen wurde?«

»Wollen Sie es mir denn sagen?«

»Ja, allerdings!« Probst nahm einen tiefen Schluck. »Ich wurde nicht bestochen! Ich habe mein ganzes Leben lang nichts genommen, das mir nicht zustand! Und mit Betrügereien hatte ich nie – ich sage: nie! – etwas zu tun!«

Probst redete sich etwas in Rage. Er hatte sich während der letzten Sätze im Sessel vorgebeugt, seine Stimme war lauter geworden und der Tonfall aggressiver. Nun hielt er inne, lehnte sich wieder zurück, atmete schwer.

»Entschuldigen Sie bitte.«

Froelich winkte ab, und Probst erzählte weiter, ruhig wie vor seinem plötzlichen Ausbruch.

»Das half aber alles nichts. Es waren damals in der Firma wohl schon Gerüchte im Umlauf, auch wenn noch keine Namen mit der Geschichte verbunden wurden. Hubert Weinmann steckte mir immer wieder Informationen über den Stand der Dinge zu, und für mich sah es nach dem, was er mir unter dem Siegel der Verschwiegenheit verriet, zunehmend schlecht aus. Schließlich ging Weinmann mit mir eines Abends nach der Arbeit noch ein Bier trinken – und er riet mir, selbst zu kündigen, bevor ich im Zuge der internen Ermittlungen vom Unternehmen an die Luft gesetzt würde.«

Frau Probst kam wieder ins Wohnzimmer, setzte sich neben ihren Mann und nahm seine Hand.

»Er erzählte mir irgendwann alles«, sagte sie mit dünner Stimme. »Und wir waren ganz verzweifelt. Natürlich glaubte ich ihm, dass er unschuldig war. Aber andererseits wussten wir beide, dass auch Unschuldige unter die Räder kommen können, wenn so eine Angelegenheit erst einmal losgetreten wird.«

»Also beschlossen meine Frau und ich, dass ich mir eine neue Arbeit suchen würde. Ich kündigte, ohne jemals mit Vorwürfen wegen dieser Bestechungsgeschichte konfrontiert worden zu sein, und bewarb mich bei einigen Firmen in der Umgebung. Ich war ziemlich qualifiziert in meinem Job und hatte auch ganz gute Kontakte, aber auf alle Bewerbungen kamen nur Absagen. Irgendwann bewarb ich mich bei einer Firma, in der ein Bekannter von mir arbeitete, ein früherer Kollege aus meiner alten Sindelfinger Abteilung, mit dem ich mich immer gut verstanden hatte. Auch von dort kam eine Absage, aber der Bekannte rief mich an und steckte mir, was der Grund für diese Absage war – und vermutlich auch für alle anderen: Die Personalabteilung seiner Firma hatte jemanden in meiner alten Firma angerufen und dabei erfahren, dass ich gekündigt hätte, nachdem im Unternehmen ein Bestechungsverdacht untersucht worden sei. Die Ermittlung sei danach im Sand verlaufen und mein Name sei nie gefallen, aber … na ja, Sie können sich vorstellen, wie das läuft.«

»Wir haben natürlich damals auch oft mit Hubert und Agathe über die Geschichte gesprochen, Hubert wollte meinem Mann auch helfen, eine neue Stelle zu finden. Aber dabei kam nichts heraus.«

»Und etwas später habe ich auch erfahren, woran das lag.«

Edith Probst drückte die Hand ihres Mannes und sah ihn traurig an.

»Meine Frau und ich trafen den früheren Kollegen, von dem ich Ihnen gerade erzählt habe, in Renningen, wo wir beide das Freilichttheater besuchten. Wir gingen hinterher noch etwas trinken, plauderten über dies und das, und als wir uns voneinander verabschiedeten, raunte er mir zu, dass ich vorsichtig sein solle: Der Kontakt seiner Personalabteilung zu meiner alten Firma sei wohl Hubert Weinmann gewesen – und der frühere Kollege wusste, dass wir privat recht eng mit Weinmanns befreundet waren.«

»Wir haben Hubert ein paar Tage später zur Rede gestellt. Er stritt zunächst komplett ab, überhaupt mit jemandem über meinen Mann gesprochen zu haben. Dann verplapperte er sich und schließlich beschimpfte er meinen Mann als Betrüger, der die Firma in Schwierigkeiten gebracht habe und froh sein könne, dass er deswegen nicht vor Gericht gezerrt würde. Wir waren sprachlos, das können Sie sich vorstellen. Agathe ergriff zunächst noch Partei für meinen Mann, aber Hubert war so in Fahrt, dass er ihr den Mund verbot und auch sonst ausfällig wurde. Und schließlich hat er uns rausgeschmissen und uns mit dem Anwalt gedroht, wenn wir sein Grundstück auch nur noch ein einziges Mal betreten würden.«

»Da hätte ich den Kontakt auch abgebrochen«, pflichtete Froelich den beiden bei.

»Tja … und das Schlimmste sollte erst noch kommen«, presste Franz Probst zwischen seinen Lippen hervor.

Edith Probst zog wieder ihr Taschentuch hervor und dämpfte damit ihr Schluchzen.

»Wir hatten nach diesem Abend natürlich keinen Kontakt mehr mit Hubert. Meine Frau rief Agathe noch ein-

oder zweimal an, aber auch sie wirkte inzwischen abweisend, also haben wir das auch gelassen. Im Dorf fühlten wir uns auch nicht mehr so wohl wie zuvor. Ständig hatten wir den Eindruck, dass hinter unserem Rücken über uns getuschelt wurde, aber vielleicht war das auch nur Einbildung. Eines Abends, das war ein paar Wochen später, rief mich ein Mitarbeiter aus der Produktion in Sindelfingen an und wollte sich mit mir treffen. Wir hockten in der ›Säge‹ zusammen, einer kleinen, abgelegenen Kneipe zwischen Weil der Stadt und Ostelsheim.«

»Kenn' ich«, warf Froelich ein, aber Probst schien ihn gar nicht zu hören.

»Wir saßen an einem Tisch ganz hinten in der Ecke und der Kollege sah immer ganz nervös zur Eingangstür hinüber, sobald jemand hereinkam. Ich kam mir vor wie in einem schlechten Agentenfilm. Er hatte einen Umschlag dabei, den er mir übergeben wollte. Er zeigte mir auch einige der Unterlagen: Es ging um den Betrugsverdacht, der schließlich dazu geführt hatte, dass ich gekündigt habe, und der Kollege war einer der beiden Verdächtigen aus der Fertigung, von denen mir Hubert Weinmann erzählt hatte, natürlich ohne Namen zu nennen. Ich blätterte ein wenig in den Unterlagen – und daraus war keineswegs ein Verdacht gegen mich abzuleiten: Im Gegenteil deutete alles auf Hubert Weinmann hin. Auch der Kollege aus der Produktion war demnach unschuldig, zwei andere Arbeiter aus seiner Schicht hatten von sich aus gekündigt und hätten den Unterlagen zufolge auch an der Bestechungsaffäre beteiligt gewesen sein können. Die Angelegenheit war mittlerweile im Sand verlaufen, das hatte ich Ihnen ja schon erzählt. Und der Kollege wollte mir die Unterlagen übergeben, damit ich mit ihnen zu einer Zeitung oder einer Zeitschrift gehen könnte, um alles aufzudecken. Er traute sich nicht, weil er mit Frau und drei Kindern seinen Job nicht aufs Spiel setzen wollte – ich dagegen, so meinte er, hätte ja nichts mehr zu verlieren.«

Probst lachte heiser auf und nahm noch einen Schluck Bier.

»Ich bat mir Bedenkzeit aus und ließ die Unterlagen bei ihm. Drei Tage später rief er mich an: Er sei gerade im Krankenhaus, da sei ihm ein ganz blöder Unfall passiert, als er gerade auf dem Zebrastreifen über die Straße wollte. Und ich solle unser Gespräch am besten vergessen. Das versprach ich ihm ganz gern, denn ich hatte es schon mit der Angst zu tun bekommen. Außerdem konnte ich nicht sehen, was sich für mich verbessern sollte, wenn Weinmann als Drahtzieher einer Bestechungsaffäre entlarvt würde. Ich war draußen und würde es bleiben – und unter Weinmanns Bloßstellung würde letztlich auch Agathe leiden. Das wollten meine Frau und ich auf keinen Fall, auch wenn Agathe jeden Kontakt mit uns vermied.«

»Einmal traf ich sie danach noch beim Bäcker«, fügte Edith Probst hinzu. »Sie sah nicht gut aus, nervös, krank irgendwie. Als wir nacheinander den Laden verließen, rief ich sie zurück und versuchte sie zu beruhigen. Ich sagte ihr, dass wir wüssten, dass Hubert hinter dieser Bestechungsgeschichte stecken würde – dass wir aber aus Rücksicht auf sie niemandem davon erzählen würden. Sie starrte mich völlig fassungslos an und ließ mich dann ohne ein Wort stehen.«

»Wahrscheinlich hatte sie von allem nichts gewusst«, sagte Franz Probst. »Ich könnte mir gut vorstellen, dass sie noch an diesem Tag ihren Mann zur Rede gestellt hat. Zwei Tage später jedenfalls lebte Hubert Weinmann nicht mehr. Er war auf der Straße von Weil der Stadt nach Renningen kurz vor dem Waldrand, hinter dem es wieder vom Plateau hinuntergeht, von der Fahrbahn abgekommen und frontal gegen einen Baum geknallt. Er war nicht angeschnallt und sofort tot.«

Für die Heimfahrt nahm Gottfried Froelich den Umweg über die Autobahn. Noch auf der Höhe der Raststätte Pforzheim hatte er die Gesichter von Edith und Franz

Probst vor sich. Trauer war in ihren Mienen zu lesen, ein später Widerhall einstiger Verzweiflung, Mitleid – all das. Nur: Wut hatte er nicht gesehen auf ihren Gesichtern und auch keine Befriedigung darüber, dass mit Weinmanns Unfall oder vermutlich eher mit seinem Selbstmord ein nicht belangter Betrüger am Ende doch noch teuer für seine Tat hatte bezahlen müssen.

Edith und Franz Probst mussten nach all den Jahren ihren Frieden mit der alten Geschichte gemacht haben, so gut es eben ging. Und auch, wenn er gewagt hätte, sich die beiden als mögliche Mörder von Agathe Weinmann vorzustellen – sein Verdacht wäre allein durch den Ausdruck in ihren Gesichtern wie Zigarrenrauch verweht worden.

Dienstag

Der Anruf aus dem Rathaus kam gegen elf Uhr und verdarb ihm den Vormittag vollends.

Morgens war er noch bester Dinge aufgestanden, weil er nachts nur ein einziges Mal aufgewacht und schon nach einer Stunde wieder eingeschlafen war. Außerdem heiterte ihn während des Frühstücks der Gedanke an die viele Informationen auf, die er gestern zu Frau Weinmanns Lebensgeschichte gesammelt hatte – und die Aussicht, dass er in gut einer Woche durch das Gespräch mit dieser Journalistin in Herrenberg vermutlich einen weiteren Schritt vorankommen würde.

Aber dann ging alles schief.

Eine aufgebrachte Witwe echauffierte sich am Telefon über die ihrer Meinung nach völlig verhunzten Trauerkarten – er hatte mit der Druckerei alles so vereinbart, wie er es mit der Frau zuvor haarklein besprochen hatte. Dummerweise konnte er seine Notizen von dem Gespräch mit der Witwe nicht mehr finden, also musste er letztendlich klein beigeben und die Druckerei um einen Rabatt für einen zweiten Anlauf bitten.

Eine Lieferung Särge traf ein, war aber völlig falsch zusammengestellt: Holzarten, Verzierungen – nichts stimmte, und er musste fast eine Stunde lang am Telefon einem jungen Schnösel, den er nicht kannte, erklären, was er eigentlich bestellt hatte. Erst als der ihn mit dem Seniorchef verband, kam die Sache aufs richtige Gleis. Die korrekte Lieferung wurde ihm nun für Donnerstag versprochen.

Und dann rief Susanne Döblin vom Weil der Städter Ordnungsamt an. Susanne war eine ganz Nette, schwer auf Draht und immer eine willkommene Gesprächspartnerin – nur ihre Nachricht ließ heute zu wünschen übrig.

»Ich habe gute Neuigkeiten für dich, Gottfried«, sagte sie und lag damit so falsch, wie es nur ging. »Wir haben die Recherchen wegen Frau Weinmann abgeschlossen. Es gibt wohl keine Angehörigen mehr. Frau Weinmann ist nun morgen für die Feuerbestattung vorgesehen. Könntest du sie heute Nachmittag oder morgen früh hinbringen lassen?«

Mit »hinbringen« war die Fahrt ins Krematorium in Rutesheim gemeint, wo der Amtsarzt noch eine letzte Untersuchung an Agathe Weinmann vornehmen würde, bevor ihre sterblichen Überreste zu Asche verglühen würden – und damit auch alle etwaigen Beweise für einen nicht verfolgten, nicht geahndeten Mord, der für Froelich so offensichtlich war.

Um sich ein wenig den Frust aus dem Leib zu laufen, hatte er sich entschlossen, für den Weg zum Polizeiposten den Wagen in der Garage zu lassen. Bald bereute Froelich die Entscheidung: Die Strecke zu dem schmucklosen Bau in der Jahnstraße zog sich doch gewaltig hin.

Endlich sah er den Flachdachbau vor sich, der sich vor den Balkonen eines Mehrfamilienhauses regelrecht zu ducken schien. Auf den beiden Parkbuchten vor dem Gebäude stand ein Polizeiauto, drinnen hing Polizeioberkommissar Rainer Fähringer am Telefon. Froelich kannte den Leiter des Polizeipostens vom Fußball her: Fähringer hatte lange in der ersten Mannschaft der Spielvereinigung Weil der Stadt gespielt, Froelich hatte gerne zugesehen. Soweit er wusste, war der Polizist ein Vetter von Dr. Fähringer, außerdem war er sehr engagiert in der Narrenzunft »Aha«, die alljährlich beachtliche Massen zu ihrem Fasnetsumzug in die Altstadt lockte.

Als Rainer Fähringer endlich auflegte, begrüßte er Froelich leidlich erfreut.

»Na, Gottfried? Geht's dir auch gut? Deinen Kunden hoffentlich nicht?«

Fähringer lachte über seinen eigenen Witz, Froelich verzog das Gesicht. Fähringers legendär schlechter Humor schlug ihm immer wieder auf den Magen.

»Was gibt's denn, Gottfried?«, fragte Fähringer schließlich, als er bemerkte, dass seine Pointe offenbar verpufft war.

»Ich brauche deinen Rat.«

»Schön, dafür bin ich ja da. Wie kann ich dir denn helfen?«

»Vor knapp zwei Wochen starb im Seniorenheim Abendruh eine alte Dame«, begann Froelich. Er hatte beschlossen, nicht lange um den heißen Brei herumzureden. Doch Fähringer war noch schneller und hob schon abwehrend beide Hände.

»Nein, nein, Gottfried«, sagte er und schüttelte energisch den Kopf. »Komm mir nicht du auch noch mit dieser Geschichte.«

Froelich sah ihn erstaunt an.

»Ja, glaubst du denn, ich habe von deinem tollen Gespräch mit der Kripo in Leonberg nichts mitbekommen? Die haben mich sofort danach angerufen und mir von deinem hirnrissigen Verdacht berichtet. Hat mir gleich noch mehr Arbeit eingebracht – und das, obwohl ich gar keine Zeit habe für Überstunden. Wir haben in der Narrenzunft gerade alle Hände voll zu tun.«

»In der Narrenzunft?«, echote Froelich ungläubig. »Also bitte: Fasnet war doch erst, geht dieser Schunkelwahnsinn nicht erst wieder im November los?«

»Papperlapapp! Nach der Fasnet ist vor der Fasnet, wie wir Fußballer immer sagen!«

Fähringer bildete sich offensichtlich noch immer viel auf seine Vergangenheit in Stollenstiefeln ein. Dabei kickte die Spielvereinigung derzeit in der Staffel Enz/Murr gerade mal in der Kreisliga.

»Aber Frau Weinmann ist nicht einfach so gestorben – da bin ich mir wirklich hundertprozentig sicher!« Froelich hatte sich in Rage geredet; als er mit der Faust auf die Holzplatte der Empfangstheke hieb, schreckte Fähringer kurz auf.

»Reiß dich mal zusammen, Mann!«, herrschte er ihn an. »Nur weil du eine Schnapsidee nicht los wirst, musst du mir hier noch lange nicht das Mobiliar zertrümmern!«

»Okay, okay – aber es macht mich echt irre, dass ich überall gegen die Wand laufe mit meiner Bitte, einfach mal ein bisschen nachzuhaken.«

»Ist das denn ein Wunder? Das ist nur ein Hirngespinst! Die Frau war alt, jetzt ist sie tot – so einfach ist das. Hat dir mein Vetter Jochen nicht erklärt, dass er als Arzt keinen Anhaltspunkt für einen anderen als einen natürlichen Tod gefunden hat?«

»Doch, hat er …«, nickte Froelich frustriert.

»Und die Kripo? Sind die etwa gleich mit einer Sonderkommission hier aufgekreuzt und haben einen Mord an deiner Frau Weinmann festgestellt?«

»Nein, haben sie nicht …«, gab Froelich kleinlaut zu.

»Und hat es dir geholfen, dass du nach dem Gespräch mit unserer Kripo noch irgendwelche persönlichen Beziehungen im LKA hast spielen lassen?«

»Nein«, murmelte Froelich zerknirscht.

»Nur eines hast du erreicht: Bei unserer Kripo brauchst du nicht mehr anzutanzen. Die können Leute nicht leiden, die hintenrum versuchen, sie anzuschwärzen.«

»Ich habe doch gar nicht …«, begann Froelich zu protestieren, aber Fähringer schnitt ihm mit einer unwilligen Geste
das Wort ab.

»Lass lieber, Gottfried. Mir ist es egal, ich habe dich sogar
noch bei den Kollegen in Schutz genommen. Aber nun sollte
es auch mal gut sein mit dieser Geschichte.«

»Aber das ist ja das Problem: Für morgen ist die Feuerbestattung von Frau Weinmann angesetzt.«

»Dann ist doch alles in Ordnung und die Sache ist erledigt. Ich weiß gar nicht, warum du dich dann noch so auf-
regst.«

»Aber das muss man doch stoppen, sonst sind alle etwaigen Beweise vernichtet!«

»Beweise? Hast du welche?«

Froelich wollte gerade etwas Wütendes erwidern, da be-
sann er sich anders und machte auf dem Absatz kehrt.

»Tschüs Gottfr…«, hörte er noch hinter sich die Stimme
Fähringers, dann fiel die Außentür des Polizeipostens ins
Schloss.

* * *

Wütend stapfte Gottfried Froelich an der Verkaufstheke
vorbei nach hinten ins Café Laufz und setzte sich an den üblichen Tisch. Die Verkäuferin sah ihm irritiert nach, aber
Lea, die Bedienung, deutete auf die übliche Torte und machte sich an der Kaffeemaschine zu schaffen.

»Bitteschön, ein Goldhelm-Gedeck für den Herrn«, flötete sie übertrieben süßlich und knickste vor Froelich. Außer ihm war gerade niemand im Café – es war für die üblichen Naschkatzen wohl noch etwas früh für einen Kaffee-
klatsch. Froelich brummte nur und riss die Zuckertütchen
unwirsch auf und so ungeschickt, dass er einen Teil des groben weißen Pulvers über die Tischplatte und über seine
Hose verschüttete.

»Alles in Ordnung?«, fragte Lea, der die schlechte Laune ihres Stammgasts natürlich nicht entgangen war.

»Der ›Goldhelm‹ ist gar nicht von Rembrandt, sondern entstand höchstens in dessen Werkstatt – das sollten Sie aber wissen!«

»Klar weiß ich das, aber die Torte wird Ihnen trotzdem schmecken, hoffe ich.«

Froelich hievte einen Teil der Sahne aus seinem Cappuccino auf die Torte und strich sie glatt. Als er bemerkte, dass Lea noch immer neben ihm stand, sah er irritiert zu ihr auf. »Ja?«

Lea setzte sich. »Was ist denn los mit Ihnen?«

»Ach …« Froelich winkte ab.

»Nein, nein: Das erzählen Sie mir jetzt einfach mal, dann geht es Ihnen besser. Ich habe gerade Zeit – ist ja niemand hier außer Ihnen. Und es wäre doch noch schöner, wenn sie die leckere Torte so frustriert nebenbei verdrücken würden. Wenn das unser Chef erfährt!«

»Oh, stimmt«, lachte Froelich, »mit dem besten Konditor von Weil der Stadt sollte gerade ich es mir nicht verscherzen, was?«

»Eben. Also: Was ist los?«

»Mir geht eine alte Dame nicht mehr aus dem Kopf, die vor kurzem starb und jetzt bei mir im Institut aufgebahrt liegt.«

»Uh«, schüttelte sich Lea. »Gruselig.«

»Na ja, für mich nicht. Aber ich bin überzeugt, dass die Frau nicht einfach so gestorben ist. Ich höre fast jeden Tag ein bisschen mehr, was mich in meinem Verdacht bestärkt – und als ich vorhin zur Polizei gegangen bin, haben die mich einfach mal so abgebügelt. Das sei kein Fall und außerdem hätten sie für bloße Verdächtigungen auch gar keine Zeit.«

»Um wen geht es denn?«

Froelich sah sie kurz an, da hob sie schon abwehrend die Hände: »Nein, Sie haben ja recht – das darf ich sicher gar nicht wissen.«

»Wissen Sie was? Ich sag's Ihnen – und vielleicht kennen Sie die Dame ja auch und können mir etwas darüber erzählen. Und Sie behalten alles, was ich Ihnen gesagt habe, einfach für sich. Okay?«

Lea nickte.

»Gut. Es geht um eine gewisse Agathe Weinmann, die …«

» …oben im Seniorenheim Abendruh lebte«, vervollständigte Lea seinen Satz. »Klar kenne ich die – jetzt muss ich ja sagen: Ich *kannte* sie. Sie kam regelmäßig hier rein, aß übrigens genauso gern wie Sie ein Stück Rembrandt-Torte, dazu ein Kännchen koffeinfreien Kaffee.«

Froelich sah Lea überrascht an – dabei war es ja nicht so ungewöhnlich, dass eine Frau, die mit ihrem Scheckbuch immer wieder durch die Stadt lief, auch hier im Café einkehrte.

»Interessant«, sagte Froelich schließlich. »War sie auch mit so einer Runde Kaffeetanten da oder kam sie allein?«

»Weder noch«, lächelte Lea, weil viele Frauen aus dem Seniorenheim und auch die anderen weiblichen Gäste tatsächlich in Gruppen ins Café gingen. »Manchmal war sie allein, gelegentlich war eine andere ältere Dame bei ihr, manchmal kam sie in Begleitung von Männern mittleren Alters – gekannt habe ich von denen nur Peter Prags, das ist der Steuerberater meines Vaters.«

»Und Kassier der Kepler-Gesellschaft, ich weiß. Sie hat viel gespendet, also könnten auch ihre anderen Begleiter zu beschenkten Vereinen oder Einrichtungen gehört haben.«

»Manchmal kam sie mit einer Frau, die oben im Seniorenheim arbeitet.«

»Ach?«

»Ich kenne sie: Das ist Anita. Wir sehen uns ab und zu im 'Chick'n'Egg.«

»Anita? Anita Wessel?«

»Ach, Sie kennen sie auch?«

»Ja, ja …« Froelich dachte fieberhaft nach, wie diese überraschende Info in sein bisheriges Bild passte.

»Die beiden schienen sich ganz gut zu verstehen«, fügte Lea noch hinzu, da kamen vier Damen ins Café. Lea lächelte Froelich entschuldigend zu und huschte zu den vier neuen Gästen hinüber, um die Bestellung aufzunehmen.

* * *

Als Anita an diesem Abend mit dem Putzen fertig war, holte Froelich einen bauchigen Dekanter ins Esszimmer, in dem seit gut einer Stunde ein fast schwarz schimmernder Bordeaux atmete. Er goss Anita und sich ein, und die beiden plauderten belangloses Zeug, bis Froelich auf die tote Frau Weinmann zu sprechen kam.

»Ich habe gehört«, begann Froelich, »dass du dich richtig toll um die alte Dame gekümmert hast.«

»Na, komm!«, wehrte Anita ab. »Das ist doch mein Job.«

»Nein, ich meine: auch nach Feierabend.«

Anita sah ihn aufmerksam an. »Was meinst du?«

»Ich sitze doch oft im Café Laufz«, erklärte Froelich. »Da habe ich aufgeschnappt, dass du dort wohl auch ab und zu mit ihr hingegangen bist.«

Anita wirkte überrascht, dann lächelte sie. »Lea ist eine alte Tratschtante … Sie hat es dir erzählt, oder?«

Froelich nickte. »Schlimm?«

»Nein, warum denn?« Anita schüttelte den Kopf.

»Hast du die tote Frau Weinmann am Morgen nach ihrem Tod gefunden?«

»Nein, Trude hat sie zuerst liegen sehen.« Froelich sah sie fragend an und Anita fügte hinzu: »Trude Hasert, eine Kollegin. Eine ganz liebe übrigens.«

»Hat sie sich auch in ihrer Freizeit um Frau Weinmann gekümmert?«

»Nicht, dass ich wüsste. Warum fragst du?«

»Ach, nur so«, wiegelte Froelich lahm ab und trank einen Schluck Wein.

»Jetzt sag schon«, drängte Anita und sah ihn gespannt an.

»Ich glaube nicht so recht daran, dass eure Frau Weinmann einfach so gestorben ist.«

Anita riss die Augen auf und starrte ihn an.

»Na ja, die war so weit gesund. Das sagt sogar Dr. Fähringer.«

»Gesund schon, aber auch alt. Da stirbt man schon mal, Gottfried.«

»Ich weiß nicht …« Froelich blickte sinnierend in sein Weinglas. Dabei entging ihm der seltsame Blick, mit dem ihn Anita fixierte.

Mittwoch

Die Fahrt zum Krematorium übernahm Gottfried Froelich selbst. Er hatte sich vorgenommen, den Amtsarzt noch einmal auf seinen Verdacht anzusprechen, dass Agathe Weinmann nicht eines natürlichen Todes gestorben sei.

Gemächlich rollte er auf der B295 Renningen entgegen, bog von der Straße ab, bevor sie als Umgehung einen weiten östlichen Bogen um den Ort herum beschrieb, fuhr auf der Kreisstraße westlich an Renningen vorüber und wandte sich in Rutesheim schließlich nach links, wo das Krematorium im Gewerbegebiet an der Autobahn lag.

Während er die weiße Fassade und die grauen Dachflächen des Gebäudes sonst als sehr beruhigend empfand, erfüllte ihn heute morgen große Unruhe. Das hatte sich auch noch nicht gelegt, als er in dem hellen Flur darauf wartete, dass ihn der Amtsarzt zu sich rief.

Es war natürlich nicht üblich, dass der Bestatter die letzte ärztliche Untersuchung vor einer Feuerbestattung beobachtete, aber er kannte Dr. Sepp Virchow, den Amtsarzt, nun schon lange genug, um auch einmal eine unkonventionelle Bitte erfüllt zu bekommen.

Eine Tür ging auf und Virchow steckte seinen Kopf heraus: »Also, Froelich, auf geht's!« Damit war der Kopf schon wieder hinter der Tür verschwunden.

Als Froelich den Raum betrat, in dem die Untersuchung stattfinden sollte, hantierte Dr. Virchow schon an Agathe Weinmanns Leichnam herum.

Allzu lange brauchte er nicht, aber Froelich musste zugeben, dass Virchow seine Arbeit so gründlich gemacht hatte, wie man es angesichts eines vermuteten natürlichen Todes erwarten durfte. Sogar etwas gründlicher, denn Froelich hatte den Arzt auf seinen Verdacht angesprochen, hatte ihn nach möglichen Spuren befragt, und Virchow hatte darauf immer wieder noch eine Stelle genauer in Augenschein genommen, wenn auch mit der Zeit zunehmend genervt.

Schließlich verließ Froelich das Gebäude des Krematoriums in Rutesheim mit dem quälenden Gefühl, er könnte etwas Wichtiges übersehen oder vergessen haben – und es würde ihm erst einfallen, nachdem Agathe Weinmann zu Asche geworden wäre. Als er in den Leichenwagen stieg und langsam vom Gelände rollte, bemerkte er aus den Augenwinkeln, dass er offenbar schon länger von einem Mann in ausgebeulten Cordhosen und einer blauen Windjacke beobachtet wurde, der am Straßenrand stand und einen Schäferhund an der Leine hielt.

Donnerstag

Kurz nach der Mittagspause saß Ferry Hasselmann wieder einmal seinem Chef gegenüber. Heinz-Günther Sebering leitete die Stuttgarter Ausgabe jener Boulevardzeitung, für die Hasselmann seit einigen Jahren als Reporter arbeitete.

Sebering, nur 1,65 Meter groß, aber mit ausreichend Masse für einen deutlich größeren Mann ausgestattet, fläzte in seinem Sessel und hörte Hasselmann zu.

»Und gestern ruft ein Bestatter aus Weil der Stadt an und fragt mich wieder nach dieser Frau Weinmann, die vor ein paar Tagen starb. Ich natürlich sofort ran an meine Notizen von damals!«

Sebering rollte genervt mit den Augen.

»Vielleicht kommen Sie mal lieber zur Sache, bevor Sie sich hier vollends als Kisch, den rasenden Reporter, inszenieren.«

Hasselmann schluckte.

»Ja, natürlich, Herr Sebering, klar ... ich ... Also: Ich wollte Sie fragen, ob das nicht eine tolle Gelegenheit wäre, die Story von damals noch einmal anzugehen?«

Sebering setzte sich etwas gerader hin und stützte seinen Oberkörper mit angewinkelten Armen auf dem Schreibtisch ab.

»Gut, Hasselmann, damit ich da nichts falsch verstehe, fasse ich lieber noch einmal zusammen, was Sie mir da unterjubeln wollen: Sie recherchieren also nun ein zweites Mal eine angebliche Betrugs- oder Bestechungsoper, die in Sindelfingen eine der größeren Firmen betroffen hat? Sie haben dafür nur die folgenden Hinweise: einen Mann, der zu schnell gegen einen Baum fuhr und dabei ums Leben kam; einen anderen Mann, der bei dieser Firma kündigte, ohne einen Grund dafür anzugeben; eine unter der Hand herumgeplauderte Affäre, die nie ans Tageslicht kam und für die es auch keinerlei Beweise in Form von Papieren, Telefonprotokollen oder Fotos gibt; und nun noch obendrauf eine Frau, die ihrem toten Mann einiges zutraute, nun aber selbst tot ist.«

Hasselmann war mit jedem Satz ein wenig mehr in sich zusammengesunken.

»Habe ich das so ungefähr richtig zusammengefasst?«

»Ja, schon, aber ...«

»Okay, Hasselmann, Sie Schnellmerker. Und haben Sie aus meiner Zusammenfassung auch schon vage erahnen können, was ich von Ihrem Vorschlag halte?«

»Ja«, nickte Hasselmann und versuchte die herbe Niederlage einigermaßen tapfer wegzustecken.

»Gut, dann raus mit Ihnen! Stehlen Sie jemand anderem die Zeit.«

Hasselmann erhob sich und schlich bedröppelt zur Tür.

»Warten Sie mal, Hasselmann!«

Ferry Hasselmann drehte sich noch einmal um.

»Diese alte Frau ist gestorben, sagten Sie?«

Hasselmann nickte.

»Im Seniorenheim?«

Hasselmann nickte wieder und bemerkte, wie sich auf Seberings Gesicht langsam ein Grinsen ausbreitete.

»Gut, dann machen Sie das so: Sie finden mir noch zwei Senioren, die ebenfalls in der Gegend dort – wie nennt sich das?«

»Heckengäu.«

»Putzig«, schnaubte Sebering. »Also: Sie finden mir noch weitere Senioren, die in diesem Heckengäu im Seniorenheim gestorben sind. Schauen Sie sich das genau an und vielleicht ergeben die alten Leute, die plötzlich und ohne erkennbaren Grund gestorben sind, irgendein Muster.«

Hasselmann hatte zunächst Interesse geheuchelt, doch allmählich wurde ihm klar, worauf Sebering hinauswollte – »Dieser eiskalte Hund«, dachte Hasselmann und grinste nun ebenfalls.

»Ich sehe, Sie haben verstanden. Also, raus hier und an die Arbeit!«

Als Hasselmann schon die Klinke in der Hand hatte, hörte er noch Seberings Stimme hinter sich rufen: »Und denken Sie an die Rechtsabteilung: Vergessen Sie die Fragezeichen hinter Ihren Behauptungen nicht!«

* * *

In der Küche des Merklinger Remigiushauses drängelten sich am Abend die Damen um Gottfried Froelich. Er hatte zwei Flaschen Schaumwein – ein fein prickelnder Tropfen aus der Champagnerbratbirne, der seinem Produzenten wegen des Obstnamens auf dem Etikett viele Schlagzeilen und ein Gerichtsverfahren eingebracht hatte – in den Kühlschrank gelegt und stellte nun zwei 0,7-Liter-Rotweinflaschen und eine Flasche Weißwein auf die Arbeitsplatte.

Fachmännisch studierten Hilde und eine andere Hobby-Köchin das Weißwein-Etikett: Aus ihrem genießerischen Nicken schloss Froelich, dass sie den Winzer aus dem Remstal kannten und wohl auch einschätzen konnten, was die Bezeichnung »Riesling Eiswein« bedeutete.

Hilde stellte acht Gläser auf den Tisch und schenkte aus. »Ich nehme an, Gottfried, das ist als Aperitif gedacht?«

Froelich nickte und prostete den Damen zu. Alle rochen kurz an dem Wein, nahmen dann einen Schluck und nickten Froelich begeistert zu. Der nickte zurück und atmete insgeheim auf: Der heutige Kochkurs sollte nun eigentlich etwas angenehmer für ihn verlaufen.

Maultaschen standen auf dem Programm. Anita hatte ihm am Dienstag, als sie wieder zum Reinemachen gekommen war, ein kleines Büchlein ins Institut gebracht: Kochrezepte von Landfrauen, gesammelt in ganz Baden-Württemberg. Die Zeichnung auf dem Buchtitel zeigte drei Frauen in Aktion und einen Mann mit Hut und Brille, der im Hintergrund Möhren schnitt.

Mit dieser Rolle liebäugelte Gottfried Froelich nun. Die Rezepte jedenfalls hatte er mit wachsendem Appetit gelesen, um schließlich für ein ausgiebiges Abendessen in einem seiner Lieblingslokale zu landen.

Auch Maultaschen fehlten natürlich nicht in der Rezeptsammlung, ebenso wenig wie der Hinweis auf das Kloster Maulbronn, dem die gefüllten Teigtaschen der Legende nach ihren Namen verdankten – und damit auch gleich ihren Spitznamen: Denn wegen des Tricks, Fleisch in Form von Gehacktem und Brät am fleischlosen Freitag vor Gott in einem Nudelteig zu verstecken, heißen die Maultaschen auf Schwäbisch auch »Herrgottsbscheißerle«.

Allein für die Maultaschen hatten drei Hobby-Köche – darunter, passend zum Buchcover, auch ein Mann, wie Froelich staunend bemerkt hatte – ihre Kochanleitungen eingereicht. Nun sollte heute Abend nach diesem Rezeptmix aus Leutenbach, Leinfelden-Echterdingen und Bruchsal gekocht werden – und natürlich würden auch die Landfrauen aus Merklingen und Hausen noch ihre ganz eigenen Tipps und Tricks haben, die sie einfließen lassen konnten.

* * *

In der Küche breitete sich ein wohliger Duft aus. Froelich hatte Zwiebeln und Petersilie, die seine Mitköchinnen erstaunlich flink vorbereitet hatten, durch den Fleischwolf gedreht, und nun wurde beides in der Pfanne glasig angedämpft. Inzwischen drehte Froelich schon wieder an der Kurbel des Fleischwolfs, diesmal steckten Spinat, Schinkenwurst und alte Brötchen darin. Hilde und Anita griffen sich von dem Brett, auf das der Fleischwolf die zerkleinerte Masse plumpsen ließ, immer wieder eine Handvoll und zerkneteten sie in zwei großen Schüsseln mit Hackfleisch, Brät und Eiern.

Währenddessen rollten Dorothea und eine weitere Frau Nudelteig aus, die anderen stellten Eiweiß in einem Schälchen bereit und legten einen kleinen Pinsel daneben, gaben Wasser in einen Topf, stellten ihn auf die Herdplatte, gaben eine Prise Salz dazu und rührten etwas gekörnte Brühe unter.

Schließlich waren Hilde und Anita mit der gekneteten Masse zufrieden, nahmen einen Löffel und gingen mit ihren Schüsseln zum nun fertig ausgerollten Nudelteig hinüber.

Löffelweise verteilten sie die Masse in gleichmäßigen Klecksen auf dem Teig.

»Willst du auch noch was, Gottfried?«

Froelich, der tief in Gedanken versunken war und abwesend die beiden Frauen betrachtet hatte, schreckte auf und drehte sich um. Hinter ihm stand Dorothea, in der linken Hand ihr frisch gefülltes Weinglas, in der rechten die zweite Flasche Samtrot Spätlese, die er für den heutigen Abend mitgebracht hatte.

»Na?«, fragte Dorothea lächelnd. Sie hatte wohl schon mehr als ein Glas getrunken, und der gute Tropfen zeigte allmählich Wirkung.

Froelich nickte und hielt ihr sein Glas hin. Schwungvoll schenkte sie etwas von der roten Flüssigkeit ein und prostete ihm strahlend zu. »Prösterchen!«, kicherte sie, was Froelich ein Grinsen entlockte: Ihre sonst schneidende Stimme hatte im Lauf des Abends etwas an Schärfe verloren, und eine graue Strähne der zuvor so akkurat gescheitelten Frisur hing ihr in die Stirn.

Hilde gesellte sich zu ihnen und nahm ebenfalls einen Schluck. Ihre bleiche Haut schien von innen zu leuchten, und Gottfried Froelich stellte fest, dass die Ausstrahlung der beiden dünnen Damen durch den Rotwein doch sehr gewonnen hatte.

Hinten an der Arbeitsplatte ging es nun an die letzten Schritte: Der Teig wurde mit schnellen Schnitten zwischen den Häufchen hindurch in gleichmäßige Vierecke aufgeteilt, deren Ränder wurden mit Eiweiß bepinselt und schließlich die Teigstücke zu Taschen zusammengeklappt.

Wenig später schwammen die ersten Maultaschen im leicht siedenden Wasser, während Froelich und die sieben Teilnehmerinnen des Kochkurses im Kreis standen und zu einem weiteren Schluck Rotwein über das Rezept fachsimpelten, das sie heute Abend nachgekocht hatten.

Zwei der Frauen nippten nur am Wein, Hilde und Dorothea genehmigten sich dagegen tiefe Schlucke, die anderen hielten es weniger extrem. Alle waren aufgeräumter Stimmung, doch Froelich hatte nur Augen für Anita. Mit etwas zerzausten Haaren und dem von der Küchenhitze geröteten Gesicht sah sie unwiderstehlich aus. Dazu betonte die eng gebundene Schürze ihre Figur.

»Stimmt doch, Gottfried?«, fragte sie ihn lachend und sah ihn an – er wandte seinen Blick einen Moment zu spät ab von ihr. Als er wieder zu ihr hinsah, um ihr irgendetwas Belangloses zu antworten, sah sie ihm in die Augen und lächelte.

Gottfried Froelich spürte, wie ihm die Hitze ins Gesicht stieg.

* * *

An diesem Abend kam Gottfried Froelich ungewöhnlich beschwingt nach Hause. Er warf seinen Mantel in die Ecke der Garderobe und nahm hinauf zur Wohnung immer zwei Stufen auf einmal.

Oben angekommen, nahm er sich ein Bier aus dem Kühlschrank und wollte eben ins Wohnzimmer hinübergehen, als ihm einfiel: Fernsehen war nicht unbedingt das, was er nun machen wollte. Er wollte – kochen!

Zwei, drei Schlucke Bier lang stromerte er durch die Küche, sah in den Kühlschrank und ins Vorratsregal, aber zunächst fiel ihm nicht ein, was er Lust hatte zu kochen. Er sah auf die Wanduhr über der Essecke: 22.45 Uhr. Eigentlich zu spät zum Kochen und zu spät zum Essen. Aber egal: Hunger hatte er ohnehin keinen, also konnte er es genauso gut auch einfach nur zum Spaß machen.

Mit einem kurzen Blick streifte er im Regal über seinem Backofen die Reihe der Kochbücher, die er sich vor ein paar Tagen gekauft hatte, um sich für die weiteren Kochabende zu wappnen. Nein, ein Rezeptbuch brauchte er heute Abend nicht. Gottfried Froelich – und dabei lächelte er selig – würde heute ein Essen kochen, das er als Jugendlicher geradezu abgöttisch geliebt hatte.

Scheppernd zerrte er einen Topf aus der Schublade, füllte ihn gut zur Hälfte mit Wasser, gab ordentlich Salz dazu und stellte ihn auf die mit voller Kraft heizende Herdplatte. Dann holte er aus den diversen Schränken seiner Küche Essig, Pfeffer, Paprika, Soßenpulver und aus dem Kühlschrank noch etwas Butter. Er füllte einen zweiten, kleineren Topf zu etwa einem Drittel mit Wasser, stellte ihn auf die zweite Herdplatte und schaltete auch hier auf volle Kraft.

Als das Wasser im großen Topf kochte, schüttete Froelich eine komplette Pfundpackung Bandnudeln hinein. Im zweiten Topf landeten die Butter, eine kräftige Prise Soßenpulver, je zwei Schucker Pfeffer und Paprika und schließlich einige Schluck Essig. Danach lehnte sich Froelich zufrieden auf seinem Stuhl zurück und nahm einen großen Schluck Bier – »Schucker«, diese Maßeinheit musste er sich für sein nächstes Rezept unbedingt merken.

Nach wenigen Minuten erfüllte ein beißender Geruch die Küche. Froelich ließ sein Gebräu noch einmal kurz aufkochen, dann goss er die Nudeln ab und richtete einen Teil davon in einem Suppenteller an. Darüber goss er die dünne Brühe, die für ihn mit seligen Jugenderinnerungen verbunden war.

Mit der Gabel stocherte er in dem Nudelberg und pickte sich einige davon heraus. Dünn und haltlos tropfte die Flüssigkeit von den Teigwaren zurück in den Teller, aber Froelich schob sie sich voller Vorfreude in den Mund.

Fünf Minuten später saß er vornübergebeugt über seiner Toilette und war sich in drei Punkten sicher: Seine Zeit als Jugendlicher war vorüber, auf das Erinnerungsvermögen seines Gaumens war kein Verlass, und das nächste Essen würde er streng nach Rezept zubereiten.

Freitag

Als Froelich den Friedhof erreichte, wartete Pfarrer Staupitz schon vor dem kleinen Eingangstor neben der Kapelle auf ihn. Auf dem Kalender war heute »Frühlingsanfang« verordnet, aber das Wetter war so trübe wie Froelichs Stimmung.

Sein Mitarbeiter Walter Reiff hatte die Urne bereits gebracht, und wenig später schritten Staupitz und Froelich möglichst würdevoll zu der Stelle, in der die Asche von Agathe Weinmann ihre letzte Ruhestätte finden sollte.

Am Grab warteten Susanne Döblin vom Ordnungsamt und Carola Wehrle vom Notariat. Dass die beiden am Begräbnis teilnahmen, war vor allem dem Umstand zuzuschreiben, dass beide Frauen wussten, wie sehr der Tod der alten Dame den guten Gottfried umtrieb. Wahrscheinlich wollten sie ihm durch ihre Anwesenheit irgendwie beistehen – so, wie man manchmal die Hinterbliebenen zu stützen versucht, indem man durch trauriges Dabeistehen eine tröstliche Kulisse bietet.

Froelich hatte sich in sein »Ich-bin-ein-Betroffener«-Outfit gezwängt: Lackschuhe, altmodisch geschnittene schwarze Hose, weißes Hemd, schwarze Krawatte und ein zu eng sitzendes schwarzes Jackett. Seine Haare, die sonst voll und chaotisch vom Kopf abstanden, hatte er mit etwas Gel gebändigt und in einen seltsamen Seitenscheitel gezwungen.

Pfarrer Staupitz sagte einige Worte, dann nahm die Prozedur, in der die Urne »begraben« wurde, ihren üblichen, unspektakulären Verlauf. Das dauerte nicht lange, aber Carola Wehrle verlagerte ihr Gewicht ungeduldig von einem Bein auf das andere und Susanne Döblin schaute zwischendurch heimlich auf ihre Armbanduhr.

Nur Gottfried Froelich stand still und ergriffen da, und Pfarrer Staupitz hatte den Eindruck, als würden Froelichs Augen feucht schimmern.

Am Ende der sehr karg gehaltenen Trauerfeier verabschiedeten sich die beiden Frauen eilig und strebten der Innenstadt zu. Staupitz wollte eigentlich mit Froelich schön essen gehen, aber der Bestatter sah nicht so aus, als sei er in der Stimmung für ein ausgiebiges chinesisches Menü. Also legte Staupitz ihm kurz die Hand auf die Schulter, murmelte noch ein paar erprobte tröstende Worte und verschwand.

Gottfried Froelich stand allein am Grab. Der Name von Agathe Weinmann war bislang nur in ein einfaches Holzkreuz geritzt, aber der Stein war schon in Arbeit – die Tote hatte zu Lebzeiten alles sehr sorgfältig vorbereitet und auch für einen Grabstein ausreichend Geld beiseitegelegt.

»Und wie soll es nun weitergehen?«, dachte Froelich und hatte natürlich vor allem die Frage im Sinn, wie ein gewaltsamer Tod nachgewiesen werden sollte, wenn die Leiche bereits verbrannt worden war und zwei ärztliche Untersuchungen zuvor nichts Verdächtiges ergeben hatten.

Hinter Froelichs Rücken formierten sich einige kleinere Vögel und flogen in steilem Winkel auf das imposante Grabmal einer Weil der Städter Honoratiorenfamilie zu. Nacheinander drehten die Vögel im letzten Moment ab und auf dem schönen, weißen Stein mit den Namen der verstorbenen Familienmitglieder zerplatzten rotbraun die im Flug abgesonderten Hinterlassenschaften der Vögel.

Froelich bemerkte nicht die Vögel und nicht das leise klatschende Geräusch. Er stand tief in Gedanken versunken vor dem Grab von Agathe Weinmann und grübelte. Würde er nun noch etwas ausrichten können?

* * *

Nach der Trauerfeier hatte Froelich sich ein wenig die Füße vertreten wollen, also ging er voller Gedanken ziellos durch die Innenstadt. Aber nach einiger Zeit fand er sich überrascht vor der Kanzlei des Steuerberaters Peter Prags wieder.

Er klingelte und kletterte, als der Türöffner summte, die Treppe zu den Büroräumen hinauf. Er wollte nur noch einmal nachfassen, ob Prags vielleicht doch noch etwas eingefallen oder aufgefallen sei wegen Frau Weinmann. Doch die Sekretärin sagte ihm bedauernd, dass Peter Prags heute nicht mehr zu erreichen sei. Er halte sich in Stuttgart auf, wo er an diesem Abend als Mitglied der Kepler-Gesellschaft an einem Festakt im Haus der Wirtschaft teilnehme, mit Grußworten der Bundes- und Landesregierung sowie der Universitäten Tübingen und Stuttgart.

Froelich hatte das unangenehme Gefühl, dass sich ihm bei dieser Schilderung seine Zehennägel aufrollten, aber die Sekretärin hatte die Litanei abgelassen mit sichtlichem Stolz darauf, dass ihr Chef an einem so wichtigen Ereignis teilnehmen durfte.

Enttäuscht kletterte er die Treppe wieder hinunter und ging in die nur ein paar Schritte entfernte Stadtkirche. Doch die kurze Pause, die er dort einlegte, war ihm keine große Hilfe. Erst konnte er kaum zur Ruhe kommen, und der Gedanke, dass seine Recherchen immer wieder in die Nähe von Anita Wessel führten, kreiste beunruhigend in seinem Kopf. Und dann sah sich auch noch eine vierköpfige Familie den Kirchenraum an – wobei die Lautstärke der Kinder vermuten ließ, dass sich nur die Eltern für die Besichtigung interessierten.

Schließlich verließ Froelich seinen Platz und trat seufzend ins Freie. Kurz darauf stand er am Narrenbrunnen und sah sich ratlos um. Er hatte keine Lust, schon jetzt nach Hause zu gehen.

Er wandte sich nach links, schnaufte den Kapuzinerberg hinauf und bog nach rechts ab auf das Klösterle zu. Das Tor war halb geöffnet, dahinter waren Arbeitsgeräusche zu hören. Froelich erinnerte sich, dass ein Eintrag in Frau Weinmanns Scheckheft auch auf den Förderverein dieses ehemaligen Kapuzinerklosters deutete – aber er hatte im Moment keinen Nerv für ein Gespräch. Also folgte er der abschüssigen Straße und bog unten in die Badtorstraße ein.

Plakate am Kino priesen die Fortsetzung eines Remakes um einen trotteligen Polizisten an – wenn er sich noch recht an das Original erinnerte, hatte damals Peter Sellers die Hauptrolle gespielt. Durch das kleine Wörnlinstörle, neben dem die Autos durch das Königstor fuhren, verließ er die alte Innenstadt und folgte der Stadtmauer auf dem Spazierweg, der an der nächsten Brücke über die Würm endete.

Am anderen Ufer des Flüsschens tappte er zwischen einigen Bäumen und Büschen hindurch über die Wiese, die sich auf einem schmalen Streifen zwischen Würm und Stadtmauer auf der einen und der Malmsheimer Straße auf der anderen Seite erstreckte. Dabei sank er immer wieder ein wenig ein, aber die Aussicht darauf, seine Schuhe nachher putzen zu müssen, schreckte ihn nicht ab. Dann würde er sich die Zeit bis zu Anitas Eintreffen wenigstens mit etwas Sinnvollem vertreiben können, bei dem er nicht nachdenken musste.

Als er die Stelle erreichte, an der die Würm unter der Brücke der Stuttgarter Straße hindurchfloss, kletterte er zum Straßenrand hinauf und stapfte missmutig über den Sägeweg und die kleine Brühlweg-Brücke auf sein Haus zu. »Früher«, dachte Froelich grimmig, »früher habe ich oft unter der Brücke gespielt.« Früher, als er weniger an Jahren und viel weniger an Pfunden gezählt hatte.

Samstag

»Hallo, Herr Sedelmayr!«

Dass Peter Prags, der Kassier der Kepler-Gesellschaft, ihn freudig begrüßte, überraschte Franz Sedelmayr nicht: In den vergangenen Jahren hatte er vielen Vereinen und Einrichtungen gespendet und sich dabei auch großzügig gegenüber der Kepler-Gesellschaft gezeigt. Eifrig schüttelte ihm der Mann die Hand, was Sedelmayr ein schmerzhaftes Ziehen im Ellbogen und in der Schulter bescherte. Als Prags bemerkte, dass sein Gegenüber das Gesicht verzog, ließ er erschrocken dessen Hand los.

»Ähm ...« Prags räusperte sich und sah verlegen aus.

»Wie geht es Ihnen denn heute, Herr Sedelmayr?«

»Geht schon, danke.« Franz Sedelmayr fiel schon seit zwei, drei Jahren auf, dass er nur noch gefragt wurde, wie es ihm »heute« gehe – als befürchte jedermann, es sei ihm gestern oder vor einer Woche schlecht gegangen und er könnte darüber erzählen.

»Wollen Sie sich die Sondermarken ansehen?«

Sedelmayr nickte. Prags musste sehr verlegen sein, wenn er eine so dämliche Frage stellte, nur um das Gespräch in Gang zu halten. Was, bitteschön, sollte er sonst an einem Samstag im Ratssaal des Rathauses wollen?

»Kepler, die Astronomie und die Raumfahrt«, lautete der Titel der Ausstellung und es gab tatsächlich Briefmarken mit den unterschiedlichsten Motiven zu sehen. Sedelmayr war froh gewesen über die Einladung. Er freute sich über jede Ablenkung, ob sie nun seine Interessen traf oder nicht.

Briefmarken faszinierten ihn seit dreißig Jahren nicht mehr sonderlich – damals hatte er seine schlecht gepflegte Sammlung mit Motiven aus der Bundesrepublik und der DDR an einen Händler verkauft. Der hatte ihm nicht viel bezahlt, und noch heute war Sedelmayr überzeugt, dass er ihn vor allem wegen einer DDR-Marke mit geringem Nennwert übers Ohr gehauen hatte – der Katalog hatte für den Fehldruck einen Sammlerwert von 250 D-Mark aufgelistet, aber der Händler hatte nur abgewinkt und Sedelmayr auf einige Details der Marke hingewiesen, die ihn schnell bei einem Preis von knapp zwei Mark ankommen ließen.

Danach hatte Franz Sedelmayr noch einmal ein Päckchen von Briefmarken aus den arabischen Emiraten gekauft – schöne große, bunte Motive –, um dem achtjährigen Nachbarsjungen eine Freude zu machen. Doch die Mutter des Buben hatte ihn auffallend argwöhnisch beobachtet, als er dem blond gelockten Knirps die Marken gab, und er wurde das Gefühl nicht los, dass sie ihn für einen potenziellen Kinderschänder hielt.

Als großzügiger Förderer der Kepler-Gesellschaft und als ehemaliger leitender Beamter der Stadt Stuttgart war Sedelmayr natürlich auch zum Festakt am gestrigen Abend im Haus der Wirtschaft eingeladen gewesen – aber eine abendliche Fahrt nach Stuttgart lag längst außerhalb seiner gesundheitlichen Möglichkeiten.

»Na gut«, dachte sich Sedelmayr und wandte sich den ersten Exponaten zu. »Schau ich mir halt die Briefmarken an. Und gestern blieben mir wenigstens die leidigen Grußworte erspart.« Sedelmayr lachte leise auf, und Peter Prags, der sich gerade aus dem Blickfeld des alten Mannes stahl, sah noch einmal irritiert zu ihm hinüber.

Montag

Der Sonntag war ohne besondere Ereignisse vergangen. Froelich hatte Orgel in der Stadtkirche gespielt, war danach mit Pfarrer Staupitz essen gegangen und hatte den Nachmittag schlafend vor dem Fernseher verbracht.

Am Montagmorgen näherte er sich seinem üblichen zweiten Frühstück etwas vorsichtiger als sonst. Es war kurz vor zehn, und Reiff hatte ihm von einer Botenfahrt ein Leberkäs-Brötchen mitgebracht. Warum auch immer: Es war ihm heute noch nicht so sehr nach Essensgeruch zumute und er öffnete das Fenster zur Stadt hin, bevor er die Metzgertüte aufmachte.

Trotzdem hüllte ihn der Geruch des noch leicht dampfenden Leberkäses schnell ein – und Froelich stellte beruhigt fest, dass die alten Reflexe noch funktionierten: Ihm lief sofort das Wasser im Mund zusammen, er atmete tief den aus der Tüte aufsteigenden Dunst ein, holte das bereits weich werdende Brötchen aus der Verpackung und hielt es sich genießerisch vor die Nase. Der Spielplatz vor der Stadtmauer war verdeckt von der unteren Brötchenhälfte, die Mauer verschwand hinter der braunen Kruste des Fleischkäses, und der große Turm von St. Peter und Paul ragte nur noch ein Stückchen über die obere Brötchenhälfte hinaus.

Froelich grinste und biss ein gewaltiges Stück ab. Dann klingelte das Telefon. Er fuhr herum und versuchte, gleichzeitig leise zu fluchen, das Brötchen wieder abzulegen und den großen Bissen schnell hinunterzuschlucken.

»Hmm?«, meldete er sich mit vollem Mund.

»Herr Froelich?«

»Mhm«, bestätigte er kauend. Die Stimme am anderen Ende gehörte Peter Prags, dem Schatzmeister der Kepler-Gesellschaft, den er am Freitag verpasst hatte. Von ihrem Gespräch im Kepler-Museum her konnte sich Froelich noch gut an Prags' Tonfall erinnern..

»Sie hatten sich doch mit mir in unserem Museum über Frau Weinmann unterhalten und mich gefragt, ob denn in den vergangenen Jahren noch weitere Spender gestorben sind. Ich habe nun mal in unseren Büchern nachgesehen und es ist tatsächlich so, wie ich Ihnen schon sagte: Ja, einige Spender starben, aber das waren immer ältere Leute – und ältere Leute sterben nun mal irgendwann, so traurig das in jedem Einzelfall natürlich ist.«

»Mmh«, machte Froelich und schluckte etwas Leberkäse hinunter. Wenn er Prags noch zwei Minuten hinhalten konnte, würde er auch selbst wieder vernünftig an diesem Telefonat teilnehmen.

»Nur eines fand ich dann doch seltsam«, fuhr Prags fort, und Froelich hörte gespannt auf zu kauen. »Bis auf wenige Ausnahmen kannte ich die Spender ja persönlich, das sind Leute aus der näheren oder weiteren Umgebung, bei denen ich mich als Schatzmeister natürlich auch für ihre Zuwendungen bedanke – und da kommt man schon auch ins Gespräch. Wenn ich alle von der Liste nehme, die meines Wissens durch Unfälle,

Schlaganfälle, Herzinfarkte, Krebserkrankungen oder an Folgen einer Operation starben, passt der Rest ziemlich gut in ein bestimmtes Raster. Das waren alles alleinstehende ältere Herrschaften, die in Seniorenheimen lebten und einfach so ohne erkennbaren Grund starben, die also abends zu Bett gingen und morgens nicht mehr aufwachten. Sanft entschlafen … heißt das nicht so in Ihrer Branche?«

»Mhm«, machte Froelich, aber seine Gedanken rasten.

»Und noch etwas fiel mir auf: Es waren jedes Jahr zwei bis drei Verstorbene, und alle starben sie zwischen Anfang März und Mitte April.«

»Oh!«, machte Froelich und bemerkte zunächst nicht, dass ihm einige Stückchen Leberkäse aus dem Mund über das Hemd auf den Schreibtisch purzelten.

* * *

Notdürftig hatte Froelich sich die Essensreste vom Hemd gewischt, dann war er in die Pfarrgasse geeilt. Schwer atmend erreichte er das Haus, in dem Prags sein Büro hatte. Im Treppenhaus fiel ihm heute das Firmenschild der Anwaltskanzlei Stich & Haase auf, die den ganzen ersten Stock gemietet hatte. Und eine Treppe höher musste Froelich kurz verschnaufen, bevor er auf die Tür zur Kanzlei des Steuerberaters zuging. Die Frau hinter der Empfangstheke sah nur kurz auf und zeigte auf eine geöffnete Tür, in der Peter Prags schon auf ihn wartete.

Er schloss die Tür hinter Froelich und bot ihm einen Stuhl gegenüber seinem Chefsessel an. Das Büro war hell, in halbhohen Regalen standen sauber beschriftete Ordner nebeneinander und auf einem kleinen Beistelltisch lagen Reiseprospekte unter einem Strauß mit Schnittblumen.

»Ich war Ende Januar in Indonesien.« Prags war Froelichs Blick gefolgt.

»Ah, schön. Und: War Badewetter?«

Prags lachte. »Deswegen bin ich nicht hingeflogen. Mit zwei Freunden, die sich wie ich für die Kepler-Gesellschaft engagieren, habe ich auf Sumatra die Sonnenfinsternis beobachtet.«

»Dazu fliegen Sie extra nach Indonesien?«

»Na ja, Astronomie interessiert mich eben.«

»Klar, Kepler-Gesellschaft, ich verstehe schon. Aber mir reichte die Sonnenfinsternis, die wir hier bei uns hatten. Wann war das? Im Sommer 2000?«

»Nein, am 11. August 1999.«

»Genau. Ein Freund von mir hatte damals nicht aufgepasst und musste sich danach eine Zeitlang mit Augenproblemen herumschlagen. «

»Das tut mir leid. Auf Sumatra war Ende Januar eine ringförmige Sonnenfinsternis zu sehen. Sehr faszinierend, sage ich Ihnen. Und wir haben daraus auch einen Vortrag für unsere Mitglieder gemacht – schließlich feiern wir gerade das Astronomische Jahr, da ist unsere Kepler-Gesellschaft ganz schön eingespannt.«

»Schön«, versetzte Froelich, machte aber keinen Hehl daraus, dass ihn die verstorbenen Spender der Kepler-Gesellschaft mehr interessierten als Sonnenfinsternisse über dem Indischen Ozean oder das Programm zum Astronomischen Jahr.

»Aber gut, lassen wir das«, sagte Prags schließlich und holte eine dicke Kladde aus einem seiner Regale. »Was ich Ihnen jetzt zeige, dürften Sie gar nicht sehen. Ich gehe davon aus, dass Sie das alles sehr diskret handhaben.«

Froelich nickte und schaute aufmerksam auf das sperrige Buch, das noch zugeschlagen war. Prags schlug es auf und schob die Kladde etwas zu seinem Gegenüber hin. In penibler Handschrift waren hier Namen, Daten und Beträge notiert. Prags deutete auf eine Zeile: »Hier habe ich die Spende von Frau Weinmann eingetragen.«

»Ah ja«, machte Froelich, dann sah er Prags grinsend an. »Ganz ehrlich: Das kommt mir auch nicht moderner vor als Frau Weinmanns Scheckheft.«

136

Prags musste lachen. »Sie haben leider recht. Aber die eigenen Marotten sind immer normaler als die der anderen, oder?«

»So ist es wohl«, gab Froelich lächelnd zu.

»Und hier, hier und hier haben wir weitere Spenden unserer großzügigsten Unterstützer.« Prags hatte eine Seite zurückgeblättert und deutete auf weitere Einträge. Auf Froelichs fragenden Blick hin reichte er ihm Stift und Zettel. Froelich notierte: Stiebich, Merklingen; Forberger, Renningen; Müller, Malmsheim.

»Diese drei Herren starben im vergangenen Frühjahr, zwei im März, der dritte im April. Die Vornamen kann ich Ihnen nachher sagen, auch die Seniorenheime, in denen sie zuletzt lebten.«

»Die lebten alle in Seniorenheimen?«

»Na ja, in dem Alter. Ich sagte Ihnen ja schon am Telefon, dass es sich bei diesen Spendern um ältere Menschen ohne nähere Verwandtschaft handelte.«

»Ohne nähere Verwandtschaft«, dachte Froelich. »Was für eine milde Beschreibung einer doch eher elenden Lebenssituation.«

Links gegenüber der drei genannten Einträge deutete Prags nun auf zwei weitere Namen und erneut notierte Froelich mit seiner krakeligen Schrift: Schmid, Münklingen; Hahnemann, Simmozheim.

»Frau Hahnemann starb vor zwei Jahren Ende März, Herr Schmid zwei Wochen darauf. So geht das weiter. Etwa vier Jahre zurück habe ich die ersten Einträge gefunden, die in dieses Muster passen.«

Er blätterte weiter zurück. »Wenn es wirklich ein Muster ist, wenn all diese Leute irgendwie in eine wie auch immer geartete Serie passen, dann hat es mit diesem Herrn hier angefangen.«

Er tippte auf eine Stelle, hinter der die stattliche Zahl 25.000 stand und das Datum 25. November 2001. »Er starb im März darauf.«

Froelich starrte wie gebannt auf die Zeile und allmählich verschwamm der Eintrag vor seinen Augen. In der Kladde wurden Name und Wohnort des Spenders mit »Wessel, Merklingen« angegeben.

Dienstag

Im Café Laufz war Hochbetrieb. Gerade war eine Busladung auswärtiger Senioren hereingeströmt – und zwar wörtlich: Der Reisebus mit Karlsruher Kennzeichen suchte gerade einen ausreichend großen Parkplatz.

Außer Froelich, der allein an seinem gewohnten Zweiertisch saß, hatten zuvor nur eine Familie mit zwei kleinen Kindern einen Tisch am Weg zur Toilette und drei ältere Damen einen Fenstertisch belegt. Ob Zufall oder nicht: Jedenfalls wollten alle außer Froelich nun plötzlich zahlen und Lea beeilte sich abzukassieren, um so genug Platz für die neuen Gäste zu schaffen.

Als sich das Gewimmel gelegt hatte und alle Neuankömmlinge an den diversen Tischen untergebracht waren, wurde das Café von fröhlichem Geplauder mit badischer Färbung gefüllt.

Lea hetzte zwischen den Gästen und ihrer Theke hin und her, fand aber zwischendurch immer wieder einmal die Zeit, Froelich zuzulächeln. Seine übliche Rembrandt-Torte hatte er schon verputzt und sein zweiter Cappuccino war noch gut zur Hälfte gefüllt.

Er las weiter Zeitung, überflog den Wirtschaftsteil, ließ sich etwas mehr Zeit für die Sportberichte und landete schließlich auf der Seite mit den Todesanzeigen. Dort stand für ihn natürlich nichts Neues, immerhin war eine Annonce, die er im Auftrag der Angehörigen hatte schalten lassen, fehlerfrei gesetzt und auch ganz ordentlich platziert.

Gottfried Froelich faltete die Zeitung umständlich zusammen und nahm einen Schluck Cappuccino. Dann zog er aus seiner Jackentasche einen mehrfach gefalteten Zettel. Hier hatte er während seines Besuchs in der Kanzlei von Peter Prags die Namen und Vornamen, die Seniorenheime, in denen sie gewohnt hatten, und die Tage, an denen sie gestorben waren, notiert.

Darunter standen vier Namen von älteren Herrschaften, die noch lebten. Einen von ihnen kannte er: Fritz Fähringer, den Vater von Dr. Jochen Fähringer. Froelich war ganz froh, dass der alte Arzt ausschied, wenn man sich das bisherige Muster der Todesfälle ansah, das ausschließlich auf Opfer ohne Familie und mit einem Zimmer im Seniorenheim hindeutete. Er konnte den Senior recht gut leiden.

Die anderen drei waren ihm fremd, Prags hatte ihm wenigstens jeweils sagen können, in welchem Heim sie wohnten: Lina Laurentii (Weil der Stadt), Franz Sedelmayr (Renningen), Rudolf Schmitt (Heimsheim).

Was sollte er mit diesen Informationen nun anfangen? Er konnte ja schlecht einfach zu diesen alten Leuten hinfahren, sich höflich als Bestatter vorstellen und ihnen davon erzählen, dass er ihren baldigen Tod befürchtete. Das würde wirken wie eine Kundenwerbung der besonders geschmacklosen Art.

Froelich seufzte und trank seinen Cappuccino leer.

* * *

Er hatte schon eine Zeitlang oben an der geöffneten Wohnungstür gestanden, als er unten den Schlüssel im Schloss hörte. Nach dem zweiten Abend, an dem Anita Wessel bei ihm geputzt hatte, hatte er ihr einen der Generalschlüssel gegeben, mit dem sie alle Räume im Haus erreichen konnte. Dennoch würde Gottfried Froelich wohl auch künftig jedes Mal anwesend sein, wenn Anita putzte – auf das Glas Wein danach freute er sich schon den ganzen Tag über.

»Man kann ja nie wissen«, hatte Anita zu ihm gesagt. Es war ihr nicht schwergefallen, ihren mehr oder weniger heimlichen Bewunderer zu überzeugen.

Gut zwei Stunden lang putzte Anita Wessel das Institut und die Wohnung, einige Räume etwas gründlicher, andere, die sie sich am Freitag genauer vornahm, etwas oberflächlicher. Schließlich klopfte sie an die Tür zu Froelichs Arbeitszimmer und trat ein. Froelich nickte ihr zu, erhob sich und begleitete sie hinüber zur Essecke, wo er schon zwei Gläser und eine Karaffe mit Barbera bereitgestellt hatte.

»Heute habe ich aber nicht so wahnsinnig viel Zeit«, meinte Anita, als sie behutsam die Gläser aneinanderstießen. »Ich muss morgen sehr früh raus.«

»Oh, Frühschicht?«, fragte Froelich und nahm einen tiefen Schluck.

»Nein, im Seniorenheim fange ich morgen eigentlich erst etwas später an. Aber ich bin morgen früh mit einem sehr netten Herrn verabredet, der nicht mit seiner Krankenkasse zurechtkommt.« Anita zwinkerte ihm zu.

»Aha, ein sehr netter Herr ...?«

»Ja, der wohnt bei uns im Seniorenheim Abendruh und manchmal helfe ich ihm, wenn der Papierkram zu undurchsichtig wird.«

»Lieb von dir«, sagte Froelich und meinte es auch so, bis ihm wieder die alten Herrschaften einfielen, die auf dem Blatt Papier in seiner Jackentasche standen. »Ich wollte dich noch etwas fragen.«

»Klar, mach nur. Ein Weilchen kann ich schon noch bleiben.«

»Wie kamst du denn eigentlich darauf, Altenpflegerin zu werden?«

»O je, das könnte dann doch ein etwas längeres Gespräch werden«, lachte sie. »Ich wollte halt schon immer etwas im sozialen Bereich machen, und ein Berufsberater, der mal an unsere Schule kam, meinte damals, Altenpfleger hätten einen zukunftssicheren Job. Da hat er ja Recht gehabt.«

»Stimmt.«

»Na ja, dann habe ich die Ausbildung gemacht. 1992 war ich fertig mit der Realschule, und nach der Ausbildung bekam ich eine Stelle in einem Seniorenheim in Leonberg, wo ich auch schon ein Praktikum gemacht hatte.«

»Und von dort bist du dann nach Weil der Stadt ins Seniorenheim Abendruh gekommen?«

»Nicht ganz. Erst war ich noch in Renningen, danach in Calw, ein Jahr lang bei einem mobilen Pflegedienst und seit 2003 arbeite ich jetzt in Weil der Stadt – das ist natürlich klasse, weil ich nicht unbedingt ein Auto brauche für den Weg zur Arbeit. Wenn es nicht gerade regnet oder stürmt, schnapp ich mir das Fahrrad und flitze von Merklingen durchs Ried rüber. Na ja, und den letzten Berg hinauf zum Heim schiebe ich halt.«

»Praktisch.«

»Eben. Aber warum willst du das alles wissen?«

»Ach, hat mich halt interessiert.«

Schweigend saßen sie während der nächsten paar Minuten am Tisch und tranken. Schließlich raffte sich Froelich doch noch auf.

»Hattest du nicht auch einen Pflegefall in der Familie?«

Anita Wessel stutzte kurz.

»Meinst du Onkel Fred?«

Froelich nickte, er hatte auf dem Zettel in der Jackentasche einen »Manfred Wessel« notiert.

»Das war schlimm, damals«, erinnerte sich Anita und betrachtete die Lichtreflexe in dem Glas vor ihr. »Weißt du: Onkel Fred war der Lieblingsbruder meines Vaters, mein Vater war schon ein paar Jahre vorher gestorben und Fred war seit einiger Zeit Witwer. Er wohnte bei uns im Haus in einer Einliegerwohnung und er gehörte richtig zur Familie. Wir aßen meistens zusammen, kauften zusammen ein – na ja, fast war er so etwas wie mein Ersatzvater.«

Froelich zwang sich, stumm zuzuhören und abzuwarten, was Anita ihm erzählen würde.

»Dann stürzte er und brach sich einen Oberschenkel. Im Krankenhaus wurde er leidlich zusammengeflickt, aber es gab Komplikationen. Und als er schließlich wieder nach Hause kam, war er nicht mehr der Alte. Er wirkte viel hinfälliger als zuvor und ging auch nicht mehr jeden Tag ausgiebig spazieren wie vor seinem Sturz. Zwei Monate später lag er mit aufgerissenen Augen vor seinem Bett und konnte sich nicht mehr bewegen – ich fand ihn, als ich nach der Arbeit nach ihm sehen wollte. Er hatte einen Schlaganfall, kam wieder ins Krankenhaus und war hinterher pflegebedürftig. Weil ich ja vom Fach bin, haben meine Mutter und ich tagsüber das meiste mit ambulanten Helfern und einer Pflegerin abgedeckt, die fünfmal die Woche für zwei Stunden da war – meine Mutter konnte die Körperpflege nicht mehr übernehmen, die war selbst schon nicht mehr so auf dem Damm. Tja, und abends und am Wochenende habe ich mich um Onkel Fred gekümmert.«

Tränen stiegen in Anita Wessels Augen auf und sie trank einen Schluck, bevor sie fortfuhr.

»Es wurde immer ein bisschen schlimmer. Immer wieder konnte er ein bisschen weniger selbst machen. Allmählich wurde er auch grantiger zu mir, wahrscheinlich war es ihm peinlich, wenn ihn seine Lieblingsnichte sauber und trocken machen musste. Bald musste ich ihm das Essen geben, weil er zitternd und einseitig gelähmt das Besteck nicht mehr selbst halten konnte – und wenn ihm etwas aus dem Mund fiel, schnauzte er mich an, ob ich nicht besser aufpassen könne. Das war kein Spaß, das kannst du mir glauben …«

Froelich legte behutsam seine rechte Hand auf ihre linke, die neben dem Weinglas auf dem Tisch lag und während der letzten Sätze leicht zu zittern begonnen hatte. Sie schaute Froelich kurz überrascht an, zog die Hand aber nicht weg.

»Es wurde wirklich immer schlimmer. Ich hatte das Gefühl, dass es buchstäblich jeden Tag bergab mit ihm ging.«

»Wolltet ihr ihn dann nicht irgendwann in einem Pflegeheim unterbringen? Ich meine, privat ist das ja auch nicht immer alles zu schaffen.«

»Ich? Als Altenpflegerin?« Anita schnaubte. »Meine Mutter hätte mich vermutlich enterbt!« Sie lachte freudlos auf. »Nein, das ging nicht. Auch wegen Onkel Manfred nicht. Weißt du, meine Familie hat es durch den Krieg hierher verschlagen. Onkel Manfred und mein Vater hatten ihre ersten Jahre noch in Oberschlesien verbracht, danach die Flucht, die Lager und jahrelang das Gefühl, als armer Flüchtling im reichen Württemberg ein brennendes Mal auf der Stirn zu tragen. Ich habe erst spät verstanden, dass meine Eltern genau deshalb gearbeitet und gespart haben wie die Verrückten, bis sie endlich dieses Haus in Merklingen hatten. Auch Onkel Manfred, der mit seiner Frau immer zur Miete gewohnt hatte, sah unser Haus als seine … na ja, sagen wir: Basis an. Das konnte ich ihm einfach nicht wegnehmen.«

»Und, wie ging's dann weiter?«

»Onkel Manfred ist gestorben.«

»Das war dann wahrscheinlich wie eine Erlösung.«

Anita Wessel starrte ihn an, stand dann hastig auf.

»Manchmal bist du ein richtiges Arschloch!«, zischte sie auf ihn herab und hastete die Treppe hinunter. Gottfried Froelich saß noch lange wie betäubt von Anitas plötzlichem Ausbruch am Esstisch. Als er in dieser Nacht noch später als sonst ins Bett ging, hakte er den Verdacht, Anita könnte etwas mit dem Tod der verstorbenen Spender zu tun haben, wieder ab.

Er war sich sicher: Ihr war der Tod des nahen Verwandten einfach zu sehr an die Nieren gegangen – so konnte keine Mörderin reagieren. Erleichtert und verwirrt zugleich fiel er irgendwann in einen unruhigen Schlaf.

Mittwoch

Gottfried Froelich war durch Kuppingen und Affstätt von Norden her nach Herrenberg gekommen und bog nun nach rechts in die Nagolder Straße ein, die westwärts aus der Stadtmitte herausführte. Linker Hand sah er durch einige Bäume ein großes China-Restaurant, kurz danach musste er links in die Stuttgarter Straße einbiegen. In weitem Bogen fuhr er an einem hohen Gebäude vorbei, links tauchte das spitze Dach eines Kirchturms auf. Schließlich bog er in eine Seitenstraße ab und hielt vor einem von mehreren Flachdach-Bungalows, die sich hier aufreihten.

Er belegte mit seinem Transporter zwei Stellplätze, nahm die Jacke vom Beifahrersitz und griff sich den Block mit Stift, den er für das Gespräch mit Ingeborg Coordes bereitgelegt hatte, und die Tüte mit den süßen Stückle.

Die Haustür öffnete sich schon, bevor er hätte klingeln können. Froelich, der das heisere Lachen von Ingeborg Coordes noch im Ohr hatte, war auf den ersten Blick enttäuscht: Vor ihm stand eine Frau Mitte Fünfzig, eher klein und mit schwarzen Haaren im Pagenschnitt.

»Herr Froelich?«, fragte die Frau und hielt ihm die Hand hin. »Haben Sie gut hergefunden?«

Froelich nickte. Der Händedruck von Ingeborg Coordes war fest und weich und warm. Mit freundlichem, fast mädchenhaftem Lächeln – das ihr unglaublich gut stand und das sie prompt jünger wirken ließ, wie Froelich bemerkte – bedeutete sie ihm, ihr ins Haus zu folgen. Sie durchquerten einen schmalen Treppenflur und gingen durch die linke von zwei Wohnungstüren.

»Kommen Sie am besten in mein Büro, da sieht es etwas aufgeräumter aus als nebenan in der Wohnung.«

Das ließ für die Wohnung das Schlimmste befürchten. Ein kleiner Flur und ein Zimmer, an dem sie vorübergingen, waren vollgestopft mit Zeitungsstapeln, Umzugskartons, Büromaterialien und Notizblöcken in unterschiedlichen Größen.

»Sind Sie erst hergezogen?«, fragte Froelich und zeigte auf die Kartons.

»Ja, vor fünf Jahren«, lachte Ingeborg Coordes. Froelich hatte nur etwas sagen wollen, um das aus seiner Sicht beschämende Durcheinander plaudernd zu überspielen, aber das Chaos war Ingeborg Coordes ganz offensichtlich kein bisschen peinlich.

Sie erreichten einen weiteren Raum. Er war groß und hell und ebenfalls mit den unterschiedlichsten Stapeln gesegnet. Ein ausladender Schreibtisch aus grobem, schwarz lackiertem Holz, vermutlich selbst geschreinert, nahm eine der Ecken ein, drum herum waren offene Holzregale aufgestellt, wie man sie günstig im Baumarkt kaufen konnte.

Gegenüber stand eine Bassgitarre samt Verstärker und einer riesigen Lautsprecher-Box, daneben ein paar Geräte, die Froelich als kleines Heimstudio erkannte.

In einem Erker, der den Blick auf einen kleinen Garten mit wuchernden Büschen und einem kleinen Teich öffnete, standen ein gemütlich wirkendes Sofa, zwei Sessel und ein niedriger Couchtisch aus hellem Holz. Auf einem halbhohen Schränkchen daneben stand eine Espressomaschine, wie sie Froelich aus einer der Pizzerien in Weil der Stadt kannte.

»Na ja, irgendeinen Luxus muss man sich doch gönnen«, sagte seine Gastgeberin. Sie war Froelichs bewunderndem Blick zur Kaffeemaschine gefolgt. »Und Essen und Trinken sind keine schlechten Hobbys, finde ich.«

Froelich grinste selig, und Ingeborg Coordes schenkte ihm wieder ein heiseres Lachen. Er riss die Bäckertüte auf und drapierte auf dem Papier zwei Vanilleschnecken und zwei Schokobananen. Sie machte ihm einen Cappuccino mit geschäumter Milch – Froelich wagte nicht nach Sahne zu fragen, um sich nicht als Banause zu entlarven – und prostete ihm fröhlich mit ihrer Latte Macchiato zu.

»Haben Sie Ihre Geschichte geschrieben?«, fragte Froelich, um ein wenig Smalltalk in Gang zu bringen.

»Ja, ja, ist gestern Abend fertig geworden.«

»Worum ging es denn?«

»Um einen Musiker, der gerade auf Tournee ist.«

»Ach«, machte Froelich und nickte lächelnd zur Bassgitarre hinüber. »Das hätte ich mir ja denken können.«

»Nein, nein«, wehrte Ingeborg Coordes ab. »Den Bass habe ich nur so zum Spaß. Manchmal pusten ein paar laute Läufe den Kopf abends ganz gut frei, wenn's den Tag über dröge oder stressig war.«

»Verstehe ich gut: Ich spiele ein bisschen Keyboard, am liebsten Blues.«

»Prima, da kommen wir vielleicht mal zusammen«, lächelte sie. »Nein, aber die Geschichte war eher eine Ausnahme, und das gleich in mehrfacher Hinsicht. Mit Musik, so wie diesmal, habe ich nur manchmal zu tun. Und dass ich für eine Story mehrere Tage Zeit für die Recherchen und Interviews habe, ist heutzutage leider auch selten.«

Froelich nahm einen Schluck von seinem Cappuccino.

»Und? Kennt man die Band?«

»Den Musiker. Ja, den kennt man.« Sie holte tief Luft und machte ein ernstes Gesicht: »Hundert Pro«, sagte sie mit tief verstellter Stimme und rollte das »R« auffällig. Danach erzählte sie ihm von einem tatsächlich sehr bekannten Sänger, nicht sehr groß, aber sehr erfolgreich, der einst mit schnulzigen Schlagern begonnen, danach mit knackigen Rocksongs die großen Hallen der Republik gefüllt hatte und seit einigen Jahren quasi nebenbei auch Shows für Kinder inszenierte, in denen ein kleiner Drache die Hauptrolle spielte.

»Vor seinem Konzert in Pforzheim traf ich ihn kurz und beobachtete dann ein wenig die Abläufe hinter den Kulissen. Am Tag darauf hatte ich ein ausführliches Interview mit ihm. Der Typ ist übrigens viel besser drauf, als viele von ihm glauben. Ich fragte ihn nach dem Motorrad, das früher mal in seinem Büro am Starnberger See direkt neben dem Schreibtisch gestanden hatte – da ist er vor Lachen fast vom Stuhl gefallen.«

»Klingt gut«, nickte Froelich.

»Tja, dann ist er nach Mallorca geflogen, wo er inzwischen lebt, und ich bin für einen Tag mit auf die Insel, habe vor Ort ein wenig recherchiert und noch mit zwei, drei Leuten gesprochen, die ihn dort kennen.«

»Mallorca, mal eben zwischendurch? Da habe ich wohl doch den falschen Beruf gewählt …«

»Bestatter ist wirklich ein wenig *strange*, wenn ich das mal so sagen darf.«

»Stimmt. Immerhin: Der Laden läuft, und wir haben inzwischen noch weitere Institute im Raum Stuttgart. Aber um ehrlich zu sein: Ich habe mir den Beruf nicht selbst ausgesucht. Mein Opa Fürchtegott hat das Institut gegründet, mein Vater Gotthold hat es weitergeführt – und dass er mich Gottfried genannt hat, zeigt ja schon, dass er recht früh Pläne für mich hatte.«

Ingeborg Coordes lachte auf. »Sie Armer! Aber was Mallorca angeht, kann ich Sie trösten: Da haben Sie nicht viel verpasst. Flughafen, Finca, Flughafen – mehr war da zeitlich nicht drin. Danach ging's direkt nach Cottbus, wo vorgestern Abend das nächste Konzert stattfand.«

»War das Konzert wenigstens gut?«

»Na ja, Blues kam nicht vor. Und laut war es.«

»Hä?«, machte Froelich und hielt sich lachend die Hand ans Ohr.

»Genau«, lachte Ingeborg Coordes mit. »Aber was wollten Sie denn nun eigentlich von mir wissen?«

»Ich würde Sie gerne fragen, was Frau Weinmann am Telefon zu Ihnen gesagt hatte – falls Sie mir das verraten möchten.«

»Sie hatten mir erzählt, dass Sie nicht glauben, dass die alte Dame einfach so gestorben ist. Wie haben Sie das denn gemeint?«

»Meiner Meinung nach hat da jemand nachgeholfen.«

»Und was sagt die Polizei?«

»Nichts. Für die ist das kein Fall.«

»Und der Arzt, der den Totenschein ausgestellt hat?«

»Hat einen natürlichen Tod bescheinigt. Sie sei halt schon alt gewesen.«

»Hm. Und Ihnen kommt das komisch vor? Warum eigentlich?«

»Erst war es nur so ein Gefühl. Ich fand es irgendwie seltsam, dass jemand gesund ist und dann einfach so einschläft und tot ist.«

»Ich fürchte, so etwas passiert.«

»Danke auch, jetzt klingen Sie schon wie unser katholischer Pfarrer.«

»Oh, das höre ich eher selten.« Ingeborg Coordes grinste Froelich schelmisch an, in dessen Augen sie mit jedem Lächeln und jeder netten Bemerkung jünger wurde.

»Das ist ein ganz Netter, keine Sorge. Na ja: Und inzwischen bin ich auf einige Ungereimtheiten gestoßen. Unter anderem fand der Kassier eines Weil der Städter Vereins heraus, dass unter seinen Spendern, sofern sie in Seniorenheimen leben und keine nähere Verwandtschaft in Reichweite haben, in den vergangenen Jahren auffällig viele zwischen Ende März und Mitte April starben – einfach so, natürlich.«

»Ach?«

»Eben. Außerdem hatte Frau Weinmann in ihrem Notizbuch eine Reihe von Namen und Telefonnummern notiert, die sie mit einem ›P‹ und dem Hinweis ›Presse‹ versehen hatte.«

»Aha. Und wie kommen Sie an das Notizbuch von Frau Weinmann?«

»Das Seniorenheim hat mir die letzten Habseligkeiten von Frau Weinmann übergeben, für den Fall, dass sich Angehörige an mich wenden. Ich kümmere mich ja auch um die Bestattung.«

»Und da stöbern Sie einfach mal in fremden Privatsachen herum? Ich weiß nicht so recht ...«

»Na ja, Frau Coordes«, wand sich Froelich unter ihrem forschenden Blick, »wenn ich schon glaube, dass mit dem Tod von Frau Weinmann etwas nicht stimmt, sollte ich auch nachforschen, ob mein Verdacht zutrifft. Außerdem haben wir Bestatter auch unseren Ehrenkodex: Wir plappern da schon nichts aus, was den Verstorbenen oder ihren Familien peinlich sein könnte.«

»Den Verstorbenen ja ohnehin nicht ...«, prustete Ingeborg Coordes los. Froelich sah sie kurz tadelnd an, aber dann lachte er mit.

»Also gut«, begann sie schließlich und holte eine Klarsichtfolie aus einem Regal. »Frau Weinmann hatte mir gegenüber angedeutet, dass es um eine heikle Geschichte aus der Wirtschaft gehe. Ein großes Unternehmen sei betroffen, Bestechung oder Betrug sei im Spiel und sie habe Informationen aus erster Hand.«

»Dazu kann ich Ihnen dann auch gleich noch etwas sagen«, warf Froelich ein, bat sie aber fortzufahren.

»Ich bin gespannt. Jedenfalls wurde sie nicht sehr konkret, aber wir verabredeten uns nach einigem Hin und Her in einem Café hier in Herrenberg. Eineinhalb Stunden lang habe ich gewartet, aber sie kam nicht. Ich hatte zwar ihre Telefonnummer, wollte sie aber nicht anrufen – schließlich wollte sie etwas von mir, und ich hatte mich ja ohnehin nur eher widerwillig breitschlagen lassen.«

Froelich brach sich ein Stück von einer der Schokobananen ab und ließ sich die leckere Kombination aus knackigem Boden, leckerer Creme, einer halben Banane und dickem Halbbitter-Schokoguss auf der Zunge zergehen.

»Ein paar Tage später hatte ich etwas Leerlauf, räumte den Schreibtisch auf und stieß noch einmal auf meine Notiz für das Treffen mit Frau Weinmann. Aus purer Langeweile habe ich online ein wenig zu ihrem Namen und ihrer Adresse recherchiert. Wenn sie mal in Ostelsheim gewohnt hat, und darauf deuten meine Infos hin, könnte sie mit Hubert Weinmann verheiratet gewesen sein, der Anfang der 90er durch einen Autounfall ums Leben kam und dessen Name mal im Zusammenhang mit einer angeblichen Betrugsgeschichte in der Autobranche auftauchte.«

»Genau, das war ihr Mann«, nickte Froelich und schob sich dann den Rest der halben Schokobanane in den Mund.«

»Dann sagen Sie mir doch mal, was Sie darüber wissen«, forderte ihn Ingeborg Coordes auf.

»Mmh …«, machte Froelich und deutete auf seinen vollen Mund.

»Okay«, lachte sie, »dann werde ich wohl noch einen Moment erzählen müssen. Also: Frau Weinmann hatte damals am Telefon auch noch mehr oder weniger nebenbei erzählt, dass sie auch noch zwei Kollegen von mir anrufen wolle – darunter so einen Bluthund, der frei für die Boulevardpresse schreibt.«

»Hieß der vielleicht Ferry Hasselmann?«, fragte Froelich, der inzwischen den Mund wieder halbwegs frei hatte.

»Ja, so heißt er. Ein unangenehmer Bursche, halten Sie sich den bloß vom Leib!«

»Tja, zu spät …«

»Warum das denn?«

»Hasselmann stand auf der Presse-Liste ganz oben, also habe ich ihn vergangene Woche angerufen, um ihn nach Agathe Weinmann zu fragen.«

»Und? Was hat er gesagt?«

»Dass er Frau Weinmann nicht kennt.«

»Haben Sie ihm geglaubt?«

»Nein, eigentlich nicht. Aber was soll ich machen?«

»Etwas vorsichtiger sein. Hasselmann ist eine Nervensäge. Der Bruder einer Freundin von mir hatte mal mit ihm zu tun. Er arbeitet in Waiblingen in der Stadtverwaltung und hatte damals die Tochter meiner Freundin zu sich genommen, weil meine Freundin ins Krankenhaus musste. Hasselmann hat ihn mit dem Mädchen in der Umkleidekabine fotografiert und schnitzte daraus eine frei erfundene Schweinegeschichte. Sein Blatt musste eine Gegendarstellung bringen, aber ... na ja: Irgendetwas bleibt immer hängen.«

»Das ist ja ein toller Bursche«, schnaubte Froelich und griff nach einer Vanilleschnecke.

»Moment!«, rief Ingeborg Coordes und legte ihm eine Hand auf den Arm. Froelich sah sie überrascht an, ein wohliger Schauer ließ seinen Arm kribbeln. »Jetzt machen Sie mal eine Pause mit den süßen Stückle, sonst können Sie mir wieder nichts erzählen.«

»Ach so«, lächelte Froelich verlegen, auch wenn er etwas enttäuscht war, dass sie ihn nur deshalb berührt hatte. »Eine frühere Nachbarin von Frau Weinmann in Ostelsheim hat mir von einer dubiosen Geschichte um Bestechung und Betrug erzählt, die in der Firma, in der Weinmann und der Mann der Nachbarin damals arbeiteten, für einige Aufregung gesorgt hatte.«

Froelich erzählte ausführlich, was er darüber bisher wusste, und in Ingeborg Coordes wuchs die Überzeugung, dass die inzwischen verstorbene Agathe Weinmann tatsächlich eine heiße Story hätte liefern können.

»Wissen Sie was, Herr Froelich?«, meinte sie schließlich, als Froelich mit seinem Bericht am Ende war und die beiden auch das Gebäck verputzt hatten. »Ich helfe Ihnen. Sie geben mir die Infos, die Sie sammeln – und ich maile oder sage Ihnen, was ich so rausfinde. Und dann schauen wir mal, ob das Ihren Verdacht bestätigt, dass Frau Weinmann ermordet wurde. Und wenn für mich eine Geschichte rausspringt, soll es mir auch recht sein.«

Froelich sah sie an und überlegte kurz.

»Sind wir im Geschäft?«, fragte Ingeborg Coordes nach.

»Ja, warum nicht. Aber eine Bitte hätte ich noch.«

»Und die wäre?«

»Bevor Sie Ihren Artikel verkaufen, darf ich ihn lesen – sozusagen als Rückversicherung für die tote Frau Weinmann. Ich möchte nicht, dass ihr nach dem Tod noch am Zeug geflickt wird.«

»Geht klar. Ich bin zwar kein Schmierfink wie dieser Hasselmann, aber meinetwegen können Sie den Artikel vorher gerne lesen.«

Als Gottfried Froelich das Haus der Journalistin verließ, spürte er in seiner Jackentasche den Zettel mit ihrer Mailadresse – und in seinem Magen ein wohlig warmes Gefühl der Vorfreude darauf, dass er Ingeborg Coordes in nächster Zeit etwas häufiger treffen würde.

Donnerstag

In der Nacht zum Donnerstag erwachte Froelich wieder zweimal. Die erste Schlafpause gegen 2.15 Uhr nutzte er, um Ingeborg Coordes per Mail mitzuteilen, dass er in den kommenden Tagen Frau Laurentii im Seniorenheim Abendruh aufsuchen wolle – sie solle ihm doch bitte kurz mailen, ob sie mit der Dame schon gesprochen habe. In der zweiten Schlafpause gegen 5.30 Uhr sah er seine Mailbox durch – obwohl er sich ja eigentlich denken konnte, dass Ingeborg Coordes ihm noch nicht geantwortet haben würde. Umso überraschter war er, als er doch schon eine Antwort vorfand.

»Lieber Herr Froelich, was um Gottes willen machen Sie denn zu dieser Zeit am Computer? Nein, ich habe mit Frau Laurentii noch nicht gesprochen. Und wenn Sie sie jetzt treffen wollen, lasse ich das auch zunächst mal, bis Sie mir berichten, was sich ergeben hat. Okay? Gute Nacht, Ihre Ingeborg Coordes.«

Die Mail enthielt die Absenderzeit 5.15 Uhr, vielleicht saß Ingeborg Coordes noch immer am Bildschirm.

»Liebe Ingeborg Coordes«, tippte Froelich in die Tastatur, »danke für die schnelle Antwort. Ich konnte nicht schlafen, was mir leider häufiger passiert. Senile Bettflucht, fürchte ich ;-) Und was hält Sie nachts wach?« Froelich las den Text und löschte ihn dann schnell bis auf die Anrede und den ersten Satz. »Liebe Ingeborg Coordes«, stand in der Mail, die er schließlich abschickte, »danke für die schnelle Antwort. Natürlich maile ich Ihnen gleich nach meinem Gespräch mit Frau Laurentii, was sie mir erzählt hat. Ich bin auch schon gespannt –«; Froelich dachte kurz nach. Doch, das konnte er schreiben, das war nicht zu aufdringlich. »Ich bin auch schon gespannt, was Sie alles herausgefunden haben. Bis bald also, Ihr Gottfried.« Er zögerte, dann löschte er den Punkt und setzte auch noch seinen Nachnamen unter die Mail, bevor er auf den »Senden«-Button klickte.

* * *

Im Seniorenheim Abendruh war Gottfried Froelich kein Unbekannter. Die Frau am Empfang grüßte ihn freundlich und Froelich erkundigte sich nach Lina Laurentii. Sie wollte ihm gerade antworten, da klingelte das Telefon.

»Einen Moment bitte, Herr Froelich«, sagte die Frau und nahm das Gespräch entgegen. »Seniorenheim Abendruh hier, Sie sprechen mit Frau Schmitt. Wie kann ich Ihnen helfen?«

Froelich musste schmunzeln. Diese Floskel schien derzeit durch die Betriebsschulungen aller Branchen zu geistern.

»Nein, dazu kann ich Ihnen keine Auskunft geben«, sagte Frau Schmitt nun schon mit etwas kühlerem Lächeln.

»Nein, wie gesagt, Herr – wie war Ihr Name, bitte?« Frau Schmitts Miene wurde ernster. »Frau Weinmann? Dazu müsste ich Sie weiter verbinden.«

Sie hörte kurz zu, blickte zunehmend verdrossen drein. »Zu Todesfällen ganz allgemein darf ich Ihnen keine Auskunft geben, Herr Hasselmann.«

Sie schüttelte den Kopf.

»Nein, kein Kommentar.« Frau Schmitt sah zu Froelich herüber, ihr Blick wirkte gehetzt, die Miene war nun vollends eisig geworden. Froelich nickte ihr aufmunternd zu und hielt den Zeigefinger vor den Mund. Er war hellhörig geworden, als sie den Namen Hasselmann genannt hatte. Sprach sie gerade mit dem Reporter, den er angerufen hatte?

»Nein, Herr Hasselmann, das habe ich nicht gesagt!«, empörte sich Frau Schmitt und wurde etwas lauter. »Und ich verbinde Sie nun mit der Heimleitung. Frau Verhayen wird Ihnen da eher helfen können. Einen Moment, bitte!«

Sie drückte eine Taste und atmete tief durch. »So ein Arsch…«, murmelte sie, lächelte Froelich dann aber gequält zu, als sie bemerkte, dass er das mit angehört haben musste. Sie meldete das Gespräch bei ihrer Chefin an und legte dann erleichtert auf.

»War das ein Reporter?«

»Ja, ein sehr unangenehmer Bursche – aber wie haben Sie das erraten?«

»Ich …« Froelich fiel ein, dass ja vielleicht sein Anruf bei Ferry Hasselmann ein Grund dafür sein konnte, dass der Reporter hier so hartnäckig herumstöberte. »Ach, ich habe den Namen wohl schon mal gehört oder gelesen.«

»Sicher eher gelesen. Der schreibt für die Zeitung mit den großen Buchstaben.«

Frau Schmitt zog ihre Wolljacke aus – ihr war wohl durch das anstrengende Telefonat warm geworden – und hängte sie an die einige Schritte vom Empfang entfernte Garderobe. Dann setzte sie sich wieder.

»So, wo waren wir stehen geblieben?«, sagte sie schließlich zu Froelich. »Ach ja, Frau Laurentii.«

Froelich erklärte, dass Frau Laurentii wohl eine gute Bekannte der unlängst verstorbenen Frau Weinmann gewesen sei und dass er sich gerne mit ihr über Frau Weinmann unterhalten wolle.

»Immer Frau Weinmann …«, sagte Frau Schmitt und räusperte sich. »Zum Glück sind Sie kein Reporter, sonst müsste ich nun wahrscheinlich erst einmal meine Chefin fragen. Ich vermute, Frau Verhayen wird gleich eine entsprechende Anweisung rausgeben.«

Froelich zuckte mit den Schultern und versuchte mit einem Lächeln zu überspielen, wie peinlich ihm die Situation war. Schließlich war er auch nicht gerade in seiner Funktion als Bestatter hier im Seniorenheim aufgetaucht.

»Aber Sie sagten, Frau Laurentii und Frau Weinmann seien Bekannte gewesen – na ja ...«, sagte Frau Schmitt und lächelte. »Die waren ziemlich dick befreundet, Frau Laurentii hat das alles auch sehr mitgenommen. Dann war sie auch noch stark erkältet, als Frau Weinmann bestattet wurde. Das hat sie, glaube ich, nur sehr ungern verpasst.« Sie sah auf ihre Uhr. »Halb drei ... Schauen Sie doch mal in der Cafeteria nach, da ist sie nachmittags gerne.«

»Guter Tipp, danke«, sagte Froelich.

»Kennen Sie sie denn?« Froelich schüttelte den Kopf. »Gehen Sie am besten zur Theke und lassen sie sich zeigen. Die kennt hier jeder.«

In der Cafeteria saß Lina Laurentii an einem Tisch ganz im Eck. Sie trug schwarze Kleidung, hatte sogar ihr hochgestecktes Haar mit einem schwarzen Netz bedeckt – sehr altmodisch sah das aus, aber auch sehr elegant, wie Froelich fand.

»Frau Laurentii?«

Die alte Dame blickte von ihrem Kuchen hoch und sah Froelich fragend an.

»Mein Name ist Froelich, Gottfried Froelich. Darf ich mich ein wenig zu Ihnen setzen?«

Frau Laurentii war etwas blass geworden und nickte wortlos.

»Sie sind ... Sie waren eine Freundin von Agathe Weinmann?«

Erneut nickte Frau Laurentii und kaute langsam auf einem Bissen Kuchen herum, während sie im Gesicht von Froelich zu lesen versuchte.

»Können Sie mir etwas über Frau Weinmann erzählen?«

Frau Laurentii schluckte und trank etwas Kaffee nach, dann sah sie Froelich wieder an.

»Nun haben Sie es also herausgefunden.«

Sie nahm noch einen Schluck Kaffee und fuhr dann seufzend fort. »Ich dachte, es sei besonders schlau von mir, Sie nicht von meinem eigenen Apparat anzurufen, sondern aus der Zentrale. Tja, das hat ja nun offensichtlich nichts genützt.«

Erst jetzt dämmerte es Froelich, dass er die unbekannte alte Dame vor sich hatte, die am Telefon so überzeugt davon gewirkt hatte, Agathe Weinmann sei ermordet worden.

»Offensichtlich«, stimmte er ihr schnell zu, um nicht so begriffsstutzig dazustehen, wie er sich selbst in diesem Moment fühlte. »Und warum haben Sie gerade mich angerufen?«

»Das war ja ebenso offensichtlich nicht ganz falsch, oder?« In ihrem Blick blitzte der Schalk auf.

»Wie bitte?«

»Na ja, wir alten Leute hier bekommen schon noch so einigermaßen mit, was in der Stadt passiert – vor allem, wenn es andere alte Leute betrifft. Dass Sie sich viel Mühe damit machen, die Todesumstände meiner Freundin Agathe aufzudecken, hat sich durchaus herumgesprochen in Weil der Stadt.«

»Oh«, machte Froelich, aber eigentlich konnte er davon nicht wirklich überrascht sein: Er hatte ja tatsächlich viel Staub aufgewirbelt mit seinen Fragen.

»Ja, warum gerade Sie …«, sagte Lina Laurentii und schien dabei ins Grübeln zu kommen. Dann grinste sie, was ausgesprochen sympathisch aussah in ihrem schmalen, knitz wirkenden Gesicht. »Agathe hatte mir erzählt, dass sie mit einigen Polizisten gesprochen hatte und dort nicht gerade auf offene Ohren stieß.«

»Worum ging es ihr denn eigentlich?«

»Haben Sie durch Ihre Recherchen noch nichts erfahren von der Bestechungsgeschichte, in die ihr Mann vermutlich verwickelt war?«

»Doch, habe ich. Darum ging es?«

»Ja, Agathe wollte die Sache endlich geklärt wissen. Der Gedanke, ihr Mann könnte das Unglück der damaligen Freunde verschuldet haben, machte sie ganz unruhig, nein: sogar ganz unglücklich. Sie zeigte mir ein paar Mal den Brief, den ihre alte Freundin Edith ihr geschrieben hatte. Erschütternd, sage ich Ihnen!«

Froelich nickte. Als er bemerkte, dass Lina Laurentii ihn daraufhin interessiert musterte, war es zum Leugnen schon zu spät.

»Die Heimverwaltung hat mir Frau Weinmanns Sachen nach ihrem Tod überlassen, damit ich alles zum Notariat bringe.«

»Und da haben Sie vorher einfach ein wenig gestöbert ...«

»An dem Tag, als Sie mich zum ersten Mal anonym angerufen haben. Also eigentlich sollten gerade Sie mir keinen Vorwurf machen.«

»Nein, nein, ich werde mich hüten.« Lina Laurentii grinste schelmisch.

»Also: Mit der Polizei, hatten Sie erzählt, war Frau Weinmann nicht weitergekommen?«

»Genau. Und dann hatte sie sich drei Journalisten herausgepickt, mit denen sie Kontakt aufnehmen wollte. Einer war vom Südfunk ...«

»Sie meinen den SWR?«

»Meinetwegen, für mich bleibt das der Südfunk. Dann hatte sie noch den Namen eines Boulevard-Reporters notiert und den einer freien Journalistin, die in Calw oder Herrenberg wohnte, das weiß ich nicht mehr so genau.«

»Die Namen und Nummern der drei habe ich, stand alles in Frau Weinmanns Notizbuch.«

»Gut. Soweit ich das mitbekommen habe, brachten Agathe die Presseleute auch nicht voran. Polizei und Presse konnte ich mir also sparen. Mir sind dann nur Sie eingefallen, weil ich auch aufgeschnappt hatte, dass Agathe bis zu ihrer Bestattung wohl bei Ihnen lag. Aber da war ich mir nicht ganz sicher, deshalb habe ich Sie ja am Telefon auch noch einmal danach gefragt.«

»Wer, glauben Sie, hat Frau Weinmann denn getötet?«

»Keine Ahnung. Wenn Sie es nicht wissen ...«

* * *

Maren, die junge Pflegerin, hatte seinen Polsterstuhl ans Fenster gerückt, und nun saß Franz Sedelmayr im Eck seines Zimmers, spürte die Sonne, die seine schwarze Stoffhose aufheizte, bis sich seine dünnen Oberschenkel angenehm warm anfühlten. Vor sich sah er sein Zimmer, groß genug für einen alten Mann, der hier nur noch schlafen, sich waschen und anziehen und alte Briefe lesen wollte. Linker Hand sah er durch das Fenster auf die Bäume vor dem Seniorenheim hinaus, rechter Hand hatte er die Tür zum Flur im Blick.

Mit leisem Knacken arbeitete sich sein alter Reisewecker Sekunde um Sekunde durch den frühen Nachmittag. Den halben Vormittag hatte er damit verbracht, sich angemessene Kleider herauszulegen und die meisten von ihnen auch selbst anzuziehen. Nur die Schuhe konnte er sich nicht mehr alleine binden. Und als Maren seine Krawatte gesehen hatte, fädelte sie den Stoffstreifen lachend wieder auf und machte ihm einen vernünftigen Knoten.

Marens gute Laune und ihr perlendes Lachen genoss Sedelmayr sehr. Vor ein paar Jahren noch hätte er auch ihre attraktive Figur zu schätzen gewusst, hätte sie wahrscheinlich heimlich beobachtet, sich eingeprägt und mit in seine Träume genommen. Doch solche Gedanken waren ihm inzwischen fremd geworden. Ihre fröhliche Präsenz aber, ihre geschickte Art, ihm zu helfen, ohne ihn seiner letzten Würde zu berauben – das tat ihm gut und das rechnete er der jungen Frau auch hoch an.

Sedelmayr musste lächeln, als er daran dachte, dass er seit einiger Zeit gleich die Zuneigung von zwei jungen Frauen genießen konnte, denn auch die gute Seele, die ihm immer wieder dabei half, mit offiziellem Papierkram zurechtzukommen, war sehr jung und ziemlich hübsch. Zwar konnte Franz Sedelmayr das Alter beider Frauen nur mit »unter 50« schätzen, weil ihm eine genauere Unterscheidung der Jahre darunter mit der Zeit immer schwerer fiel, aber beide hatten, ganz unabhängig von ihrem genauen Lebensalter, eine angenehm junge Art.

Die Tür öffnete sich und Maren kam herein. Sedelmayr lächelte, bis er sah, wer hinter ihr das Zimmer betrat. Die Bürgermeisterin hatte er noch nie leiden können. Ihm fielen die Mundwinkel förmlich nach unten und ein verbissener Zug legte sich um seinen faltigen Mund. Aneta Woromischek schwebte auf einem geflissentlichen Lächeln zu Sedelmayr hin und streckte ihm einen imposanten Blumenstrauß entgegen. Eine süßliche Parfümwolke waberte um sie herum und hüllte nun auch Sedelmayr ein.

»Alles Gute zu Ihrem Ehrentag, mein lieber Herr Sedelmayr!«, flötete sie schamlos übertrieben und beobachtete mit professioneller Beiläufigkeit, ob der Fotograf die Szene der leutselig händeschüttelnden Bürgermeisterin auch gut eingefangen hatte.

»Ich bin nicht Ihr lieber Herr Sedelmayr«, brummte der Jubilar ungnädig. »Und ich habe Sie auch nicht gewählt!«

»Hach«, gickelte Aneta Woromischek gekünstelt und versuchte die peinliche Gegenrede zu überspielen. Als hübsches Ding mit dummdreistem Auftreten hatte die ehrgeizige Aneta vor gut 30 Jahren ihre Laufbahn im öffentlichen Dienst ausgerechnet in dem Stuttgarter Amt begonnen, das Sedelmayr damals leitete. In seinen Augen war sie unfähig, und die plumpen Versuche, ihre weiblichen Reize an dem glücklich verheirateten Amtsleiter auszutesten, hatten ihr weitere Minuspunkte eingebracht. Schließlich hatte sie sich versetzen lassen, später einen wohlhabenden Geschäftsmann geheiratet, der wie sie osteuropäische Wurzeln hatte – tja, und nun war sie seit zwölf Jahren Bürgermeisterin von Renningen.

»So, Herr Sedelmayr«, nervte sie unverdrossen weiter. »Wie geht es uns denn heute?«

»Keine Ahnung. Mir jedenfalls ging es bis gerade eben noch sehr gut.«

»Ja, so ist er, unser lieber Herr Sedelmayr.« Etwas nervös sah sich Aneta Woromischek im Zimmer nach Bestätigung um. »Nicht wahr, Maren?« Sedelmayrs Pflegerin wohnte bei ihren Eltern in einem hübschen Einfamilienhaus neben dem geschmacklosen Protzbau der Woromischeks.

»Die Arme«, dachte Sedelmayr, als er sah, wie sich Maren um eine Antwort wand, um die Nachbarin nicht zu brüskieren und ihrem »Lieblingsgreis« nicht in den Rücken zu fallen – so nannte sie Sedelmayr manchmal scherzhaft.

Natürlich hatte er der jungen Frau davon erzählt, wann und wie er zum ersten Mal Kontakt mit dem jetzigen Oberhaupt der Gemeinde gehabt hatte. Seither verständigten sich Maren und er immer mit stummen Blicken und breitem Grinsen, wenn Aneta Woromischek wieder einmal einen offiziellen Anlass im Seniorenheim für eine ihrer gefürchteten Reden nutzte.

»Freuen Sie sich denn wenigstens, Herr Sedelmayr?«, hakte Aneta Woromischek nach. »Schließlich wird man ja nicht jeden Tag 80, nicht wahr?« Ihr Lächeln war inzwischen etwas eisiger geworden und ihre Blicke, mit denen sie den alten Mann vor sich fixierte, schossen wie Blitze auf ihn herab.

»Na, ich habe mich halt gut gehalten, kein Alkohol, keine Zigaretten, kein Übergewicht, wissen Sie? Das hilft.«

Die Bürgermeisterin hatte nun noch ein wenig mehr Mühe, ihr Lächeln zu wahren. Jeder im Dorf wusste, dass sie sich gerne mal ein »Likörchen« gönnte, wie sie es nannte. Nach Sitzungen des Gemeinderats strebte sie schnell dem Ausgang zu, um draußen neben der Tür zitternd nach der ersehnten Zigarette zu greifen. Und Übergewicht, na ja …

Noch immer leidlich lächelnd beugte sie sich langsam zu Sedelmayr hinunter, als wolle sie ihm einen Kuss auf die

Wange hauchen. »Mir wäre es auch lieber, ich müsste dir nicht noch einmal gratulieren, du altes Ekel«, zischte sie so zwischen ihren Zähnen hervor, dass nur Sedelmayr es hören konnte. Dann stellte sie sich wieder in Position und grinste den alten Mann kalt an.

»Bitte?«, sagte der und legte eine Hand ans Ohr. »Ich habe Sie leider nicht verstanden, Frau Bürgermeister. War es etwas Wichtiges?«

Ihr Grinsen erstarb, und mit hochrotem Kopf drehte sich Aneta Woromischek auf dem Absatz um und strebte der Tür zu. Eine Minute später war der offizielle Spuk vorüber, nur das Parfüm der Bürgermeisterin lag noch schwer und schwülstig in der Luft.

»Ich lüfte mal lieber«, sagte Maren schließlich und strich Sedelmayr sanft über den Handrücken, bevor sie das Fenster weit öffnete.

* * *

Auf dem Weg zum Remigiushaus in Merklingen traf Gottfried Froelich am Abend zwei der anderen Teilnehmerinnen des Landfrauen-Kochtreffs. Sie grüßten ihn freundlich, und Dorothea, die kurz darauf den engen Durchlass von der Kirchgrabenstraße heraufkam, hakte sich sogar spontan bei ihm unter. Das war ihm nun zwar fast zu viel der Nähe, aber immerhin entwickelte sich seine Teilnahme am wöchentlichen Kochkurs der Landfrauen recht angenehm.

Ohnehin versprach der Abend lustig zu werden. Am Dienstag, als sie mit Putzen fertig war, hatte ihn Anita gefragt, ob er nicht auch einmal ein Rezept für den Kochabend vorschlagen wolle. »Nonnenfürzle würde ich lustig finden«, hatte er spontan geantwortet. Anita hatte schallend gelacht, aber am nächsten Abend rief sie ihn an: Sie würden in dieser Woche tatsächlich die vorgeschlagenen Nonnenfürzle backen.

Froelich hatte das Frittierfett besorgt, eine ausreichend große Fritteuse gab es in der Küche des Remigiushauses, und die weiteren Zutaten wurden auf die anderen Kursteilnehmer verteilt. Das Rezept stand im Landfrauen-Kochbuch, und vor allem Hilde, hatte ihm Anita am Telefon verraten, galt in ganz Merklingen als Kapazität für Nonnenfürzle.

Hilde übernahm auch gleich das Kommando. Froelich mischte zusammen mit zwei weiteren Köchinnen die Zutaten für den Vorteig in eine Mulde in der Mehlschüssel, die daraufhin für 20 Minuten im leicht lauwarm angeheizten Backofen verschwand. Hilde zerrieb die Schalen einiger Zitronen, die zusammen mit den übrigen Zutaten – darunter Rosinen, Eier, Zucker, Milch und eine Prise Salz – mit dem Vorteig vermischt wurden. Dorothea führte Froelich ganz stolz vor, wie schnell und wie wenig anstrengend der Teig mit dem von ihr mitgebrachten Rührgerät fertig wurde. Ohne Zwiebelduft in der Küche war dieser Abend ohnehin viel angenehmer als der erste ...

Die nächste halbe Stunde, die der Teig im wieder ausgeschalteten Backofen in der abgedeckten Schüssel verbrachte, vertrieben sich die Kursteilnehmer mit einem Gläschen Rose-Sekt. Hilde hatte zwei Flaschen mitgebracht, und Anita, die sich verspätet hatte und etwas außer Atem wirkte, kam gerade noch rechtzeitig zum zweiten Glas.

»Tut mir leid«, entschuldigte sie sich. »Ich hatte kurzfristig noch einen Termin.«

»Du wirst doch nicht fremdgehen und noch für andere putzen?«, fragte Froelich betont keck und schon etwas aufgekratzt vom Sekt.

»Nein, nein, Gottfried, keine Sorge«, beruhigte ihn Anita und lachte. »Ich arbeite doch im Seniorenheim. Und manchmal – ich glaube, ich habe dir schon davon erzählt – helfe ich alten Leuten auch in meiner Freizeit, mache Botengänge für sie, kümmere mich um den Einkauf – solche Dinge eben. Mal bekomme ich es bezahlt, aber wenn die Leute nicht so viel Geld haben, helfe ich auch einfach mal so.«

»Das ist aber nett!«, flötete Dorothea mit schon etwas schwerer Zunge, prostete Anita zu und strahlte Froelich an. Ihm fiel auf, dass sie schon den ganzen Abend hindurch sehr auffällig versuchte, neben ihm zu stehen und mit ihm für dieselben Arbeiten eingeteilt zu sein.

Der Wecker am Backofen schrillte, und alle machten sich wieder an die Arbeit. Hilde nahm die Teigschüssel aus dem Backofen und schnappte sich einen Teelöffel, Dorothea nahm einen anderen und reichte Froelich einen dritten. Die anderen breiteten Küchenkrepp auf der Arbeitsplatte aus und Hilde kontrollierte, ob das Frittierfett auch schon heiß genug geworden war.

Geschickt und schnell teilte Hilde mit dem kleinen Löffelchen Teigstücke ab und ließ sie in das Frittierfett gleiten, auch Dorothea schlug sich ganz wacker mit dem Löffel – nur Gottfried Froelich stellte sich etwas umständlich an. Er war viel langsamer als die beiden und seine Teigstücke waren nicht besonders gleichmäßig. Obendrein ließ er die ersten Stücke so ungeschickt ins Fett plumpsen, dass ihn einige Spritzer der heißen Flüssigkeit nur um Haaresbreite verfehlten.

»Aufpassen!«, rief Hilde und sah Froelich streng an. Danach gab er sich mehr Mühe und kam auch leidlich mit der Arbeit zurecht.

Anita stand neben ihm und fischte immer wieder die braun gebratenen Teigstücke mit einem Schaumlöffel aus dem Fett. Sie landeten auf dem Küchenkrepp, blieben dort kurz liegen und wurden schließlich auf einer Servierplatte mit Puderzucker bestreut.

Froelich ging, um sich die Hände zu waschen, dann war die Zeit für den Wein zum Essen gekommen. Im Landfrauen-Kochbuch hatte er die Weinempfehlung »Riesling Auslese« gefunden. Das passte: In seinem Keller hatte er zwei Flaschen eines Weinguts aus Illingen-Schützingen gefunden, das ganz in der Nähe des Klosters Maulbronn gelegen war – und das passte auch noch aus einem zweiten Grund ausgezeichnet: Das Nonnenfürzle-Rezept im Landfrauen-Kochbuch stammte aus Zaisersweiher, einem Stadtteil von Maulbronn.

Dorothea lachte kokett, als sie das Etikett sah. »Schützinger Heiligenberg«, kicherte sie, »das geht ja noch in Ordnung. Aber hier steht ›40+‹ – also bitte …«

»Es kommt noch besser«, raunte ihr Froelich zu: »Lies mal: ›feinherb‹ …«

»Nicht schlecht und ganz schön frech, lieber Gottfried!«, warf Hilde ein und brachte ihnen eine überreichlich gefüllte Platte an den Tisch.

»Probiert erst mal«, sagte Froelich. »Das ist Riesling von ganz alten Reben, eben älter als 40 – euch kann ich damit ja nicht gemeint haben«, zwinkerte er in die Runde.

»Genau, genau!« Alle lachten und prosteten sich zu. Die Nonnenfürzle kamen als Grundlage für Sekt und Wein zwar etwas zu spät, aber lecker waren sie allemal.

Samstag

Am Freitag war die Hölle los. Ein Verkehrsunfall auf der Bundesstraße mit zwei Opfern, ein Herzinfarkt in einem Firmengebäude in der Josef-Beyerle-Straße – und in Schafhausen war ein junger Japaner tot in seiner Ein-Zimmer-Wohnung gefunden worden.

Der Japaner hatte als Gast an einem vom Land geförderten Projekt von »Plenum« – die Abkürzung stand für »Projekt des Landes zur Erhaltung und Entwicklung von Natur und Umwelt« – teilgenommen, in dem es um Vermarktungsmöglichkeiten für Imker im Heckengäu ging. Das Leben gekostet hatte ihn Fugu, eine aus dem Muskelfleisch des giftigen Kugelfischs hergestellte Spezialität, die in Deutschland nicht hergestellt und auch nicht nach Deutschland importiert werden durfte. Offenbar war es dem jungen Mann doch irgendwie gelungen, an das Zeug zu kommen – und offenbar war das Fugu nicht so sorgfältig zubereitet worden wie erforderlich. Jedenfalls war der Japaner, das ergab später die Obduktion, vom Gift des Fisches vollständig gelähmt worden und schließlich an seiner Atemlähmung jämmerlich erstickt.

Der Samstag war ruhiger. Als Froelich am späten Nachmittag zum Fenster hinausschaute, konnte er die Stadtmauer nur verschwommen sehen: Es goss wie aus Kübeln. Als das Wetter auch kurz vor acht Uhr abends noch nicht besser geworden war, beschloss Gottfried Froelich, heute nicht ins »Chick'n'Egg« zu gehen. Damit stellte sich allerdings die Frage, was er heute Abend essen sollte. Er hatte sich auf Bratwürste mit Kartoffelsalat gefreut, aber im Kühlschrank hatte er keine Würste und vom Kartoffelsalat wusste er nur, wie man ihn isst.

Ratlos besah er sich das Regal über dem Backofen. Zu den kürzlich gekauften Kochbüchern hatten sich noch drei, vier ältere Bücher gesellt, die er in einem Karton im Keller aufgestöbert hatte.

Schließlich blieb sein Blick an einem blassblauen Buchrücken hängen. Das war das Kochbuch seiner Mutter, ein altes Exemplar aus den 60er-Jahren mit Werbung von örtlichen Firmen, die schon lange nicht mehr existierten. Auf der Innenseite stand in großzügigen Buchstaben, die ein wenig an die Sütterlin-Schrift erinnerten, wie sie ihm seine Oma beigebracht hatte: »Für die liebe Annerose von Deiner Mutter«, darunter das Datum »17/2/1968« – der Hochzeitstag seiner Eltern.

Das Buch selbst bot auf mehreren hundert Seiten Rezepte zu allen Lebenslagen, auch die damals schwer angesagten Cocktails waren hier zu finden, die in einem Kelchglas serviert wurden, das zuvor mit Zitronensaft und Zucker einen süßen Rand bekommen hatte.

Froelich musste nicht lange suchen: Vorne in den Seiten mit der umfangreichen Inhaltsangabe steckten einige lose

Blätter. Kutteln, saure Kartoffelrädle und Leberspatzen sortierte er aus – aber das Blatt mit dem Rezept für Salzkuchen legte er auf den Tisch. Es war überschrieben mit »Probier das mal aus! Herzlichst Deine Lucie« und fasste kurz und verständlich zusammen, was man für einen Salzkuchen brauchte und wie man die Zutaten richtig verarbeitete. Lucie, daran erinnerte er sich noch, war eine Freundin seiner Mutter gewesen, die irgendwo nördlich von Stuttgart lebte und mit seiner Mutter zusammen bei einem Metzger Verkäuferin gelernt hatte.

Froelich sah im Kühlschrank nach: Sauerrahm, süße Sahne, Butter, Hefe, Eier – er hatte alles da, was auf dem Rezeptzettel stand. Öl, Mehl und Salz holte er aus dem Wandschrank, dazu ein Rührgerät und eine große Schüssel für den Teig.

Während er die Zutaten abwog und nach und nach zum Mehl in die Schüssel gab, summte er vor sich hin. Es schien, als würde er am Kochen oder in diesem Fall am Backen doch noch Spaß finden. Zwar fluchte er ein paar Mal, als es ihm überraschend schwerfiel, einige kleine Stücke Eierschale wieder aus dem Mehl zu klauben, die ihm beim Aufschlagen der Eier in die Schüssel gefallen waren – aber davon abgesehen absolvierte er Schritt für Schritt das Rezept, und zwar in zunehmend aufgeräumter Stimmung.

Als der Teig schließlich im angewärmten Backofen eine Zeitlang gehen musste, entkorkte Froelich eine Flasche Barbera und goss die kräftige rote Flüssigkeit in den bauchigen Dekanter um. Weil er noch Zeit hatte, schaltete er den Fernseher ein, aber selbst das sündhaft teure Flachbildgerät konnte offenbar nicht garantieren, dass jederzeit etwas Sehenswertes im Programm war.

Die Uhr in der Küche zeigte an, dass der Teig nun genug gegangen war. Froelich nahm einen Schluck Barbera und holte die Schüssel aus dem Backofen. Er fettete das Blech mit einem Stück Butter ein, drückte den Teig etwas umständlich im Blech platt, stach mit einer Gabel eine Reihe Löcher hinein und achtete außerdem darauf, dass an den Rändern genug Teig hochstand, um die flüssige Füllung auch verlässlich aufzustauen, die er aus Eiern sowie süßer und saurer Sahne angerührt hatte.

Danach schnitt er Rauchfleisch, Zwiebeln und Schnittlauch klein, verteilte alles über die helle Füllung, würzte ordentlich mit Kümmel und platzierte schließlich noch einige Butterflocken obenauf.

Den fertig vorbereiteten Salzkuchen schob er in den Backofen, der inzwischen auch die richtige Temperatur erreicht hatte. Als er noch einmal nachlas, ob er auch nichts vergessen hatte, fiel ihm auf, dass das Rezept vermerkte, man könne Rauchfleisch mit Zwiebeln *oder* mit Schnittlauch verbinden – Froelich zuckte mit den Schultern. Er würde eben beide Rezeptvarianten auf einmal ausprobieren.

Allmählich füllte sich die Küche mit einem würzigen Geruch, der ihn vage an Flammkuchen erinnerte. Mit Gedanken an einen Ausflug ins Elsass vor einigen Jahren schlief Gottfried Froelich am Tisch ein. Als er erwachte, war der Geruch noch würziger geworden und es schlich sich eine leicht bittere Note hinein.

Schlaftrunken tappte Froelich zum Backofen hinüber. Hinter dem Fenster setzte die Beleuchtung der Backröhre einen Kuchen ins Licht, der längst nicht so flach war, wie es Froelich erwartet hatte: An einigen Stellen wölbte sich der Teig weit nach oben, zwischen diesen Inseln war aber alles wie gewollt mit der inzwischen gestockten Füllung bedeckt. Die wirkte zwar an einigen Stellen schon etwas dunkelbraun, aber der Geruch, der Froelich nach dem Öffnen der Ofentür entgegenschwappte, war sehr lecker und sehr intensiv.

Er zog zwei Backhandschuhe über, doch die Hitze drang schneller durch den Isolierstoff, als der müde Froelich den Herd erreichen und das heiße Backblech abstellen konnte. Den Schmerz machte er sich mit einem großen Schluck Barbera erträglich, dann erst fiel ihm ein, was seine Mutter ihm für kleinere Verbrennungen geraten hatte. Er ging zum Spülbecken und hielt seine Hände so lange unter das fließende kalte Wasser, bis es nicht mehr weh tat.

Dann setzte er sich an den Tisch und wartete darauf, dass sich der Salzkuchen ein wenig abkühlte. Darüber schlief er erneut ein.

Als er wieder erwachte, war der Salzkuchen kühl genug geworden, nur die Küche war durch den Backofen unangenehm stark beheizt worden: Froelich hatte vergessen, ihn auszuschalten oder wenigstens die Ofentür zu schließen.

Er holte beides nach, schnitt sich ein großes Stück vom Salzkuchen ab und ging damit und mit seinem Weinglas hinaus auf die Terrasse, die er auf der Garage hatte anlegen lassen. Hier saß er nun mit leicht pulsierenden Fingern, die an einigen Stellen auch noch ein wenig brannten, ein großes Stück Salzkuchen auf dem Schoß, ein Glas Wein in der Hand und vor sich den Blick auf den Friedhof von Weil der Stadt.

Am linken Eck des Friedhofs stand die kleine Kapelle St. Michael. Auf dem kleinen Platz zwischen der Kapelle und dem Hang, der zur Leonberger Straße hinaufführte, standen einige Jugendliche zusammen und plapperten und lachten und prosteten sich mit kleinen Flaschen zu.

Gottfried Froelich biss ein Stück von seinem Salzkuchen ab und fühlte sich einen Moment lang alt und einsam. Er saß hier, zu Hause, an einem Samstag Abend. Das wäre vor noch gar nicht langer Zeit undenkbar gewesen – oder mindestens ein untrügliches Zeichen dafür, dass sein Leben aus den Fugen geraten war. Und heute?

Froelich streckte seine Beine durch, schnupperte in der Abendluft und dachte nach. Und heute? Ja, heute fühlte sich das ganz ordentlich an. Er biss noch einmal vom Salzkuchen ab. Schmeckte nicht schlecht, nur die verbrannten Stellen müsste er beim nächsten Mal noch vermeiden.

Was wohl Anita gerade machte? Er lächelte bei dem Gedanken. Dann kam ihm Ingeborg Coordes in den Sinn und ein Kribbeln breitete sich in seinem Magen aus. Das hatte nichts mit dem Salzkuchen zu tun – und sehr viel mit Ingeborg Coordes.

Froelich seufzte und biss noch einmal kräftig zu.

Sonntag

Gegen zwei Uhr in der Nacht schreckte Froelich hoch. Er holte tief Luft und hatte wieder das Gefühl, Atemnot habe ihn geweckt. Bevor er sich wieder beruhigt hatte, spürte er, dass er auf die Toilette musste. Seufzend erhob er sich und tappte ins Bad hinüber. Als er fertig war und sich die Hände gewaschen und abgetrocknet hatte, war er hellwach.

Er schenkte sich ein Bier ein, zog den Morgenmantel über und setzte sich auf die Terrasse hinaus. Die Nacht war überraschend mild für Ende März. Auf der Leonberger Straße fuhr ein Auto stadtauswärts und bog hinter dem Friedhof auf die Bundesstraße ein. Das Geräusch des Wagens entfernte sich und vor Froelich breitete sich tiefe Stille aus.

Froelich seufzte und trank einen Schluck.

Ein leichter Wind strich über die Terrasse, Froelich zog den Morgenmantel enger um sich zusammen und verschränkte die Arme.

Es war nun so still, dass er das erste Mal seit langer Zeit von seiner Terrasse aus die ruhig dahinfließende Würm plätschern hörte. Ein sehr entspannendes Geräusch, und Froelich hatte schon die Hoffnung, das leise Glucksen und Gurgeln würde ihn schläfrig genug machen, damit er wieder für ein paar Stunden in sein Bett kriechen konnte – da mischte sich ein anderer Ton unter das Plätschern.

Froelich hielt für einen Moment den Atem an, um noch etwas genauer lauschen zu können. War das eine Stimme?

Tatsächlich: Vom Friedhof her war eine einzelne Frauenstimme zu hören. Sie schien zu singen und eine traurige Melodie wehte zu Froelich herüber. Er überlegte kurz, dann siegte seine Neugier. Er ging zurück ins Haus, zog sich Hose und Hemd über den Pyjama, schlüpfte in Schuhe und Jacke und ging hinüber zum Friedhof.

Das Tor am Eingang knarrte leise. Also zog er es nur halb auf und zwängte sich durch den Spalt. Er folgte der Frauenstimme, die nun deutlicher zu hören war und recht kräftig ein todtrauriges Lied sang, das Froelich nicht kannte. Dabei hielt er sich im Schatten der Friedhofsmauer und danach im Schatten der Baumkronen.

Schließlich stand er halb verdeckt hinter einem Baumstamm und konnte die Frau sehen. Er erkannte Lina Laurentii. Sie stand vor dem Grab ihrer Freundin Agathe Weinmann. Die Melodie mündete in einen klagenden Schlusston, der langsam zwischen den Gräbern verebbte. Lina Laurentii griff in ihren Mantel, zog ein Taschentuch hervor und schnäuzte sich laut und lange.

Dann drückte sie den Rücken etwas durch, als würde sie sich für eine Turnübung in Positur bringen, holte tief Luft und setzte zu einem neuen Stück an. »Ave Maria!«, sang sie, »Jungfrau mild …« Die überraschend klare und kräftige Stimme der alten Dame erfüllte sofort die ganze skurrile Kulisse: der Friedhof in tiefer Nacht, fast verlassen, mit Grabsteinen, auf denen sich das Mondlicht spiegelte, mit den mal still, mal flackernd brennenden ewigen Lichtern – und mittendrin die alte Frau, singend wie auf einer imaginären Bühne.

Froelich war gerührt und wischte sich schnell mit dem Ärmel über die Nase, damit er sich nicht womöglich durch ein lautes Schniefen verriet.

» … soll mein Gebet zu dir hinwehen.«

Gottfried Froelich kannte die Melodie von Franz Schubert natürlich, auch der Text war ihm vertraut. Ihm fielen nun all die nie gebrauchten Details ein, die er sich dazu angelesen hatte, als er noch fasziniert war von religiöser Musik und solcher, die dafür gehalten wurde. Er erinnerte sich, dass das Stück eigentlich ein Gedicht von Walter Scott vertonte. Ihm fiel der Name des deutschen Übersetzers ein – ein gewisser Adam Storck. Er erinnerte sich auch daran, dass Schuberts »Ave Maria« eigentlich »Ellens dritter Gesang« hieß, aber er wusste nicht mehr, warum.

» …da uns dein heil'ger Trost anweht«, sang Frau Laurentii inzwischen, und sie legte nach diesem Satz eine kleine Pause ein, bevor sie für die letzten Zeilen Luft holte und schließlich mit einem erneuten »Ave Maria!« endete.

Froelich stand etwa fünfzehn Meter von der Frau entfernt, sie wandte ihm ihr rechtes Profil zu. Nun stand Lina Laurentii stocksteif vor dem Grab der Freundin, nur manchmal schüttelte ein Schluchzen ihre schmalen Schultern. Froelich fröstelte und verlagerte sein Gewicht vorsichtig von einem Bein auf das andere.

Plötzlich begann Lina Laurentii leicht zu schwanken, sie ruderte mit den Armen und ging in die Knie, bevor sie leblos zur Seite fiel. Der Aufprall ihres dünnen Körpers machte ein hässlich scharrendes Geräusch auf dem Kies des Weges.

Froelich kam hinter dem Baum hervor und huschte zu der Frau hinüber, so schnell es ging. Er kniete sich neben sie. »Gott sei Dank, sie atmet«, dachte er und schob behutsam seine Arme unter sie. Langsam richtete er die Frau auf, und nachdem sie ihre Augen wieder geöffnet hatte und nach einigen verwirrten Blicken offenbar auch wieder wusste, wo sie war, half er ihr beim Aufstehen.

»Hallo, Herr Froelich«, sagte sie schließlich mit heiserer Stimme. »Was machen Sie denn hier?«

»Ich habe Sie gehört«, antwortete er und nickte hinüber zur Silhouette der Stadt, die sich im Mondlicht und im Schein der neu installierten Turm- und Mauerbeleuchtungen vom dunklen Nachthimmel abhob. »Ich wohne nicht weit vom Friedhof entfernt, gleich hier, hinter der Würm.«

»Aha«, machte Frau Laurentii und klopfte sich etwas Staub und Kies vom Mantel.

»Und was hat Sie dazu getrieben, hier nachts zu singen?«

»Agathe war meine beste Freundin, wissen Sie?« Sie lächelte ihn an, aber in ihren Augen schimmerten Tränen. »Ach, stimmt ja – das habe ich Ihnen schon erzählt.« Sie schniefte. »Als Agathe begraben wurde, lag ich krank oben im Seniorenheim – sonst hätte ich natürlich zu diesem Anlass für sie gesungen.«

»Das klang sehr schön.«

»Das will ich hoffen. Das ist schließlich mein erlernter Beruf.«

»Sängerin?« Froelich fiel auf, dass Lina Laurentii ihn amüsiert musterte – er hatte seine Frage von eben wohl mit einem selten dummen Gesicht gestellt.

»Ja, Sängerin – und ich war ziemlich bekannt zu meiner Zeit. Ich war in Stuttgart engagiert, sang viele große Rollen. Und dank meiner Eltern musste ich mir ja nicht einmal einen Künstlernamen ausdenken. ›Lina Laurentii‹« – sie deklamierte ihren Namen wie eine großartige Ankündigung und beschrieb mit ihren Händen eine Bewegung, als würde sie vor sich ein Stoffbanner ausbreiten.

»Das waren schon goldene Zeiten, damals. Ich habe gesungen unter Regisseuren wie Günther Rennert und Wieland Wagner, wir wurden mit Bayreuth verglichen – ach, es war schön. Natürlich auch anstrengend, man musste auf alles Mögliche verzichten, um die ganzen Partien stimmlich auch durchzustehen. Aber ganz ehrlich: Heute würde ich mir gerne das eine oder andere verkneifen, nur um solche Erlebnisse noch einmal zu haben. Aber«, sie tippte sich an die Stirn und lächelte, »da oben ist ja noch alles drin. Da geht ja nichts verloren.«

Dann wurde sie wieder ernst und sah betrübt auf Agathe Weinmanns Grab hinunter.

»Einstweilen jedenfalls«, murmelte sie dann noch und verfiel in brütendes Schweigen.

* * *

Die CD, die der Radiowecker abgespielt hatte, endete mit einem famosen Trompetensolo, und in der Stille nach dem Jazzstück wurde der Schlaf von Gottfried Froelich immer unruhiger. Schließlich schreckte er hoch und sah sich ratlos um. Der Radiowecker zeigte 9.10 Uhr an – er hatte also etwas verschlafen, die CD war bis zum Ende durchgelaufen, ohne dass er davon aufgewacht wäre.

Nun würde er sich nicht mehr die Zeit nehmen können, im Sonntagsblatt die Sportergebnisse nachzulesen. »Egal«, dachte Froelich, das konnte er auch noch später am Tag nachholen.

Draußen schien die Sonne, und von der Leonberger Straße her war etwas Verkehrslärm zu hören: quietschende Reifen, eine Autohupe. Weil der Stadt lag ruhig und gemütlich hinter seinen Mauern, auch die markanten Türme wirkten schläfrig. Langsam ließ Froelich seinen Blick über das schöne Panorama gleiten, das sich vor seinem Schlafzimmerfenster ausbreitete.

Als er aber den großen Turm von St. Peter und Paul betrachtete, war es mit der Ruhe vorbei: Die Turmuhr zeigte 10.10 Uhr und schlagartig fiel ihm wieder ein, dass er gestern Abend wieder einmal vergessen hatte, seinen Wecker auf Sommerzeit umzustellen. Das bedeutete: Er hatte noch zwanzig Minuten bis zum Beginn des sonntäglichen Gottesdienstes.

Fluchend mühte sich Froelich auf dem Weg vom Bett ins Bad in seine Hose, spülte sich rasch den Mund aus und fuhr mit den Fingern durch die Haare. Über einer Stuhllehne hing noch das Hemd von gestern – das musste auf die Schnelle reichen. Er nahm sich zwei Kekse aus dem Küchenschrank, schlüpfte in die Schuhe, zerrte die Jacke vom Haken und stürzte aus dem Haus.

Kurz zögerte er im Hof, dann ließ er den Transporter stehen. Bis er in der Altstadt einen passenden Parkplatz gefunden hätte, würde er nach einem flotten Fußmarsch längst auf der Orgelbank sitzen. Der Fußmarsch blieb allerdings nicht lange flott: Schon auf die Stuttgarter Straße bog Froelich atemlos ein, am Narrenbrunnen musste er sich kurz auf eine Mauer setzen, um zu verschnaufen. Und als er schließlich die Treppe zur katholischen Kirche erklommen hatte, stand er bleich und klitschnass geschwitzt vor einem der Eingänge.

Pfarrer Staupitz, der ganz entspannt neben der Tür stand und die Besucher lächelnd empfing und begrüßte, sah erstaunt zu ihm herüber. Froelich verdrehte die Augen, tippte auf das linke Handgelenk und Staupitz grinste kurz.

Links und rechts einigen Leuten zunickend schlüpfte Froelich ins Kircheninnere und strebte der Treppe zur Orgelempore entgegen.

»Noch mehr Stufen«, dachte er und seufzte. Als er endlich oben angekommen war und sich erschöpft auf die Bank sinken ließ, traf ihn die Erkenntnis wie ein Keulenschlag: Er hatte seine Mappe mit den Notenblättern vergessen.

Von der Treppe her hörte er Schritte, jemand kam schnell und leichtfüßig herauf und nahm dabei immer wieder einmal zwei Stufen auf einmal. Es war Nick, einer der Ministranten. Der hochaufgeschossene Junge hielt ihm lächelnd einen schwarzen Pappumschlag hin.

»Hier, bitteschön, Herr Froelich: die Noten.«

»Die Noten?«, echote Froelich staunend und seufzte dann erleichtert. »Danke. Aber woher wusstest du denn …?«

»Pfarrer Staupitz schickt mich. Ihm war wohl aufgefallen, dass Sie es etwas eilig hatten und dass Ihre übliche Mappe fehlte.«

Der Junge deutete mit einer knappen Geste an, dass auch er wusste, dass Gottfried Froelich sich für den Weg zur Stadtkirche üblicherweise eine dünne Notenmappe unter den Arm klemmte.

Die Geräusche im Kirchenschiff deuteten darauf hin, dass die meisten Besucher ihre Plätze eingenommen hatten.

Froelich sortierte die Noten und legte sie vor sich auf die Halterung. Nick verabschiedete sich und huschte wieder die Treppe hinunter. Als der Junge die Empore verlassen hatte, zog Froelich ein kleines Handtuch hervor, das er zusammen mit einigen Schokoriegeln und einer Flasche Mineralwasser nahe der Orgel versteckt hatte, und tupfte sich Stirn und Hals trocken. Dann zupfte er noch kurz sein Hemd aus der Hose und rieb sich unter den Armen. Schließlich stopfte er das Hemd wieder in den Bund, so gut das im Sitzen mit seiner Figur eben ging, verstaute das Handtuch wieder, nahm seine Position an der Orgel ein und holte tief Luft.

Wenig später erfüllte der mächtige Klang der Orgel den Innenraum von St. Peter und Paul und in Gottfried Froelich breitete sich tiefe Ruhe aus.

* * *

»Das ist ja ein Ding!«, staunte Pfarrer Staupitz, als ihm Froelich in groben Zügen geschildert hatte, was er bisher über den Tod und das Leben von Agathe Weinmann wusste. Dabei ließ Froelich allerdings ein paar Namen weg, und er nannte auch keine Details, die auf Anita Wessel hindeuteten.

Der Pfarrer war trotzdem fasziniert von der Geschichte und hörte Froelich zunehmend gefesselt zu. Dabei achtete er allerdings auch darauf, immer ein kleines Stück seitlich vor Froelich zu gehen, denn aus der geöffneten Jacke des Bestatters stiegen mit jedem Schritt kleine Schwaden von säuerlichem Schweißgeruch auf.

Heute war die Wahl der beiden auf ein italienisches Ristorante in der Innenstadt gefallen. Der Besitzer begrüßte die beiden freudig und wedelte schnell zu seiner Bedienung hinüber, die sofort in der Küche verschwand und kurz darauf mit einem Korb voller Pizzabrot wieder auftauchte.

»Und Sie glauben also immer noch, dass wir die gute Frau Weinmann zu früh beigesetzt haben?«

»Was ich Ihnen bisher erzählt habe, hört sich schon danach an – aber ich bin mir nicht sicher, ob es etwas verbessern würde, wenn Frau Weinmann noch nicht verbrannt wäre. Vor der Feuerbestattung wurde sie ja auch noch einmal untersucht, routinemäßig – der Amtsarzt stellte auch nichts fest, was einen gewaltsamen Tod beweisen würde.«

»Hm«, machte Staupitz und nahm sich ein Stück Pizzabrot. »Und was wollen Sie nun unternehmen?«

»Na ja, ich wüsste schon ganz gerne, wer sie getötet hat – wenn es wirklich Mord war, wie ich nach wie vor vermute.«

Staupitz kaute und sah ihn interessiert an.

»Wissen Sie«, fuhr Froelich fort, »wenn es wirklich ein Muster gibt, nach dem diese Leute getötet werden … dann wäre es ja eine Serie von nicht entdeckten Morden. Und diese Serie müsste mit dem Tod von Frau Weinmann nicht zwingend enden …«

Staupitz schüttelte heftig den Kopf und murmelte zwischen zwei Bissen: »Schrecklich, schrecklich, und das hier bei uns im friedlichen Weil der Stadt …«

Montag

Ingeborg Coordes bedankte sich bei ihrem Gesprächspartner und ließ den Blick noch einmal über das Areal schweifen, das sich mit Zuschauerrängen und einem freien Platz davor malerisch zwischen großen Bäumen ausbreitete. An einer Hütte im Hintergrund wurde gehämmert, weiter vorne sprachen zwei Schauspieler noch einmal eine Szene durch.

Sie steckte Block und Stift in ihre ausladende Handtasche, schwang sich die Riemen über die Schulter und strebte dem Ausgang des Renninger Naturtheaters zu. Eine Zeitung hatte sie mit einer stimmungsvollen Reportage über die Bühne beauftragt, die sie in den Monaten vor den allsommerlichen

Aufführungen gewissermaßen im Frühlingsschlaf vermutet hatte – was aber, wie sie nun wusste, keineswegs zutraf, ebenso wenig wie für die Schauspieler, Handwerker, Requisiteure und all die anderen Helfer des Naturtheaters.

Mit ihrem Wagen fädelte sich Ingeborg Coordes flott in den Verkehr auf der B295 ein. Auf der abschüssigen Strecke sah sie Renningen vor sich liegen, und ihr kam eine Notiz in den Sinn, die sie sich während der Recherchen zum Tod spendabler Senioren gemacht hatte: Ein gewisser Franz Sedelmayr, den ihr Bestatter Froelich als einen der noch lebenden Senioren genannt hatte, die ins Opferschema passten, wohnte demnach hier in Renningen im Altersheim.

Sie setzte den Blinker und bog von der B295 in die Leonberger Straße ein, hielt sich in der Stadtmitte südlich und stellte schließlich ihren Wagen vor dem Seniorenheim ab. Die Gebäude wirkten modern, viele Fenster versprachen helle Innenräume, und vor den Fenstern machten Jalousien in Orange, Orange-Weiß und Blau-Weiß einen freundlichen Eindruck.

Am Empfang erfragte sie die Zimmernummer von Franz Sedelmayr. Der junge Mann, der dort gerade Dienst hatte, wählte den Anschluss des Heimbewohners und ließ es eine Zeitlang klingeln.

»Tut mir leid«, sagte er dann und sein Bedauern klang ehrlich. »Herr Sedelmayr scheint nicht da zu sein.«

»Schade, ich wollte ihn nur kurz besuchen. Kann ich denn hier irgendwo auf ihn warten? Ich meine: Er wird ja bald zurückkommen, nehme ich an, oder?«

»Ich glaube schon«, nickte der Mann und deutete auf eine Sitzgruppe in einer Ecke des Foyers. »Herr Sedelmayr ist schon etwas wacklig auf den Beinen. Nur manchmal nimmt er sich noch ein Taxi und lässt sich zu einem Spaziergang fahren – in die Nähe des Renninger Sees zum Beispiel oder nach Weil der Stadt. Aber ich habe ihn heute vom Mittagessen kommen sehen und ihm seither kein Taxi bestellt. Er kann also nicht weit sein.«

»Gut, dann warte ich gerne.«

»Übrigens dürfte ich Sie derzeit auch nicht einfach auf sein Zimmer lassen, wenn er da wäre: Wir hatten etwas Ärger mit einem Reporter, der wohl gerade an einer Geschichte über Seniorenheime recherchiert. Na ja ...« Er musterte Ingeborg Coordes plötzlich, als sei ihm eben erst etwas eingefallen. »Sie sind doch nicht von der Presse, oder?«

»Nein, nein«, antwortete Ingeborg Coordes schnell und hoffte, dass ihre Empörung dezent genug gespielt war, um glaubwürdig zu wirken. Der Mann nickte zufrieden und lächelte sie wieder an – es hatte wohl geklappt.

»Dürfte ich vielleicht auch in der Cafeteria warten? Ich könnte einen Kaffee gut vertragen.«

»Aber natürlich«, lächelte der Mann am Empfang und gab ihr mit einem Wink die Richtung zur Cafeteria an. »Lassen Sie es sich schmecken. Ich sage Herrn Sedelmayr Bescheid, wenn er hier vorbeikommt. Wissen Sie: Der Mann bekommt nicht so viel Besuch, da wäre es doch schade, wenn er Sie verpassen würde.«

»Danke«, lächelte Ingeborg Coordes und machte sich auf den Weg. Der Mann am Empfang sah ihr noch kurz nach und lächelte versonnen: Dem alten Sedelmayr wünschte er so viel netten Besuch, wie er bekommen konnte. Vor einiger Zeit hatte er durch Zufall Fetzen eines Gesprächs mitbekommen, als der Heimleiter und ein Arzt aus dem Ort am Empfang vorübergingen. Er hatte die Worte »Sedelmayr«, »Pankreas« und »duktales Adenokarzinom« aufgeschnappt und die beiden Fachbegriffe im Internet nachgeschlagen. Demnach hatte Franz Sedelmayr einen ziemlich sicher tödlich verlaufenden Bauchspeicheldrüsentumor und vielleicht noch ein paar Monate zu leben. Der Mann am Empfang seufzte und kümmerte sich wieder um den Schreibkram, den er nebenbei zu erledigen hatte.

Ingeborg Coordes war nicht bis zur Cafeteria gegangen. Als sie vom Empfang aus nicht mehr zu sehen war, kehrte sie um und schlich sich hinauf in die Etage, in der sie anhand der Zimmernummer Sedelmayrs Unterkunft vermutete.

Das Treppenhaus und der Flur waren so hell, wie sie von außen vermutet hatte. Von irgendwoher war leises Klappern von Geschirr und Besteck zu hören, der Geruch von Hagebuttentee begann sich im Haus auszubreiten. Ingeborg Coordes sah auf ihre Uhr: halb fünf – es würde wohl bald das Abendbrot auf die Zimmer gebracht werden. Sie musste sich beeilen, wenn sie noch ungestört einige Worte mit Sedelmayr wechseln wollte.

* * *

Anita Wessel hatte Franz Sedelmayr eine halbe Stunde lang geholfen, ein lästiges Formular auszufüllen, und bot sich nun an, ihm noch zwei Flaschen Mineralwasser und eine Flasche Multivitaminsaft zu holen. Bevor sie die Tür erreichte, klingelte das Telefon. Sedelmayr schüttelte nur den Kopf und ließ es klingeln. Anita verließ das Zimmer, hinter ihr verstummte das Telefon nach einigen Malen. Sie achtete darauf, dass sie niemand sah – so, wie auch heute nach dem Essen niemand bemerkt hatte, dass sie das Seniorenheim betrat.

Sie kannte die Zugänge für das Personal und hatte die üblichen Zeiten im Kopf, die den Alltag der Bewohner und der Pfleger des Seniorenheims bestimmten. Deshalb wusste sie auch, dass jetzt, gegen halb fünf, die Ausgabe des Abendessens vorbereitet wurde. Als sie mit zwei Flaschen wieder in Sedelmayrs Zimmer schlüpfte, hatte sie noch etwa 25 Minuten, bis das Personal mit Hagebuttentee, Brot und etwas Wurst und Käse vor Sedelmayrs Tür auftauchen würde.

Franz Sedelmayr saß noch genau so, wie sie ihn vor fünf Minuten verlassen hatte: Dürr und zerbrechlich hockte er in seinem Polsterstuhl, der Mund stand leicht offen und die Augen waren geschlossen. Sedelmayr war eingeschlafen.

Sachte drückte Anita Wessel die Tür zu und näherte sich dem alten Mann. Leises Schnarchen war zu hören, der Kopf war leicht nach links geneigt, im linken Mundwinkel sammelte sich eine kleine Speichelpfütze.

»Herr Sedelmayr?«, flüsterte Anita Wessel, um sicher zu sein, dass er auch wirklich tief genug schlief. Nichts regte sich. Sie stellte die beiden Flaschen auf den kleinen Esstisch. Anita wartete noch kurz, dann huschte sie zum Bad, das zum Einzelzimmer des alten Mannes gehörte. Sie nahm einen frischen Waschlappen aus dem Schrank und ließ etwas Wasser darüberlaufen. Als sie den Hahn abgedreht hatte und den Lappen so auswrang, dass er nur noch feucht war und nicht mehr tropfen konnte, hörte sie ein Klopfen an der Tür.

Anita erstarrte. »So früh?«, dachte sie und beeilte sich, die Badezimmertür lautlos zu schließen. Dann drückte sie ein Ohr an die Tür und lauschte.

* * *

Noch einmal klopfte sie an die Tür, dann betrat Ingeborg Coordes das Zimmer.

»Herr Sedelmayr?«, fragte sie in den Raum hinein, als sie den alten Mann in einem gepolsterten Stuhl am Fenster sitzen sah. Er schien zu schlafen. Langsam ging sie zu ihm hinüber.

»Herr Sedelmayr?«, fragte sie noch einmal, diesmal etwas lauter, um den Mann zu wecken. Sedelmayr bewegte sich leicht, der Mund schloss sich, die Zunge fuhr kurz in den Mundwinkel, dann öffneten sich seine Augen. Irritiert sah er die ihm fremde Frau, strich fahrig sein Hemd glatt und versuchte, sich etwas aufrechter hinzusetzen.

»Bleiben Sie ruhig so bequem sitzen«, versicherte ihm Ingeborg Coordes, zog sich vom kleinen Esstisch einen Stuhl heran und setzte sich ihm gegenüber.

»Wo ist …?«

Sedelmayr sah sich im Zimmer um, dann fixierte er Ingeborg Coordes.

»Wer sind Sie eigentlich?«, schnappte er mit schnarrender Stimme. Er schien nun endgültig aufgewacht zu sein. Ingeborg Coordes seufzte. Sie wusste von ihrem vor einigen Jahren verstorbenen Vater, wie mürrisch alte Männer sein konnten.

»Mein Name ist Ingeborg Coordes.«

»Schön für Sie, aber was wollen Sie hier?«

Sedelmayr war offenbar ein mindestens ebenso großer Miesepeter wie der alte Coordes selig.

»Ich wollte mit Ihnen reden.«

»Sind Sie von der Kirche? Oder wollen Sie mir was verkaufen?«

»Nein«, lachte Ingeborg Coordes. Das Geräusch machte Sedelmayr offenbar friedlicher, er setzte sich etwas entspannter zurecht.

»Also?«, hakte er nach, etwas versöhnlicher im Tonfall, aber noch nicht ganz besänftigt.

»Ich habe gehört, Sie bekommen nicht viel Besuch?«

»Nein, aber das brauche ich auch nicht«, murmelte Sedelmayr. »Ab und zu habe ich jemanden zum Reden, ab und zu wird mir mit Papierkram geholfen – und zu meinem achtzigsten Geburtstag vor ein paar Tagen war sogar die hochwohlgeborene Bürgermeisterin hier …«

»Die können Sie nicht leiden, was?«

»Nein, woher wissen Sie das?«

»Ich bin es gewohnt, genau hinzuhören. Ihr Tonfall klang nicht sehr freundlich, um es mal vorsichtig auszudrücken.«

»Volltreffer, würde ich sagen.«

Er verstummte und musterte sie eine Weile.

»Ich weiß zwar nicht, warum ich Ihnen das alles erzähle. Ich bin eigentlich nicht als Plaudertasche bekannt, aber Sie haben so etwas an sich …«

Ingeborg Coordes nickte ihm lächelnd zu.

»So, aber nun verraten Sie mir mal, was Sie hier eigentlich zu suchen haben. Es ist ja recht schön, mit Ihnen zu reden, aber ...«

»Ja, natürlich«, hob Ingeborg Coordes abwehrend die Hände. »Entschuldigen Sie bitte, dass ich hier ungefragt so reinplatze. Der Mann am Empfang hatte versucht, mich telefonisch anzumelden, aber es ging niemand hin.«

»Ich hatte keine Lust und ich muss ja auch nicht, wenn ich nicht mag.«

Er schwieg und fixierte Ingeborg Coordes weiter.

»Und? Was ist nun?«

»Ich ... tja, ich recherchiere für einen Bekannten, der sich Gedanken um eine alte Dame macht, die vor kurzem verstorben ist.«

»Meinetwegen. Und: Sehe ich aus wie eine alte Dame?« Sedelmayr schien wieder misstrauischer zu werden.

»Nein, nein!« Ingeborg Coordes lachte kurz auf, aber Sedelmayr ließ das Geräusch diesmal offenbar ungerührt an sich abperlen.

»Sind Sie von der Presse?«

»Presse? Wieso fragen Sie? Ach so, ich verstehe: Sie wurden vermutlich für ein Porträt zum Achtzigsten interviewt, oder?«

»Ja, von so einem jungen Schnösel namens Hasselmann. Freddy oder Ferdy, was weiß ich.«

Ingeborg Coordes zuckte zusammen, als sie den Namen des ungeliebten Kollegen hörte.

»Ein richtig unangenehmer Mensch«, fuhr Sedelmayr fort, »der mich ständig nach Nebensächlichkeiten fragte und wahrscheinlich gar nichts von meiner Lebensgeschichte hören wollte. Jedenfalls kam er immer wieder auf dasselbe Thema zu sprechen. Und der Artikel zu meinem Geburtstag ist dann doch nirgends erschienen – jedenfalls habe ich in der Zeitung nichts finden können.«

»Kein Wunder, dieser Hasselmann hat Sie reingelegt.«

Verblüfft starrte Sedelmayr sie an und vergaß darüber ganz, dass er eigentlich auch von ihr nicht wusste, was sie von ihm wollte.

»Hasselmann ist Reporter, ein ganz windiger Typ, und schreibt für ein großes Boulevard-Blatt. Was wollte er denn von Ihnen wissen?«

Sedelmayr sah einigermaßen fassungslos aus.

»Auf welches Thema ist er denn immer wieder zurückgekommen?«

Sedelmayr atmete tief ein, räusperte sich, atmete aus und schien zu überlegen.

»Der wollte irgendetwas wissen über eine Betrugsgeschichte, Bestechung, was weiß ich. Soll vor vielen Jahren in Sindelfingen gewesen sein, im Umfeld einer Autofirma oder eines Zulieferers – aber ich frage mich noch immer, was er damit ausgerechnet bei mir wollte. Mir sagt das nichts und ich hatte auch nie beruflich mit einer Firma in Sindelfingen oder ganz allgemein mit der Autobranche zu tun.«

»Hm«, machte Ingeborg Coordes und betrachtete Sedelmayr gespannt und in der Hoffnung, er würde einfach fortfahren.

»Schließlich habe ich ihn rausgeworfen.« Sedelmayr seufzte, dann schien ihm wieder einzufallen, dass Ingeborg Coordes für ihn nach wie vor eine Fremde war. »Und wenn Sie mir jetzt nicht gleich sagen, was Sie von mir wollen, werfe ich Sie auch raus!«

»Es geht darum, dass mein Bekannter vermutet, die alte Dame sei nicht einfach so gestorben.«

»Tja, Pech für ihn. Manchmal stirbt man einfach so, das steht auch mir ins Haus. Ich fühle mich so weit gesund, aber irgendwann ist halt Feierabend.«

Sein bitterer Unterton verriet, dass er das Thema in Wirklichkeit längst nicht so gelassen sah, wie es seine Worte nahelegen wollten.

»Mein Bekannter glaubt, dass die Frau ermordet wurde.« Sedelmayrs Blick wurde etwas aufmerksamer. »Und er glaubt, dass das auch Ihnen droht.« Um den faltigen Mund begann die Haut ein wenig zu zittern, dann breitete sich ein müdes Lächeln aus.

»Danke für das Interesse«, murmelte Sedelmayr schließlich. »Wissen Sie: Meine Frau ist vor zwölf Jahren gestorben, und wenn ich ihr endlich folgen darf, ist es mir nur recht. Wenn sich also einer die Mühe machen will, mich umzubringen und mir damit ein langes Siechtum oder einen Tod unter Schmerzen zu ersparen: bitteschön und vielen Dank im Voraus.«

Ingeborg Coordes hörte ihm mit feuchten Augen zu. So hatte auch ihr Vater gesprochen, zwei Jahre lang, bis er dann tot war. »Endlich«, dachte sie beinahe.

»Sind Sie nun von der Presse oder nicht?«

Sedelmayrs patzig klingende Frage brachte sie zurück aus ihren Gedanken.

»Ja, ich bin freie Journalistin und arbeite für einige große Tageszeitungen und Zeitschriften. Das hier ist zunächst einmal aber –«

»Raus!« Der kurz gebellte Befehl schnitt ihr das Wort mitten im Satz ab.

»Aber ich …«

»Raus!«, rief Sedelmayr erneut und sein dürrer Körper spannte sich wie ein Flitzebogen unter der Anstrengung.

Ingeborg Coordes schluckte. Dann stand sie ruhig auf, murmelte ein tonloses »Entschuldigen Sie bitte …« auf Sedelmayr herunter, doch der alte Mann starrte stocksteif zum Fenster hinaus und drehte sich auch nicht um, als sich die Tür hinter Ingeborg Coordes schloss.

Anita Wessel wartete noch einige Minuten im Bad, dann spähte sie vorsichtig ins Zimmer: Franz Sedelmayr saß noch immer in seinem Polsterstuhl. Seine schmalen Schultern wackelten etwas, der alte Mann weinte. Leise öffnete sie die Tür und ließ sie dann etwas lauter ins Schloss fallen. Sedelmayr wischte sich mit dem Hemdsärmel über die Augen.

»Ah, Anita«, krächzte er mit erstickter Stimme und räusperte sich.

»Ja, hat etwas gedauert, tut mir leid.«

»Kein Problem.« Sedelmayr schniefte und versuchte dann ein Lächeln. Die Tür ging auf und Maren kam mit einem Tablett herein. Anita Wessel verabschiedete sich und Sedelmayr ließ sich von Maren zum Essen überreden.

Unten vor dem Seniorenheim stand ein gelber Zweisitzer. Am Steuer saß Ingeborg Coordes und schluchzte hemmungslos.

Mittwoch

Anita Wessel stand fast eine Stunde lang am Fenster ihrer Wohnung in der Mittleren Straße in Merklingen und sah hinaus auf den Verkehr vor ihrem Haus. Von hier aus konnte sie ein kleines Stück in die Schopfgasse hineinsehen und weiter oben bis zur Ecke der Hauptstraße. Sie drehte sich nach rechts und hatte durch das Fenster an der anderen Wand den freien Blick auf die Kirchenburg.

Noch etwas weiter rechts lag der Landgasthof, auf den ihr allerdings die Sicht versperrt war. Dort wollte sie heute Abend zur Feier ihres 33. Geburtstags essen gehen. Jahr für Jahr saß sie an einem kleinen Tisch mit Blick auf den urigen Ofen und sein blankgescheuertes Rohr, das vom Ofen aus fast zwei Meter in die Höhe verlief und dann in der Wand verschwand.

Anfangs hatte sie nach dem Tod der Mutter richtiggehend Angst davor gehabt, allein in dem Lokal zu sitzen, in dem bis dahin sie beide gemeinsam ihre Geburtstage gefeiert hatten. Doch seit sie sich einmal überwunden hatte, wollte sie auf den ruhigen Abend an jedem 1. April nicht mehr verzichten.

Sogar die Speisenfolge stand schon im Voraus fest: Wilde Kartoffeln mit Knoblauchsoße, danach ein Zwiebelrostbraten mit herzhaftem Bauernbrot – und dazu zwei, drei Gläser Rotwein. Sie hatte es ja nicht weit nach Hause.

Anita atmete tief durch und drehte sich um. Auf einem Tisch hatte sie alles ausgebreitet, was ihr von »ihren« Senioren zum Geburtstag geschenkt worden war. Lächelnd kramte sie in den unverpackten Kleinigkeiten, räumte aus Papier gefaltete Vögel und zwei besonders hässliche Glasuntersetzer zur Seite. Den Napfkuchen, den ihr Herr Sedelmayr mitgegeben hatte, trug sie in die Küche und kippte ihn in den Müll. Herr Sedelmayr war sehr sparsam und kaufte seine Backwaren am liebsten bei einer dieser neuen Bäckerei-Ketten – im vergangenen Jahr hatte der Kuchen entsprechend geschmeckt.

Dann setzte sie sich mit einem Fotoalbum auf die Couch und blätterte. Auf einer Seite, die sie als kleines Mädchen mit Pferdeschwanz und Zahnspange zeigte, hielt sie inne und streichelte mit den Fingerspitzen einen Mann und eine Frau in mittleren Jahren, die links und rechts von der kleinen Anita in die Kamera lächelten.

Donnerstag

»Schade, Gottfried, dass wir nicht gestern unseren Kochabend hatten – da hätten wir dich in den April schicken können«, kicherte Dorothea und stieß Froelich sachte in die Seite. Gottfried Froelich hatte den Speiseplan für den heutigen Abend trotzdem für einen Aprilscherz gehalten: Als Vorspeise sollte es Schnecken geben … Er hatte sich geschüttelt, als er den Zettel las, den ihm Anita am Dienstag Abend gegeben hatte.

Mit Weinbergschnecken und ihren nackten Verwandten hatte er zuletzt als kleiner Bub zu tun gehabt. Ein Junge aus der Nachbarschaft hatte damit geprahlt, dass er sich von seinen älteren Brüdern jederzeit deren beide Luftgewehre ausleihen konnte. Eines Tages tat er es wirklich, und die ganze

Jungen-Clique ging hinauf zum östlichen Stadtrand am Heinrichsberg, wo damals, vor allem links und rechts vom oberen Ende des Steinwegs, in den Trockenmauern hinter einigen Gärten ein ergiebiges Revier für Schneckensammler existierte.

Mit einem Beutel voll mit diesen Tieren hatten sie sich anschließend ganz hinauf auf den Heinrichsberg geschlichen, dort an einer abgelegenen Stelle zwischen Büschen und Bäumen die Schnecken auf dem Boden verteilt und danach Schießübungen auf ihre Kosten veranstaltet. Froelich erinnerte sich noch genau, dass er eine Art Treffer gelandet hatte, der eine der Nacktschnecken an ihrer Unterseite aufgerissen hatte. Der Anblick des regelrecht auslaufenden Tiers stand ihm seither verlässlich vor Augen, wann immer die Rede auf Schnecken kam – er war schon froh, dass sich der unangenehme geistige Reflex nicht auch auf die von ihm so geliebten Schneckennudeln erstreckte.

Nun aber sollte es tatsächlich Weinbergschnecken als Vorspeise geben. Da musste er wohl durch, denn dass er seinen Mitköchinnen, die ihn inzwischen als eine Art Landfrau ehrenhalber akzeptiert hatten, die alte Missetat gestand, war völlig undenkbar. Immerhin schoben die anderen seinen leicht erkennbaren Widerwillen darauf, dass es viele Menschen gab, die Speisen wie Schnecken, Austern oder Kutteln nicht sehr appetitlich fanden.

»Wer weiß?«, dachte Froelich und konnte fast ein wenig lächeln. »Vielleicht haben ja mehr Leute in ihrer Jugend mit Luftgewehren geübt, als man sich vorstellen kann.«

Hilde hatte schon die Dosen mit den Schnecken geöffnet, schüttete den Inhalt über einem Sieb aus, wusch die kleinen Tiere und schnitt sie in Viertel. Währenddessen wurden in einem flachen Topf kleine Zwiebelwürfel angeröstet, Dorothea schüttete gewürfelten Sellerie dazu und löschte das Ganze mit einem Weißwein ab, den Gottfried Froelich nicht kannte. Hilde goss Brühe dazu, die sie von zu Hause mitgebracht hatte, schließlich noch Sahne und rührte ein paar Mal kräftig um. Dann hatten die beiden Pause und schenkten sich und Gottfried ein Gläschen Weißwein ein. Froelich nahm einen Schluck und zog selig die Wangen zusammen: Die Schnecken hatten es mit ihrem letzten Aufenthalt in diesem trockenen Tropfen ganz gut getroffen.

Dorothea hackte Petersilie fein, öffnete kleine Tütchen mit getrocknetem Kerbel, Estragon und Basilikum und streute alles in die Suppe. Am Ende gab Hilde die Schneckenviertel dazu, rührte ein wenig um und verteilte die Suppe in dickwandige Suppentöpfchen, die sie aus dem leicht geheizten Backofen geholt hatte.

»Schnell, schnell«, sagte sie dann und stellte die Schüsseln an den großen Esstisch. »Die Suppe sollten wir möglichst gleich essen, damit sie noch schön heiß ist.«

Einige Köchinnen würzten ihre Portion mit Salz oder Pfeffer etwas nach, Froelich dagegen hatte genug damit zu tun, den Löffel in die Flüssigkeit zu tauchen und sich nicht daran zu stören, dass sich dabei gleich eines der Schneckenstücke in den ersten Happen drängelte.

Er pustete etwas Dampf von der heißen Suppe und schnüffelte dann vorsichtig: Es roch ausgezeichnet, musste er zugeben. Hilde, die ihm gegenüber saß, hatte seine behutsame Annäherung an die offensichtlich ungeliebte Spezialität amüsiert beobachtet und nickte ihm nun ermunternd zu. Mit leidender Miene schob er sich den Löffel in den Mund und schluckte tapfer …

Die nächsten Löffel gingen schneller und als er den Boden des Suppentöpfchens sehen konnte, war Froelich fast ein wenig enttäuscht: Er hatte eine neue Lieblingssuppe gefunden.

»Lecker, echt!«, sagte er zu Hilde und Dorothea, die sein Lob mit einem strahlenden Lächeln quittierten. »Das hätte ich nicht gedacht. Wisst ihr, Schnecken …«

»Ja, ja, wir wissen«, lachte Hilde. »Du bist nicht der Einzige, der mit den Tierchen so seine Probleme hat. Aber jetzt sollten wir uns um den Hauptgang kümmern. Gell, Dorothea?«

Dorothea lächelte nun eine Spur gequälter, denn ihrem Handmixer war der Teig für die Nonnenfürzle am vorigen Kochabend nicht gut bekommen: Am Tag darauf hatte das Gerät seinen Geist mit einem hässlichen Geräusch und einem Funken aus dem Gehäuse aufgegeben. Daraufhin hatte sie zwar sofort einen neuen Mixer gekauft, aber den wollte sie nun nicht auch dem Kochkurs opfern. Also hatte Anita für den Spätzlesteig ihren Handrührer mitgebracht.

»Hast du keine Angst, dass dir das Ding auch abraucht?«, fragte Froelich, als er Mehl, Salz und Grieß in die Schüssel schüttete, während Anita Eier aufschlug und sie routiniert in dieselbe Schüssel warf.

»Nein, nein, keine Sorge«, grinste Anita. »Spätzlesteig ist okay. Das tut dem Mixer zwar auch nicht so wahnsinnig gut, aber lieber kaufe ich alle paar Jahre einen neuen als mich jedes Mal mit dem Rührlöffel abzuplagen, bis der Teig endlich fertig ist. Nur für Brot und Nudeln knete ich lieber selbst oder krame die Küchenmaschine aus dem Schrank.«

Im Handumdrehen war der Spätzlesteig fertig, nebenan wurde schon ein großer Topf mit gesalzenem Wasser erhitzt, und Anita bereitete einige Utensilien vor, darunter ein Nudelsieb, die Spätzlemaschine und einen hölzernen Rührlöffel.

Hilde und die anderen hatten Filetstücke von Schwein, Rind und Kalb in Scheiben geschnitten und brieten sie in heißer Butter an. Sahne wurde mit Tomatenmark verrührt, das angebratene Fleisch im Backofen warmgestellt und nach und nach wurden zu dem Bratenfond die Soßenzutaten gegeben. Ein würziger Duft erfüllte die Küche.

Hilde und Anita schälten Zwiebeln und begannen, sie flink in Ringe zu schneiden.

»Sag mal, Anita«, plauderte Hilde nebenbei, »Gottfried hat erzählt, du hättest die verstorbene Frau Weinmann ganz gut gekannt.«

Froelich, der gerade auf Dorotheas Anweisung einen Schuss Rotwein in die Soße schüttete, erstarrte.

»Ja, warum?« Anita schnitt ungerührt weiter an ihrer Zwiebel, allerdings hörte Froelich einen unsicheren Unterton aus ihrer Stimme heraus.

»Hast du dich nicht auch eine Weile um Herrn Stiebich hier aus Merklingen gekümmert?« Sie wandte sich zu Froelich, ohne mit dem Zwiebelschneiden aufzuhören. »Weißt du, Gottfried: Herr Stiebich ist auch gestorben, im vergangenen Frühjahr.«

Froelich wusste es von Peter Prags: Stiebich stand dort auf der Liste der verstorbenen Spender. Er überlegte noch, ob er dazu etwas sagen sollte, als ihm die Entscheidung abgenommen wurde.

»Aua!«, rief Anita in diesem Moment. »Scheiße! Ich habe mich geschnitten!« Und das war eher untertrieben: Ihr Kochmesser wies eine tiefrot glänzende Stelle auf, und von ihrem linkem Mittelfinger floss das Blut eher als dass es tropfte. Sofort stand Hilde mit Verbandszeug neben ihr, und Dorothea legte ihr Handy schon wieder zur Seite und rief in den Raum: »Dr. Fähringer hat Bereitschaft!«

Außer Gottfried Froelich, der staunend zusah, wie ruhig und effektiv die Landfrauen die Situation meisterten, bevor er auch nur eine Idee gehabt hätte, was zu tun sei, schien sich niemand hier zu wundern, wie schnell das alles vor sich ging.

»Dr. Fähringer? Na, dann …« Hilde rollte vielsagend mit den Augen. »Du bist wenigstens jung genug, damit du da heute Abend auch umfassend behandelt wirst …«

Eine der anderen Frauen winkte mit ihrem Autoschlüssel und schon war sie mit Anita durch die Tür verschwunden. Die übrigen wischten die Arbeitsplatte und Anitas Messer sauber, warfen die angeschnittene Zwiebel in den Mülleimer und schnitten schnell eine neue. Danach ging es weiter nach Rezept.

»Kochen wir jetzt etwa weiter, als wäre nichts geschehen?«, staunte Froelich.

»Was willst du denn machen?«, fragte Hilde und zuckte mit den Schultern. »Anitas Finger bringt Fähringer wieder in Ordnung, als Arzt ist er ja eigentlich nicht schlecht. Da habe ich eher Angst um Anitas Ohren – das Gesäusel, das sie sich während der Behandlung wahrscheinlich anhören muss, kann ich mir gut vorstellen.«

Die anderen lachten.

»Na ja«, fuhr Hilde fort, »da können wir also erst einmal nichts mehr machen, aber wir können dafür sorgen, dass uns das Fleisch nicht schlecht wird. Kannst du die Spätzle durchdrücken? Das Wasser kocht nämlich schon.«

Damit deutete sie zum großen Kochtopf hinüber, wo das Salzwasser fast überkochte. Dorothea schaltete die Herdplatte etwas zurück und nahm sich des Spätzle-Lehrlings Gottfried Froelich an.

Später, als sie pappsatt die Teller wegräumten und die Küche nach und nach leerer wurde, setzten sich Hilde und Dorothea, die sich freiwillig für den abschließenden Abwasch gemeldet hatten, auf ein Gläschen Rotwein an den Tisch. Froelich, der nicht recht wusste, was er allein mit sich anfangen sollte, zog sich einen Stuhl heran und setzte sich zu ihnen.

»Warum hast du Anita denn vorhin nach Herrn Stiebich gefragt?«, begann er schließlich und sah Hilde gespannt an.

»Anita ist ziemlich hübsch, gell?«

Die Gegenfrage brachte Froelich etwas in Verlegenheit. Er räusperte sich und trank einen Schluck. Hilde lächelte.

»Weißt du, Gottfried«, begann sie mit ihrer liebsten Redewendung – die aber erstaunlicherweise gar nicht so herablassend oder belehrend klang, wie man hätte vermuten können – »wir haben hier alle Augen im Kopf. Und auch wenn Dorothea dich mag, weiß sie doch so gut wie ich: Wir alte Schachteln sind dir doch in Wirklichkeit keinen Blick wert.«

Neben Froelich saß Dorothea, mit knallroten Wangen wie ein Backfisch, und leerte ihr Glas in einem Zug.

»Lass mal, Dorothea, das ist nicht böse gemeint.« Hilde legte ihr eine Hand auf den Arm. »Ich glaube auch, dass

Gottfried und wir beide inzwischen schon fast Freunde geworden sind. Stimmt's nicht, Gottfried?«

Froelich nickte. Dorothea nestelte ein Taschentuch aus ihrer Schürze.

»Tja, wer hätte das gedacht nach unserem Anfang mit dem Zwiebelkuchen, was?«

Dorothea schnäuzte sich und musste dann schon wieder lachen. Froelich schluckte etwas, lachte aber mit.

»Freunde also – ist doch nicht schlecht, oder, Dorothea?«

Dorothea nickte Hilde zu und tupfte sich noch einmal die Augenwinkel. Dann steckte sie das Taschentuch weg, atmete tief durch und schenkte sich aus der Weinflasche noch einmal nach.

»Anita ist ein hübsches Mädchen. Gut gebaut, nicht dumm, hilfsbereit, freundlich – und das sage ich ganz ohne Neid. Weißt du, Gottfried: Vor 30, 35 Jahren waren Dorothea und ich auch ganz schöne Feger.«

Dorothea lächelte, sie schien in schönen Erinnerungen zu schwelgen.

»Da hätte dir auch Horst Stiebich das eine oder andere erzählen können. Der war ledig, verdiente nicht schlecht und war das, was man durchaus eine gute Partie nennen konnte. Dorothea und ich waren nacheinander mit ihm zusammen, heimlich, wie das damals üblich war – wir haben gegenseitig erst davon erfahren, als wir uns mal über Männer im Allgemeinen und den strammen Horst im Besonderen unterhalten hatten.«

Dorothea prustete leise und blickte schelmisch zu Froelich hinüber.

»Na ja, geheiratet hat ihn schließlich keine von uns. Es gab einfach zu viele hübsche Männer in der Gegend ...« Hilde lachte auf. »Aber lassen wir das. Dass du mehr als ein Auge auf Anita geworfen hast, ist hier im Kochkurs, glaube ich, niemandem entgangen. Und da hast du auch Recht, da kann man schon hinsehen.«

Froelich wand sich unbehaglich auf seinem Stuhl.

»Nun ist es nur so, dass wir über all die Jahre den Kontakt zu Horst Stiebich nie verloren haben. In allen Ehren natürlich«, hob sie gleich abwehrend die Hände. »Aber wenn man so lange in einem Ort wohnt, begegnet man sich immer wieder. Horst ist jedenfalls ledig geblieben und war ein gutaussehender Mann bis zuletzt. So ein Charmeur mit grauen Schläfen, wie sie früher in den Kinofilmen so beliebt waren.«

»Heesters, Albers, Rühmann …«, seufzte Dorothea.

Damit konnte Froelich als Beschreibung nicht viel anfangen, denn zwischen dem Äußeren von Johannes Heesters, Hans Albers und Heinz Rühmann lagen nun doch Welten.

»Großzügig war er auch: Er hat viel von seinem Geld gespendet, für Vereine hier in Merklingen und auch drüben in Weil der Stadt. Irgendwann war es ihm aber wohl zu mühsam, seinen Alltag selbst zu organisieren, und er mietete sich im Altersheim in Renningen ein.«

Froelich nickte, um Hilde zu ermuntern, weiterzuerzählen. Manches von dem, was er hier zu hören bekam, kannte er schon aus Peter Prags' Notizen.

»Horst war schon seit seiner Kindheit mit seinem Nachbarn Manfred Wessel befreundet und auch später, als Manfred zur Witwe seines Bruders zog, wohnte er nur eine Straße weiter von ihm entfernt. Du weißt, dass Anita seine Nichte war?«

Froelich nickte erneut.

»Dachte ich mir. Anita hat sich jedenfalls sehr um ihren Onkel Manfred gekümmert, die waren richtig eng miteinander. Darüber haben sich alle, die sie kannten, sehr gefreut, denn mit dem Tod von Anitas Vater fehlte halt eine männliche Bezugsperson für das Mädle. Als Manfred schließlich starb, war Anita völlig am Boden zerstört. Die wollte ein paar Wochen lang mit gar niemandem mehr reden. Und wenn ich sie zufällig mal auf dem Friedhof getroffen habe – das Grab meiner Eltern liegt nur ein paar Meter neben der Stelle, an der Manfred Wessel, seine Frau und sein Bruder begraben liegen –, war sie immer ganz kurz angebunden, obwohl wir damals schon zusammen bei den Landfrauen engagiert waren.«

Sie nahm einen Schluck Wein, und Froelich wartete ungeduldig.

»Dann, nach vielleicht acht oder neun Wochen, war das vorbei. Es war, als hätte Anita ihre trübe Stimmung einfach ausgeknipst. Sie war wieder freundlich wie früher, zuvorkommend, hilfsbereit, offen für alles und interessiert an jedem.«

Hilde schüttelte den Kopf, nahm noch einen Schluck und hielt Dorothea das leere Glas hin. Die schenkte nach und füllte auch Froelichs Glas wieder auf.

»Na ja«, warf Froelich ein. »Sie wird mit dem Tod des Onkels halt irgendwann fertig geworden sein.«

»Ja, das schon, aber mir kam das so plötzlich vor. Als habe sie für sich eine Entscheidung getroffen. Kennst du das? Du stehst vor einem Problem und grübelst und kommst einfach auf keine Lösung. Und dann, eines Tages, fällt dir eine Möglichkeit ein, du siehst plötzlich einen Ausweg, krempelst die Ärmel hoch und packst an. So kam mir das vor.«

»Aha, ›Ärmel hochkrempeln und anpacken‹ – wie du das formulierst, passt es für mich irgendwie nicht zu einem Trauerfall.«

»Eben, aber genauso habe ich es damals empfunden. Und kurz danach erfahre ich, dass sich Anita zusätzlich zu ihrem Job im Altersheim in ihrer Freizeit auch noch um alte Leute kümmert. Horst Stiebich, das konnte ich noch verstehen – das war ja der Freund ihres geliebten Onkels. Aber es gab noch viele andere, auch Frau Weinmann. Und die ist nun tot, Stiebich auch und einige andere.«

Froelich starrte Hilde erstaunt an. »Und was willst du damit sagen?«

Hilde betrachtete ihn forschend, dann seufzte sie. »Dorothea und ich haben längst mitbekommen, dass du Agathe Weinmann für das Opfer eines Verbrechens hältst.«

Dorothea nickte und beobachtete Froelich aufmerksam.

»Übrigens fand ich sie nicht besonders nett. Mit ihrem Geld und ihrem Gehabe führte sie sich immer auf, als sei sie etwas Besseres, nur weil sie in Ostelsheim mit einem leitenden Angestellten verheiratet gewesen war.«

Froelich war überrascht: Hilde hatte diese Sätze geradezu wütend ausgespuckt. Über ihren plötzlichen Ausbruch war sie wohl selbst ein wenig erschrocken, denn nun atmete sie tief durch und fuhr dann ruhiger fort.

»Tut mir leid, aber diese hochnäsige Schnepfe ging mir gewaltig auf die Nerven. Wie die immer in den Raum schwebte, ihr Täschchen schwenkte und mit ihrem Scheckbuch wedelte. Natürlich schleimten sich sofort alle bei ihr ein, um ja auch etwas von ihrem Geld abzubekommen. Widerlich ...«

»Hör mal, Hilde«, schaltete sich Dorothea ein, »so schlimm war Frau Weinmann nun auch wieder nicht. Ihr konntet euch eben nicht leiden, das kommt vor.«

»Pah!«, machte Hilde und sah beleidigt aus.

»Hilde hat mal einen Kurs gegeben hier im Remigius-Haus. Wir haben Adventskränze gebastelt und sie hat einen besonders schönen gemacht, der hier vor der Eingangstür aufgehängt werden sollte. Der war wirklich schön und wir alle haben Hilde dafür bewundert, dass sie so geschickt ist in solchen Dingen und auch so viel Geschmack hat.«

»Und was hat das mit Frau Weinmann zu tun?«

»Na ja, die kam an diesem Abend hereingestöckelt und hatte für teures Geld vom Gärtner einen noch größeren, ziemlich protzigen Adventskranz machen lassen. Unsere damalige Landfrauen-Vorsitzende, die Vorgängerin von Frau Maier, konnte sich kaum zurückhalten vor lauter gespielter Begeisterung – schließlich war ja Ende November, und meistens zwischen drittem und viertem Advent stellte Frau Weinmann den Landfrauen einen Scheck aus. Tja, und so dienerte und schleimte unsere alte Chefin so lange, bis schließlich Frau Weinmanns Kranz an der Tür hing und Hilde ihr Prunkstück mit nach Hause nehmen musste.«

»Jetzt ist es ja auch gut, Dorothea«, brummte Hilde dazwischen. »Das will Gottfried doch alles gar nicht wissen ...«

Froelich hatte die Geschichte insgeheim sehr amüsiert, aber er bemühte sich dennoch Hilde zuliebe um einen betroffenen Gesichtsausdruck.

»Wir wollen dich nur bitten, ein wenig vorsichtig zu sein, wenn du dich auf Anita einlässt. Schau: Die pflegt alte Leute, pflegt sie vielleicht zu Tode ...«

»Also, Hilde!« Dorothea hielt sich erschrocken die Hand vor den Mund.

»Nein, Dorothea, ganz im Ernst: Was wissen wir denn schon darüber? Manches wirkt halt schon ziemlich seltsam. Und wenn Gottfried nun auch etwas passiert?«

Dorothea sah sie mit offenem Mund an.

»Gottfried lebt allein, Geld hat er auch ...«

»Aber im Altersheim bin ich ja noch nicht, oder?«

Gottfried Froelich versuchte Hildes Befürchtung mit seinem scherzhaften Ton zu entschärfen, aber es lachte keine der beiden Frauen.

»Pass auf dich auf, Gottfried«, murmelte Hilde und sah ihn lange an, in ihrem Blick lag fast etwas Flehendes. »Pass bitte einfach auf dich auf.«

Freitag

Froelich sah auf die Uhr. Er war rechtzeitig fertig geworden. Geduscht, geföhnt und für seine Verhältnisse auch fast modisch gekleidet stand er im Esszimmer und wartete auf Anita, die nun jeden Augenblick zum Putzen kommen musste.

Im Büro hatte er sich Kleinkram zum Arbeiten vorbereitet, den er jederzeit unterbrechen konnte. So konnte er beschäftigt erscheinen, war aber sofort zur Stelle, wenn Anita fertig war. Ein schwerer Bordeaux war schon dekantiert und wartete in der Küche auf seinen Einsatz, Rotweingläser und eine Schale mit Gebäckstangen aus dem Supermarkt, die mit etwas Käse und vermutlich viel Fett ausgebacken waren, hatte er schon auf den Esstisch gestellt.

Es klingelte, allerdings nicht an der Tür. Er ging ans Telefon: Es war Anita, die wegen ihrer Fingerverletzung vom Vorabend für heute absagte.

»Geht schon wieder, aber es pulst halt noch ganz schön. Fähringer meinte, ich solle die Wunde noch ein, zwei Tage ruhen lassen«, erklärte Anita.

»Hat Fähringer arg genervt?«, fragte Froelich, was er sofort wieder bereute – er wollte auf keinen Fall eifersüchtig erscheinen.

Aber Anita lachte nur: »Nein, nein, das ging schon. Ich weiß mir gegen solche Typen schon zu helfen, keine Bange.«

Sie plauderten noch zwei Minuten miteinander, schließlich versprach Anita, auf jeden Fall am Dienstag zum Putzen zu kommen. Dann stand Gottfried Froelich enttäuscht am Esstisch. Die beiden Gläser fand er nun zu deprimierend, um daheim zu bleiben.

Er ging zur Garderobe und nahm die Jacke vom Haken. Als er gerade umständlich am Reißverschluss nestelte und zur Treppe hin ging, klingelte das Telefon schon wieder. Ein Blick aus den Augenwinkeln zeigte ihm, dass der Anrufbeantworter eingeschaltet war. Er ging weiter.

Er hatte erst drei Stufen hinter sich gebracht, als seine Ansage zu Ende war und die Aufnahme begann. Aus dem Apparat hörte er die Stimme von Ingeborg Coordes.

»Schade, dass Sie nicht da sind«, sagte sie gerade, als Froelich das Gerät erreichte.

»Hallo?«, rief er in den Hörer.

»Hallo, Herr Froelich. Wo habe ich Sie denn hergeholt? Sie sind ja ganz außer Atem!«

»Ach, äh ...« Er hatte die drei Stufen fast mit einem Satz genommen, den Rest seiner spärlichen Kondition verbrauchte er auf den zwei Metern bis zum Telefon. »Was gibt's denn?«

»Passt es Ihnen gerade nicht?« Der etwas enttäuschte Unterton in Ingeborg Coordes' Stimme verriet Froelich, dass seine Frage wohl doch etwas patziger als gewollt geklungen hatte.

»Nein, nein, passt prima«, beeilte er sich zu versichern.

»Gut«, sagte Ingeborg Coordes. »Ich wollte mich mal wieder mit Ihnen austauschen. Ein paar Sachen habe ich herausgefunden, aber viel ist es leider nicht. Oder … wir können auch am Telefon …«

»Nein, wir können uns gerne treffen. Ich wollte eh gerade los. Also setze ich mich ins Auto und komme zu Ihnen nach Herrenberg. Das geht sicher auch mal ohne süße Stückle.«

Ingeborg Coordes lachte heiser und Froelich hatte Anita schon vergessen.

»Nein«, sagte sie. »Nun bin ich mal dran: Ich komme zu Ihnen, wenn es Ihnen recht ist. Gibt es denn in Weil der Stadt ein schönes Fleckchen, wo man sich unterhalten und vielleicht auch ein bisschen Musik hören kann?«

»Klar doch, da wollte ich nämlich gerade hin.«

Froelich nannte Ingeborg Coordes seine Stammkneipe »Chick'n'Egg« und beschrieb ihr danach den Weg zu seinem Haus. Etwa eine halbe Stunde später bog ein gelber Zweisitzer in den Hof des Instituts Froelich ein. Ingeborg Coordes hatte gerade die Scheinwerfer ausgeschaltet, als Froelich aus der Haustür trat und auf den Wagen zuging.

Sie stieg aus, schwang sich eine überraschend große Tasche über die Schulter und sah Froelich erwartungsvoll an: »So, nun zeigen Sie mir mal diese tolle Kneipe.«

Sie strahlte ihn an, er strahlte zurück, und dann gingen sie los. Froelich führte seinen Gast an der südlichen Stadtmauer entlang, durch das schmale Fußgängertor hindurch, in die Altstadt und über die Stuttgarter Straße am Narrenbrunnen vorbei bis hin zum Marktplatz. Nicht ganz zufällig wählte er einen Weg zum »Chick'n'Egg«, der möglichst viele Postkarten-Motive streifte.

»Schön, schön«, nickte Ingeborg Coordes dann auch ein ums andere Mal, während Froelich versuchte, mit ihr Schritt zu halten, ohne dadurch allzu atemlos zu werden.

Als sich vor ihnen der Marktplatz öffnete, verlangsamten sie ihre Schritte und blieben schließlich schräg gegenüber des Rathauses auf dem Gehweg stehen.

»Da sitzt also der gute Herr Kepler«, grinste Ingeborg Coordes und betrachtete das imposante Denkmal für einen der beiden berühmtesten Söhne der Stadt. »Der wird ja in diesem Jahr ganz heftig gefeiert.«

Froelich nickte und deutete zu dem kleinen Häuschen, das sich neben dem Rathaus in die Mündung der Keplergasse in den Marktplatz duckte: »Das ist das Kepler-Museum, und die hiesige Kepler-Gesellschaft ist wegen des Astronomischen Jahres 2009 auch ganz schön im Stress.«

»Ich auch«, lachte Ingeborg Coordes, und Froelichs Nackenhaare stellten sich verlässlich auf. »Ich habe eine Stuttgarter Theatertruppe während der Proben für ein Stück über Kepler begleitet. Warten Sie … ›Harmonie und Widerstand‹ heißt das Stück.«

»Und was überwog?«

»Überwog? Wieso?«

»Na ja, wenn sich das Stück mit Harmonie und mit Widerstand befasst …«

»Ach so«, meinte Ingeborg Coordes und lächelte matt.

»Schade, dass es nicht zu einem Lachen gereicht hat«, dachte Froelich. Er würde sich mehr Mühe geben müssen, wenn er auch selbst etwas von seinen Pointen haben wollte.

»Ja, ja, das haben die ganz gut hinbekommen. Die haben übrigens für das Stück auch mit Ihrer Kepler-Gesellschaft hier zusammengearbeitet.«

»Das passt ja.«

»Genau, aber genug von Kepler: Wo ist denn nun die Kneipe? Allmählich habe ich Durst – und zu essen könnte ich auch etwas vertragen.«

»Es ist nicht mehr weit, kommen Sie.«

Sie überquerten den Marktplatz und folgten der Pforzheimer Straße bergauf. Schließlich deutete Froelich zwischen zwei Gebäuden hindurch auf eine frühere Scheune oder ein ehemaliges Stallgebäude, das mit einer riesigen Glasfront ausgestattet worden war. Hinter dem Glas drängten sich schon einige Gäste, und zuckende Strahler in einer Ecke verrieten, dass das »Chick'n'Egg« für diesen Abend eine Live-Band gebucht hatte.

»Das nenne ich Glück!«, freute sich Ingeborg Coordes und hielt sofort auf den Eingang der Wirtschaft zu.

An und zwischen den Tischen vor der kleinen Bühne herrschte heilloses Gedränge, aber an einem Tisch in der Ecke waren noch zwei Plätze frei. Froelich überließ Ingeborg Coordes den Platz, der noch einigermaßen den Blick auf die Band ermöglichte, er selbst setzte sich an die Stirnseite des Tisches ihr schräg gegenüber. Das hatte unter anderem den Vorteil, dass er seine Platznachbarin unauffällig beobachten konnte, wenn sie zur Band hinsah.

Jo Weller, der Wirt, kam zu ihnen herüber, klopfte Froelich auf die Schulter und begrüßte Ingeborg mit Handschlag.

»Na«, fragte er dann lächelnd zu Froelich hin, wobei er wegen der Band allerdings fast schreien musste, »wen hast du denn heute mitgebracht?«

Froelich stellte die beiden einander vor und sah aus den Augenwinkeln, dass Ingeborg Coordes die VIP-Begrüßung durchaus genoss.

Sie bestellten Bier und Bratwürste – sie mit Meerrettich und Brot, er mit Kartoffelsalat – und wandten sich der Band zu, so gut es ging. Als das Bier kam, prosteten sie sich gutgelaunt zu.

»Das mit dem Reden müssen wir wohl noch etwas verschieben«, rief ihm Ingeborg Coordes zu und nickte zur Band hinüber. Froelich nickte und lächelte.

Als die Band Pause machte, kamen die Bratwürste und Ingeborg Coordes begann zwischen den ersten Happen zu erzählen.

»Ich habe mich etwas umgehört und vor allem online recherchiert, damit ich nicht zu viel Staub aufwirble – ich weiß ja noch gar nicht, ob dabei wirklich eine Story herauskommt.«

Froelich schob sich eine übervolle Gabel Kartoffelsalat in den Mund und hörte kauend zu.

»Die Spur in die Autobranche scheint im Sand zu verlaufen. Es wurde nie über den angeblichen Betrug oder über etwaige Bestechungen berichtet. Das muss die Firma intern und sehr geschickt gelöst haben – sofern es einen solchen Fall überhaupt gab.«

Froelich öffnete den Mund, um zu protestieren.

»Ja, schon gut«, wehrte Ingeborg Coordes ab, bevor er etwas sagen konnte. »Ist ja auch egal und ich will das ja alles auch gar nicht anzweifeln. Es ist nur so, dass das nichts für einen Artikel ist. Mit ein, zwei Leuten, die damals bei der Firma gekündigt haben, konnte ich reden.«

»Wie haben Sie die denn gefunden?«

»Na, ich habe meinen Job als Journalistin schon gelernt – da gehört das eben zum Handwerkszeug.«

»Respekt!«

»Danke, danke«, grinste Ingeborg Coordes. »Aber jetzt mal Schmus beiseite: Da will sich heute nach all den Jahren keiner mehr die Finger verbrennen. Einer zog ein wenig vom Leder, aber der roch morgens um elf schon streng nach Schnaps und Bier – der Typ wäre mir als Kronzeuge dann doch zu unsicher.«

Froelich nickte und aß weiter.

»Bleibt noch die Geschichte mit den alljährlich so pünktlich verstorbenen Spendern«, fuhr sie eine halbe Bratwurst später fort. »Das ist wirklich seltsam.«

»Gell?«

»Ich bin die Liste mal durchgegangen, die Sie mir gemailt haben. Es schienen tatsächlich alle vor ihrem Tod gesund gewesen zu sein.«

»Da haben Sie einfach gefragt? Wen denn? Und wie?«

Froelich kam aus dem Staunen nicht heraus.

»Psst … Berufsgeheimnis!«, lächelte Ingeborg Coordes und legte einen Zeigefinger an die Lippen. Dabei bemerkte sie etwas Meerrettich auf der Fingerspitze und leckte ihn genießerisch ab. Froelich sah ihr wie gebannt zu. Für ihn hatte sie inzwischen ein gefühltes Alter von 25 erreicht.

»Ist was?«, fragte sie schelmisch, als sie Froelichs Blick bemerkte. Der schüttelte hastig den Kopf und wurde puterrot. Ingeborg Coordes lachte, was es für Froelich nicht leichter machte, ganz normal dreinzublicken.

»Na ja, die waren also so weit gesund und starben demnach einfach so, und alle einfach so im März oder April.«

»Der März ist schon ein Monat, in dem viele Leute sterben«, warf Froelich ein. »Außerdem haben wir im Mai, August, November und Januar meistens ordentlich zu tun.«

»Warten Sie mal«, sagte Ingeborg Coordes und kramte drei Computerausdrucke aus ihrer Tasche. »Das habe ich auf einem Statistikportal im Internet gefunden.« Drei Schaubilder zeigten die Sterbehäufigkeit von Vätern, Müttern und Ehepartnern an. »Keine Ahnung, wie verlässlich das nun ist, aber es passt ja ganz gut auf Ihre Beschreibung.«

Froelich überflog die Ausdrucke. »Kann ich die mitnehmen?«

»Klar, bitte schön. Aber es bleibt seltsam, dass es eine so auffällige Häufung innerhalb dieser speziellen Gruppe gibt: wohlhabend, spendabel, ganz oder fast ohne Familie und im Altersheim untergebracht.«

»Okay, und wie bringt uns das nun weiter?«

»Ich habe ein wenig nachgebohrt. Alle Senioren auf Ihrer Liste hatten sich auch schon vor ihrem Umzug ins Altersheim Hilfe geholt.«

»Sehr vernünftig, aber auch nicht besonders ungewöhnlich, würde ich sagen.«

»Stimmt, aber keine der Frauen, keiner der Männer hatte dafür einen der offiziellen Pflegedienste engagiert.«

»Die hatten also jemanden, der ihnen gewissermaßen privat half? Vielleicht auch schwarz bezahlt? Ja, und?«

»Nein, nein, das lief wohl offiziell, mit Rechnung und allem – zumindest für den Teil der Kosten, den ich recherchieren konnte.«

»Wir haben also lauter vorbildliche Senioren auf der Liste, die aber alle tot sind.« Froelich zuckte mit den Schultern. Für ihn ergab sich daraus kein Ansatz, der weitere Informationen versprach.

»Nur ...« Ingeborg Coordes beugte sich vor und senkte ihre Stimme etwas. »Die hatten alle dieselbe Helferin. Übrigens eine Frau, die auch im Hauptberuf Altenpflegerin ist, eine gelernte Kraft, die sich in ihrer Freizeit etwas dazu verdient.«

Froelich war bleich geworden. Er nahm einen tiefen Schluck Bier, wischte sich den Schaum von den Lippen und fragte dann: »Anita Wessel?«

Als Ingeborg Coordes staunend nickte, fuhr ein fürchterlich lauter Schlag durch das »Chick'n'Egg«. Die Band begann mit einem knackigen Schlagzeug-Einsatz die zweite Hälfte ihres Konzerts.

* * *

Die Band hatte längst zu spielen aufgehört, als Froelich Ingeborg Coordes erklärte, wie er auf Anita Wessel gekommen war und woher er sie kannte.

»Und die ist tatsächlich seit ein paar Wochen Ihre Putzfrau?« Froelich nickte. »Das ist ja schräg ...«

»Und das ist längst noch nicht alles: Donnerstags nehme ich an einem Kochkurs im Nachbarort teil – dort macht sie auch mit.«

»Zufall oder ...?« Ingeborg Coordes legte einen witzigen Ton in ihre Stimme, aber sie sah Froelich durchaus ernst an.

»Das war ihre Bedingung dafür, dass sie mir als Putzfrau hilft.«

»Das wird ja immer besser!«, lachte Coordes und Froelich schloss kurz die Augen. »Sind Sie denn mit dieser Anita befreundet? Ich meine, äh … zusammen – oder wie sagt man da?«

Als Froelich die Augen wieder öffnete, sah Ingeborg Coordes ihn ernst an.

»Nein«, schüttelte Froelich schließlich den Kopf. »Natürlich nicht. Schauen Sie mich doch an – und Anita ist ein richtig hübsches Mädchen, nicht ganz meine Kragenweite, sozusagen.«

»Ach, du meine Güte, Herr Froelich«, grinste Ingeborg Coordes und war in Froelichs Augen auf dem besten Weg dahin, ihre Volljährigkeit einzubüßen. »Lassen Sie sich so etwas bloß nicht einreden. Ich zum Beispiel finde Männer mit Bauch sehr angenehm – was soll ich mit so einem Hungerhaken, der nie Zeit hat, mit mir schön essen zu gehen, weil er schon wieder ins Fitness-Studio muss? Nein, danke.«

Froelich sah sie erstaunt an und merkte gar nicht, wie sich ein zunehmend schwärmerischer Ausdruck auf sein Gesicht legte.

»Und ein hübsches Mädchen bin ich ja wohl auch, oder?«

»Was?« Froelich schreckte auf, weil er während des letzten Satzes nur halb zugehört hatte. »Ich … Ja, natürlich, aber sicher!«, stammelte er und versank fast in ihren Augen.

»Außerdem läuft Ihnen ein dicker Mann auch nicht so schnell weg«, tönte eine tiefe, raue Stimme hinter Froelich. Er drehte sich um und sah den Sänger der heutigen Band vor sich: einen Zwei-Meter-Koloss, der ungefähr seine Bundgröße hatte und das Publikum im »Chick'n'Egg« mit seiner gewaltigen Bluesröhre begeistert hatte.

»Glauben Sie mir«, lachte Ingeborg Coordes und zwinkerte dem Sänger zu, »das weiß ich schon zu verhindern …«

Froelich spürte aufkommende Eifersucht in seinen Eingeweiden rumoren.

»Glaube ich Ihnen aufs Wort«, versetzte der Sänger, »aber ich bin eigentlich seinetwegen an euren Tisch gekommen.« Damit deutete er auf Froelich. »Du sollst ein guter

Keyboarder sein. Hättest du noch Lust auf eine kleine Session, bevor wir unseren Kram einpacken? Der Wirt hat so etwas angedeutet.«

»Nein, heute nicht«, lehnte Froelich ab. »Wir wollen dann auch gleich los.«

»Oh, stimmt ja«, sagte Ingeborg Coordes schnell und sah auf ihre Armbanduhr. Sie hatte Froelichs Wink mit dem Zaunpfahl erstaunlich schnell bemerkt und aufgegriffen. »Also dann, macht's mal gut mit eurer Band!«

Damit trollte sich der Sänger wieder zu seinen Mitmusikern, Froelich winkte Jo Weller heran und beglich die Rechnung.

Als sie auf dem Rückweg den Marktplatz gerade hinter sich gebracht hatten, setzte leichter Nieselregen ein, der aber glücklicherweise erst stärker wurde, als sie Froelichs Haus erreicht hatten.

»Hatten Sie heute echt keine Lust auf eine Session?«

»Nein«, antwortete Froelich. »Wir haben uns so gut unterhalten, das war mir einfach lieber.«

»Das ist aber nett, danke. Aber wenn Sie in dieser Kneipe einen so guten Ruf haben, sollte ich meinen Bass auch mal mitbringen, was meinen Sie?«

»Ja, gute Idee«, lachte Froelich und bedauerte, dass der gemeinsame Abend nun gleich zu Ende sein würde.

»Haben Sie hier im Haus auch Ihr Bestattungsinstitut?«, fragte Ingeborg Coordes nach einer kurzen Pause.

»Ja, oben die Wohnung, unten das Institut und ganz unten im Keller der Kühlraum.«

»Könnte ich den mal sehen?« Froelich stutzte und sah sie wohl allzu hoffnungsvoll an, denn sofort schob sie nach: »Nicht, dass Sie das Falsche denken: Ich will keinen Kaffee trinken und auch keine Briefmarkensammlung sehen – ich war eben noch nie in so einem Kühlraum. Und ich glaube fast, ich habe da eine etwas morbide Ader …«

Froelich zuckte mit den Schultern. »Warum nicht?«, sagte er dann und ging ihr voraus ins Haus. Im Keller schob er die Tür zum Kühlraum auf und schaltete die Beleuchtung ein. Ingeborg Coordes ging einige Schritte in den Raum hinein, blieb neben Froelich stehen und drückte sich ein wenig an ihn. Sie sah aus, als würde sie nicht nur wegen der Temperatur frösteln.

»Ist denn gerade ein Toter hier?«

»Ja, dahinten liegt eine junge Frau, die gestern von einem Schulbus überfahren wurde. Wäre sie ein paar Tage später über die Straße gegangen, wäre nichts passiert.«

»Hm?«

»Na, am nächsten Mittwoch beginnen die Osterferien, da fährt der Schulbus nicht.«

»Also Herr Froelich, Sie haben schon einen makabren Humor, wissen Sie das?«

»Gottfried, bitte«, sagte er leise.

»Gottfried? Okay, Sie haben … du hast Recht, das können wir gerne machen.« Sie sah ihn eine Zeitlang ruhig an, mit ernstem Blick, aber nicht unfreundlich. Dann schlich sich ein Lächeln in ihre Miene und sie meinte: »Ich bin Ingeborg, aber wehe, du sagst nicht Inge zu mir …!« Damit beugte sie sich zu ihm hinüber und hauchte ihm einen Kuss auf die Wange.

Gottfried Froelich stand noch lichterloh in Flammen, als sie kurz darauf mit ihrem gelben Zweisitzer längst wieder auf dem Weg nach Herrenberg war.

Samstag

Mit einem leisen »Pling« meldete Froelichs Computer, dass neue Nachrichten in der Mailbox warteten. Froelich klickte sich kurz durch einige Spam-Mails und verschob sie in den Papierkorb. Dann stieß er auf eine Info-Mail eines seiner Lieferanten, auf eine Nachricht eines ehemaligen Mitschülers, der offenbar ein Klassentreffen seines Abi-Jahrgangs 1989 organisieren wollte.

Die Zeile darunter meldete eine neue Nachricht von Ingeborg Coordes, abgeschickt heute früh um 5.47 Uhr. Sofort klickte er sie an und las: »Lieber Gottfried, danke für den schönen Abend gestern. Ich hoffe, ich habe dich nicht überrumpelt mit meinem Kuss, aber mir war einfach danach ;-)«

Ein warmes Gefühl durchflutete Gottfried Froelich und er las weiter.

»Heute ist für mich ein schwieriger Tag, und als ich vorhin darüber nachdachte, ob ich mit jemandem über diesen Tag und den Grund dafür, dass er mir jedes Jahr so sehr zu schaffen macht, reden möchte, kamst als erstes du mir in den Sinn. Ich hoffe, du findest das nicht zu aufdringlich, aber wenn du Zeit hättest, würde ich dich gerne treffen. Heute geht es leider nicht, da ist mit mir nichts Gescheites anzufangen, aber wenn du morgen nichts Besseres vorhast ... Mail doch einfach kurz Bescheid. Danke, Inge.«

Er hatte natürlich nichts Besseres vor, nur einen Termin am Sonntagvormittag musste er beachten.

»Liebe Inge, nein, du hast mich nicht überrumpelt gestern Abend. Oder doch: hast du, aber ich bin froh darüber. Weißt du, ich bin ein richtiger Hasenfuß in solchen Dingen ;-)«

Er las den bisherigen Text und löschte das meiste wieder. » ...nicht überrumpelt gestern Abend«, ließ er stehen, dann tippte er weiter: »Mir hat der Abend auch sehr gut gefallen – der GANZE Abend, ehrlich. Und ich freue mich sehr, wenn du mich morgen treffen möchtest.«

Froelich las den Text noch einmal und wollte einen Teil schon wieder löschen – da beschloss er, einfach einmal etwas mutiger zu sein in »solchen Dingen« und ließ alles so stehen. »Ich habe natürlich Zeit«, schrieb er nun, »und ich habe nichts Besseres vor. Nur am Vormittag habe ich noch einen Termin: Ich spiele Orgel bei uns in der katholischen Kirche, bin dort aber noch vor 12.00 Uhr fertig. Soll ich dich gleich danach abholen oder treffen wir uns irgendwo?«

Inges Antwort traf schon fünf Minuten später ein.

»Lieber Gottfried, schön, dass das klappt. Wie wäre es denn, wenn wir uns um etwa 12.00 Uhr morgen treffen? Ich komme nach Weil der Stadt und werde es wohl bis dahin zu deinem Haus schaffen. Du hast dann sicher eine Idee, wo wir schön essen gehen könnten, ja? PS: Das sollte jetzt keine Anspielung sein! Bis morgen, tschüs, Inge!«

Froelich lächelte. Dann schaltete er den Computer aus und ging in seinem Büro auf und ab. Er war nervös wie ein Teenager vor dem ersten Date, und irgendwie war die Verabredung für morgen ja auch sein erstes richtiges Date mit Ingeborg Coordes.

Sonntag

Gottfried Froelich ließ den letzten Akkord erklingen und er drückte die Tasten der Orgel mit wahrer Inbrunst, so sehr fieberte er der Verabredung mit Ingeborg Coordes entgegen.

Der Ton verhallte, die Gemeinde verließ die Kirche, und draußen vor den Toren von St. Peter und Paul standen die Gläubigen in Grüppchen beisammen und tratschten, plauderten, scherzten. Froelich nickte im Hinausgehen Pfarrer Staupitz zu, der an einer der Türen stand und die Besucher verabschiedete, dann trat er in die Sonne hinaus und atmete tief die würzige Frühlingsluft ein.

Er genoss auch den leichten Zigarettengeruch, der von einer Menschengruppe neben ihm herüberwehte. Schnuppernd drehte er sich ein wenig in die Richtung des Rauchers, dann wandte er sich wieder der Treppe zu, die von der Kirche hinunter zur Stuttgarter Straße führte. Er konnte gerade noch mitten im Schritt innehalten: Direkt vor ihm stand Ingeborg Coordes und strahlte ihn an.

»Hallo, Gottfried!«

»Hallo, Inge!«, erwiderte Froelich verblüfft. »Das ist ja eine nette Überraschung!« Er hielt Inge die Hand hin, aber die griff nach seinen Armen und drückte ihm einen Begrüßungskuss auf die Wange. Froelich fasste sie danach an beiden Händen, hielt sie vor sich und betrachtete sie lächelnd.

»Schön, dass du so schnell rot wirst«, lächelte Inge schelmisch und hakte sich schließlich bei ihm unter. Der völlig verwirrte Gottfried ging mit ihr die Treppe hinunter und spürte geradezu die Blicke von Pfarrer Staupitz in seinem Rücken. Unten auf der letzten Stufe drehte er sich um, und tatsächlich: Staupitz schaute ihm und seiner Begleitung mit breitem Grinsen hinterher. Als er Froelichs Blick auffing, zwinkerte er ihm freundlich zu und wandte sich dann wieder zu einem der Kirchgänger um.

Inge erzählte ihm von einem Habicht, den sie auf der Herfahrt gesehen hatte. Der Vogel war aus großer Höhe auf ein Feld herabgestoßen, aber Inge hatte wegen einiger Büsche am Straßenrand nicht gesehen, was er erbeutet hatte. Dann verriet sie ihm, dass sie extra früher losgefahren war, um ihn in der Kirche Orgel spielen zu hören.

»Ich bin evangelisch und auch nicht gerade ein eifriger Kirchgänger«, lachte sie und Froelich genoss den Klang ihrer Stimme. »Aber das hat mir gut gefallen. Ich musste zwar ständig darauf achten, was alle anderen um mich herum machten, damit ich nicht allzu unangenehm auffiel. Sogar bekreuzigt habe ich mich.« Sie deutete auf ihrem Oberkörper nacheinander die vier Endpunkte eines gedachten Kreuzes an, erst oben, dann unten, dann links, dann rechts. »Richtig so?«

»Ja, Respekt«, lobte Froelich sie. »Gut aufgepasst, Inge.«

»Aber das Beste war natürlich der Mann an der Orgel. Kennst du den?« Sie lachte wieder und stieß Froelich dabei sanft in die Seite.

»Ach, dein Lachen …«, entfuhr es Froelich und er biss sich sofort auf die Lippen – zu spät.

»Was ist mit meinem Lachen?«

»Ich … äh …«

»Oh, süß: Du wirst schon wieder rot«, neckte sie ihn und schob sich etwas näher an ihn heran. »Mein Lachen scheint dir zu gefallen!«, raunte sie ihm zu. »Schön, freut mich.« Sie hakte sich unter.

Zunehmend stolz flanierte Froelich mit Inge durch die Innenstadt, grüßte lächelnd nach links und rechts, nahm einen Umweg über die Badtorstraße, vorbei am kleinen Kino und außen herum um die Stadtbefestigung.

Als sie sich schließlich in dem von ihm vorgeschlagenen Restaurant mit Stäbchen über Ente und Rind mit Reis und allerlei Gemüse hermachten, fragte Froelich, was Inge ihm denn über den gestrigen Tag erzählen wolle. Sie wurde still und aß ein Weilchen kommentarlos weiter.

»Lass uns das nachher draußen bereden, okay?«, sagte sie schließlich und sah dabei so traurig aus, dass es Froelich schon leid tat, sie überhaupt darauf angesprochen zu haben.

Zwei Kännchen Jasmintee, zwei Gläschen Pflaumenwein und zwei Teller frittierte und in Honig getunkte Bananen später bezahlte Froelich die Rechnung und die beiden verließen das Restaurant.

Zuerst wandten sie sich nach links in Richtung Bestattungsinstitut. Doch als sie die Leonberger Straße zwischen zwei schnell in den Ort hineinfahrenden Autos überquert hatten, sah Inge linker Hand den Friedhof liegen.

»Komm, lass uns dorthin gehen«, sagte sie, hakte sich unter und zog Froelich sanft in Richtung des Friedhofs. Sie passierten die kleine Kapelle an der nordwestlichen Ecke der Friedhofsmauer und betraten den Friedhof selbst durch das danebenliegende schmale Tor. Langsam schlenderte Inge an den Gedenktafeln entlang, die innen an der Friedhofsmauer angebracht waren und teilweise schon so verwittert waren, dass manche Inschriften kaum noch zu entziffern waren.

Froelich folgte ihr wortlos, doch er hatte zunehmend Mühe, seine Neugierde zu verbergen. Aber da würde er wohl warten müssen, drängen jedenfalls wollte er Inge nicht noch einmal.

Kreuz und quer ging Inge zwischen den Gräbern hindurch und schließlich setzte sie sich auf eine Bank, die ziemlich lauschig unter einem ausladenden Baum stand, aber – weniger romantisch – vor allem den Blick auf eine Mauer der Aussegnungshalle bot. Inge sah zu Froelich hoch, der noch etwas unschlüssig neben der Bank stand.

»Komm, setz dich zu mir«, sagte sie und tätschelte mit ihrer rechten Hand die hölzerne Sitzfläche der Bank. Froelich nahm Platz und sah sie gespannt an. Inge starrte auf einen Punkt etwa einen Meter vor sich auf dem Boden. Froelich folgte ihrem Blick, aber es war natürlich nur ein imaginärer Punkt, den sie ganz in Gedanken fixierte.

»Also …«, begann sie zögernd und seufzte. »Ich wollte dir ja erzählen, was es mit dem 4. April für mich auf sich hat – und da ist dieser Platz hier etwas passender als das China-Restaurant vorhin.«

Ein älteres Paar näherte sich mit langsamen Schritten. Froelich grüßte die beiden mit einem ernsten Nicken und Inge sah ihnen schweigend nach, bis das Paar zwei Seitenwege entfernt ein Grab erreicht hatte, vor dem sie die Hände falteten und stumm stehen blieben.

»Eine solche Anlaufstelle gibt es auch für mich. In Herrenberg.«

Froelich wartete schweigend, dass sie fortfuhr. Das dauerte einige Minuten, und Inges Augen füllten sich unterdessen mit Tränen.

»Ich bin dort am Anfang jeden Tag gewesen, dann, als ich es nicht mehr aushielt, eine Zeitlang gar nicht mehr. Und nun habe ich die Erinnerung an damals so weit im Griff, dass ich das Grab einigermaßen regelmäßig besuchen kann. Nur jedes Jahr am 4. April …« Inge verstummte, Froelich hörte ein leises Schluchzen und hielt ihr ein Papiertaschentuch hin.

»Danke«, sagte sie und schluchzte leise weiter.

»Inge, du musst mir das nicht erzählen, wenn es dich so traurig macht«, murmelte Froelich.

»Aber nein, Gottfried«, schüttelte sie den Kopf. »Ich will ja. Ich will, dass es besser wird. Ich will es dir erzählen. Und ich will die Erinnerung mit jemandem teilen. Mit dir teilen.« Sie sah ihn mit feuchten Augen an und drückte seine linke Hand, fest und warm.

»Das ist schön für mich, weißt du?«, sagte Froelich und schluckte gerührt.

»Hm«, machte Inge und lächelte ein wenig.

Froelich hielt ihre Hand und wartete.

»Ich war mal verheiratet«, fuhr sie schließlich nach einer längeren Pause fort. »Ist einige Jahre her, und dass der Typ sich schließlich vom Acker machte, war ein Glück für mich. Na ja, für ihn auch – wir haben einfach nicht zusammengepasst.«

Froelich fühlte Enttäuschung in sich aufsteigen. War das die Erinnerung, die sie mit ihm teilen wollte? Er hätte sich etwas gewünscht, das ihn nicht gerade an einen anderen Mann in ihrem Leben erinnert hätte …

»Mit diesem Typen hatte ich ein Kind. Er hatte kein Interesse an unserem Sohn, hat sich schnell nach der Geburt verdrückt und war schon lange vor der Scheidung aus meinem Leben verschwunden. Na ja, zum Einfordern von Unterhalt war ich zu stolz. Ich war ja eigentlich gottfroh, dass dieser Kerl endlich von der Bildfläche verschwunden war. Der ist nach Köln oder weiter hoch in den Norden gezogen – Hauptsache weg, dachte ich damals.«

Froelich fiel auf, dass sie ein Kind bisher nicht erwähnt hatte.

»Ich kündigte meinen damaligen Job als Redakteurin einer Sonntagszeitung in Stuttgart und arbeitete von da an als freie Journalistin. Das ließ sich wesentlich leichter mit meiner Rolle als alleinerziehende Mutter vereinbaren. Wenn Max, mein Sohn, im Hort und später im Kindergarten und noch später vormittags in der Schule war, ging ich auf Recherche – und abends, wenn er im Bett lag, schrieb ich meine Texte.«

»Das klingt nicht gerade nach einem leichten Tagesablauf«, bemerkte Froelich, um das Gespräch in Gang zu halten. Inge hatte wieder eine Pause eingelegt.

»Na ja«, seufzte sie, »es ging schon. Max war auch bald richtig selbstständig, weil ich ja nicht immer Zeit hatte, ihn überallhin zu begleiten oder ihn zu fahren. Er spielte Fußball und hatte eine Menge Spaß daran.«

Sie machte wieder eine Pause und schnäuzte in das Taschentuch.

»Und da ist es dann passiert.« Sie seufzte, die Augen wurden wieder feucht und Froelich nahm Inge aus einem plötzlichen Impuls heraus in den Arm.

»Danke«, murmelte sie und schmiegte sich noch etwas enger an ihn. Schweigend saßen sie zwei Minuten auf der Bank, drei, vier.

»Es war ein Sonntag«, fuhr sie schließlich fort, »und Max hatte mit seiner Mannschaft ein Auswärtsspiel zwei Ortschaften entfernt. Am Sonntag zuvor hatte ich Max und seinen Freund zum Spiel gefahren, diesmal war die Mutter des Freundes dran. Mir war das ganz recht: Ich hatte am Montag einen Abgabetermin und wollte den Sonntag nutzen, um mit dem Text voranzukommen. Gegen elf Uhr kam dann der Anruf.«

Sie schluckte, schniefte. Froelich wartete.

»Er war tot.«

Froelich starrte sie an, weil er nicht ganz sicher war, ob er einen Teil des Gesprächs verpasst hatte.

»Er war tot«, wiederholte Inge und schnäuzte sich wieder. »Ein richtig blöder Unfall …«

»Oh«, machte Froelich und blickte betreten zu Boden. »Und ich mache am Freitag Abend noch einen dummen Witz über die vom Bus überfahrene junge Frau. Tut mir leid.«

»Lass nur«, murmelte Inge. »Es war ja auch kein Verkehrsunfall, durch den Max ums Leben kam. Das war alles so skurril – ich habe es erst gar nicht glauben wollen.«

Ingeborg Coordes seufzte noch einmal, dann wandte sie sich Froelich zu. »Stell dir vor: Die andere Mannschaft stürmt und Max steht im Tor. Die Gegner kommen immer näher, schießen aufs Tor und Max hechtet nach dem Ball. Dabei hatte er wohl nicht mehr genau im Blick, wo das Tor stand, oder er stellte sich ungeschickt an oder er wurde vom Ball getroffen – das habe ich damals nicht so ganz verstanden und es schien auch niemand so hundertprozentig sicher beschreiben zu können. Auf jeden Fall landete Max so unglücklich mit seinem Genick am Pfosten, dass er sich das Genick brach. Er sprang, stieß an den Pfosten und fiel leblos zu Boden. Der Notarzt kam gleich, auch alle Betreuer von beiden Mannschaften haben sich gekümmert – aber es hat nichts geholfen, er muss praktisch sofort tot gewesen sein.«

Froelich war sprachlos.

»Ich bin natürlich sofort hin, habe mir ein Taxi genommen – ans Steuer hätte ich mich nicht mehr setzen können. Da lag er dann noch neben dem Tor, alle um ihn herum. Mein Junge war erst zwölf und plötzlich ist er tot.«

Inge schüttelte den Kopf, als könne sie die tragische Tatsache noch immer nicht akzeptieren.

»Und du stehst da und hast niemanden, den du dafür verantwortlich machen kannst. Es war ja niemand schuld. Es standen zwar alle bedröppelt da auf dem Fußballplatz, als wollten sie sich durch eine besonders betretene Miene oder durch hängende Schultern bei mir entschuldigen für den Tod von Max – aber es hatte ja niemand Schuld! Verstehst du?«

Die letzten Worte hatte Inge so laut ausgesprochen, dass es Froelich durch Mark und Bein ging. Auch die beiden älteren Leute sahen kurz von dem Grab auf, vor dem sie standen, bevor sie sich wieder mit trauriger Miene dem kleinen Grabstein zuwandten.

»Entschuldige«, murmelte Inge, der auch aufgefallen war, wie sehr sie die Stimme erhoben hatte. Froelich drückte sie ein wenig.

»Wenn's dir hilft, kannst du so viel schreien, wie du magst.«

»Danke.«

Die beiden schwiegen einige Minuten, die beiden älteren Leute kamen wieder an ihnen vorbei. Sie nickten Inge aufmunternd zu, was mit ihren ernsten und verhärmten Mienen allerdings nicht recht gelang, und strebten dann dem nordwestlichen Ausgang zu.

»Wie lange ist das jetzt her?«, fragte Froelich, als ihm die Pause zu lang wurde.

»Gestern waren es sechzehn Jahre.«

»Wird es besser mit der Zeit?«

»Ja, ein bisschen. Aber der Spruch, dass die Zeit alle Wunden heilt, ist Blödsinn. Die Wunden vernarben und tun nicht mehr ständig weh – mehr ist offenbar nicht drin.«

Inge lachte bitter auf. Froelich drückte sie erneut an sich.

»Weißt du, was das Schlimmste ist? Also natürlich abgesehen von der Tatsache, dass er tot ist?«

Froelich schüttelte den Kopf, was Inge aber nicht sehen konnte: Sie starrte zur Aussegnungshalle hinüber.

»Du hast niemanden, den du dafür hassen kannst. Es ist keiner schuld, es ist einfach so passiert. Das macht die Sache noch brutaler, finde ich.«

»Hm«, machte Froelich.

»Schau, wenn Max überfahren worden wäre – es hätte einen Schuldigen gegeben. Oder hätte ihn jemand auf das Tor geschubst oder hätte jemand das Tor falsch aufgestellt – egal, irgendetwas, das diesem Unglück das Banale, das Zufällige nimmt. Aber da war nichts. Keiner war schuld, keiner konnte etwas dafür, keiner hätte es verhindern können – und am Ende war Max tot. Einfach so, wie nebenbei.«

Inge sah zu Froelich hin, der tieftraurig neben ihr auf der Bank saß.

»Mir ist das alles wieder durch den Kopf gegangen, als du mich wegen der alten Frau Weinmann angerufen hast. Nicht direkt während des Telefonats, aber am Abend danach. Ich hatte den Eindruck, dass du auch nicht damit fertig wurdest, dass die alte Dame einfach so gestorben ist. Einfach so, ohne dass jemand daran die Schuld hatte.«

»Na ja, sie ist ja auch nicht einfach so gestorben.«

»Okay, aber da konntest du dir damals noch nicht so sicher sein. Ich fühlte mich dir da irgendwie nahe.«

»Jederzeit gerne«, neckte sie Froelich vorsichtig, um die trübe Stimmung etwas aufzuhellen, und drückte sie erneut an sich.

Inge sah ihn ernst an, dann schlich sich tatsächlich der Hauch eines Lächelns in ihre Miene. Traurig zwar noch, aber immerhin.

»Ach, Gottfried …«, sagte sie dann und zwinkerte sich die letzten Tränen aus den Augen. »Du bist echt in Ordnung.«

Montag

Froelich hob arglos den Hörer ab, als das Telefon kurz nach acht Uhr klingelte. Er lehnte sich in seinem Bürosessel zurück und meldete sich entspannt.

»Verhayen hier, Seniorenheim Abendruh. Ich habe hier gerade die Zeitung vor mir liegen!« Die Stimme von Frida Verhayen sprang ihn an wie ein tollwütiger Hund. »Haben Sie diesen Mist schon gelesen? Und überhaupt: Wie kommen Sie dazu, diesem Schmierfinken einen solchen Unsinn zu erzählen?«

»Wie?«

»Das wird Folgen haben, das sage ich Ihnen!«

»Was, bitte schön, wird Folgen haben?«

»Jetzt tun Sie doch nicht so unschuldig. Ich lese es hier doch schwarz auf weiß. Obwohl, zum Teil auch rot auf weiß …« Verhayen lachte bitter, wetterte dann aber gleich weiter. »Was meinen Sie, was seit heute früh bei uns los ist?

Anrufe über Anrufe, mal bohren Reporter nach, mal erkundigen sich besorgte Angehörige, mal gibt es anonyme Schmähanrufe.« Frida Verhayen hatte sich immer mehr in Rage geredet, schließlich brach ihre zunehmend schrill klingende Stimme und Froelich hörte ein leises Schluchzen am anderen Ende der Leitung.

»Hallo?«, fragte Froelich. »Frau Verhayen?«

Die Leiterin des Seniorenheims Abendruh legte ohne ein weiteres Wort auf und Froelich schüttelte verblüfft den Kopf.

Er zog die Zeitung von heute aus dem kleinen Ablagefach für eingehende Post, blätterte noch einmal durch, aber ein solcher Bericht wäre ihm sicher schon heute früh beim Kaffee aufgefallen. Außerdem pflegte die Tageszeitung, die er seit Jahren abonniert hatte, keine roten Überschriften zu drucken. Hasselmann fiel ihm ein und er erhob sich ächzend.

Auf dem Weg zum Zeitschriftenladen traf er keine bekannten Gesichter, und das war ihm ganz recht. Zuerst musste er nachlesen, was heute über ihn in der Zeitung stand. Die Zeitung bezahlte er passend, aber noch als er den Laden schon wieder verlassen hatte, spürte er die interessierten Blicke des Verkäufers, der ihn ja kannte – und der sicher die Zeitung schon gelesen hatte.

Den ganzen Fußweg zurück zu seinem Institut konnte sich Froelich kaum beherrschen, aber er war nach Frida Verhayens Anruf auf das Schlimmste gefasst – und dem wollte er sich nicht in aller Öffentlichkeit stellen.

Walter Reiff war schon hinüber zum Friedhof gegangen, um einige Kleinigkeiten zu erledigen. Der Leichenwagen stand in der geöffneten Garage, die Heckklappe stand offen. Gottfried Froelich ließ sich auf der Ladekante nieder und spürte, wie die Federung des Wagens unter seinem Gewicht ein Stück nachgab.

Dann seufzte er, zog die zusammengerollte Zeitung aus seiner Jackentasche und schlug das Blatt auf. Er musste nicht lange suchen: »Wer ist Schwester Tod?«, schrie die Überschrift in riesigen Lettern, man glaubte die Hysterie der Frage fast körperlich zu spüren. Froelich stockte der Atem: »Was, um Himmels willen, ist denn in diesen Hasselmann gefahren?«, dachte er.

Ineinander montierte Fotos zeigten die Seniorenheime von Weil der Stadt, Renningen und weitere Gebäude, die Froelich nicht auf Anhieb erkannte. Unten rechts war das Krematorium in Rutesheim abgebildet. »Unentdeckte Mordserie in Seniorenheimen erschüttert das Heckengäu«, lautete der knallige Untertitel und die Bildunterschriften heizten das Thema noch weiter an: »Lauert in diesen Heimen der Tod auf Ihre Eltern?« und »Ein Bestatter schöpfte den ersten Verdacht.«

»Ach du meine Güte«, seufzte Froelich und las weiter.

»Weil der Stadt. Der Tod einer alten Dame ließ Bestatter Gottfried F. keine Ruhe. Doch was er durch seine Recherchen aufdeckte, hätte sich der alleinstehende 38-Jährige nicht träumen lassen.«

Der Vorspann, unter dem die Autorenzeile »Von unserem Reporter Ferry Hasselmann« prangte, ließ ja nun wirklich keine Wünsche mehr offen …

»Als vor wenigen Wochen die 79-jährige Agathe W. aus O. im Seniorenheim Abendruh in Weil der Stadt eines scheinbar natürlichen Todes starb, bohrte Bestatter F., dem der Tod der alten Dame verdächtig vorkam, beharrlich nach und zerrte tatsächlich ein Verbrechen ans Licht der Öffentlichkeit, eine Tragödie, deren ganzes Ausmaß heute wahrscheinlich noch gar nicht abzusehen ist.«

Froelich holte sich einen Kaffee aus der Küche, dann las er weiter.

»Der Bestatter fand heraus: Agathe W. wurde ermordet – und außer ihr noch eine bisher nicht feststehende Anzahl weiterer Frauen und Männer, die zwischen Stuttgart und Herrenberg, zwischen Calw und Böblingen in Alters- und Pflegeheimen untergebracht waren. ›Vom Ausmaß dieser

Ereignisse bin ich selbst überrascht‹, gestand Bestatter F. bleich und mit zitternder Stimme.«

Froelichs Mund stand offen. Er hatte – von dem einen kurzen Telefonat Mitte März wegen des Eintrags in Agathe Weinmanns Notizbuch abgesehen – mit diesem Hasselmann kein Wort gesprochen. »Bestatter F., der sich telefonisch an unseren Reporter gewandt und ihn um Hilfe gebeten hatte, versuchte auch ganz offiziell die Polizei einzuschalten. Aber weder die Kripo noch das Revier vor Ort hielten es für nötig, den handfesten Hinweisen von F. nachzugehen. Polizeioberkommissar Rainer Fähringer, Revierleiter in Weil der Stadt: ›Das waren Hirngespinste, dafür machen wir doch keine Überstunden!‹ Fähringer ist privat in der örtlichen Narrenzunft engagiert und ist dort derzeit stark in die Vorbereitungen für die nächste Saison eingebunden.«

Froelich ächzte: »So ein hinterhältiger Kerl«, fuhr es ihm durch den Kopf. Er konnte Fähringer zwar auch nicht leiden, aber man musste schon ziemlich bösartig sein, um ihn auf diese Weise bloßzustellen. Wahrscheinlich hatte Fähringer wie üblich einfach naiv drauflosgeplaudert und sich damit selbst ans Messer geliefert.

»Die von der Mordserie betroffenen Seniorenheime scheinen den Ernst der Lage ebenfalls nicht zu erkennen. ›Kein Kommentar‹, heißt es in Renningen nur. ›Das gibt es bei uns nicht‹, verlautet aus Calw. Und Frida V., die das ins Zwielicht geratene Seniorenheim in Weil der Stadt leitet, sagt, mit den Vorwürfen konfrontiert: ›Darum werden sich unsere Anwälte kümmern. Das wird Folgen haben.‹«

Den letzten Satz kannte er seit vorhin aus eigener Erfahrung, aber wahrscheinlich hatte Ferry Hasselmann die Kommentare völlig aus dem Zusammenhang gerissen.

»Im Krematorium in Rutesheim, wo alle möglichen Spuren durch die Feuerbestattung der ermordeten Seniorin Agathe W. ungeachtet aller Hinweise vernichtet wurden, war die Geschäftsleitung für einen Kommentar nicht zu erreichen. Hundezüchter Tom K. allerdings, der sich nahe beim Krematorium in der dort beheimateten Ortsgruppe des Vereins für Deutsche Schäferhunde engagiert, deutete Grausiges an: ›Es weiß doch keiner, was da alles schon durch den Schornstein ging …‹«

Tom K.? Froelich fiel nur einer ein, auf den das Kürzel und die Beschreibung passen könnte: Thomas Kantner, ein Sturschädel, mit dem das Krematorium ständig Scherereien hatte und der sich mit billigem Fusel schon hart an die Grenze zum Schwachsinn getrunken hatte. War das nicht auch der Mann gewesen, der mit seinem Hund am Straßenrand gewartet hatte, als er unlängst vom Krematorium nach Hause gefahren war?

»Schöne Zeugen haben Sie da, Herr Hasselmann«, seufzte Froelich und legte die Zeitung beiseite. Das Telefon klingelte und es meldete sich eine junge Frau, die sich als Reporterin eines privaten Radiosenders vorstellte.

»Kein Kommentar«, sagte Froelich und legte auf.

Das musste er bis zum Mittag noch unzählige Male wiederholen und sein Tonfall wurde immer ungnädiger. Schließlich schaltete er den Anrufbeantworter ein und verließ das Haus für einen kleinen Spaziergang.

* * *

Als er zurückkehrte, blinkte das Rotlicht am Anrufbeantworter in einem fort. Das Display zeigte 35 Nachrichten an. Er tippte auf die Nummernliste und arbeitete sich durch einen ganzen Wust von Telefonnummern mit Vorwahlen wie 089, 030 und 040. Fast hätte er den Eintrag mit der Nummer von Ingeborg Coordes übersehen. Er tippte auf »zurückrufen« und nahm den Hörer ans Ohr.

»Coordes?«, meldete sie sich.

»Ich bin's, Gottfried«, sagte Froelich und er fühlte sich seltsam matt dabei.

»Na, du machst ja Sachen!«

»Ich mache keine Sachen. Und wenn du diesen Hassel-mann-Mist meinst: Mit dem habe ich kein Wort gesprochen, nur einmal habe ich ihn kurz angerufen, um ihn nach Frau Weinmann zu fragen – das habe ich dir ja schon erzählt.«

»So liest sich das aber nicht.«

»He, hör mal …!«

»Nein, nein, ist schon gut«, beschwichtigte ihn Inge. »Ich weiß ja, wie dieser Schmierfink arbeitet. Ich hatte dich ja gewarnt.«

»Gegen eine wilde Fantasie hilft keine Warnung.«

»Stimmt. Aber Gottfried … Du musst damit rechnen, dass dir nun alle auf die Pelle rücken – und dass du Ärger bekommst wegen deiner angeblichen Kommentare.«

»Ist schon passiert. Die Chefin hier vom Seniorenheim hat mich gleich um acht angerufen und ließ mich ziemlich lautstark runterlaufen.«

»Da wirst du wohl hinmüssen, um das zu klären. Ich drück dir die Daumen. Und dann werden dich wahrscheinlich alle möglichen anderen Journalisten löchern wollen.«

»Das ging heute schon den ganzen Vormittag hindurch so.«

»Dachte ich mir fast. Meine Güte, wie die Geier – und das sind alles meine Kollegen. In solchen Momenten schäme ich mich wirklich für meinen Beruf, das kannst du mir glauben.«

»Musst du nicht, Inge. Mach es einfach besser.«

»Ich versuche es ja«, lachte sie. »Und rede dich nun in Interviews bloß nicht um Kopf und Kragen, Gottfried.«

»Keine Sorge, ich habe immer nur ›Kein Kommentar‹ gesagt oder gar nichts und gleich wieder aufgelegt. Na ja, und schließlich habe ich den Anrufbeantworter eingeschaltet.«

»Gut gemacht, Gottfried. Du lernst schnell.«

Froelich glaubte fast, ihrem Tonfall ein breites Grinsen anzuhören.

»Wie lange wird dieser Wahnsinn gehen, was glaubst du?«

»Schwer zu sagen«, überlegte Inge. »Ein paar Tage vielleicht. Irgendwann wird die nächste Sau durchs Dorf getrieben und du hast wieder Ruhe.«

»Die nächste Sau? Danke für den schönen Vergleich ...«

»Ach, Gottfried, du weißt doch, wie ich das meine. Sei nicht gleich eingeschnappt. Du brauchst jetzt schon gute Nerven, aber du schaffst das schon.«

»Soll ich mir einen Anwalt nehmen?«

»Nein, lass mal. Das musst du einfach aushalten. Bei dir in der Stadt solltest du mit allen möglichen Leuten reden, damit da nichts bleibt, was dir schadet. Wenn dich einer anquatscht wegen des blöden Artikels, dann renn nicht beleidigt weg, sondern erkläre, was alles nicht stimmt. Das ist mühsam, aber auf die Dauer hilft das wahrscheinlich am besten.«

»Und einen Widerruf oder wie das heißt?«

»Du meinst wahrscheinlich eine Gegendarstellung. Nehmen wir mal an, du setzt durch, dass sie eine drucken müssen – da haben die ihre Tricks und am Ende haben alle die falsche Story gelesen und nur ein paar die Gegendarstellung. Nein, da musst du durch: Red mit den Leuten.«

»Ich finde das eine Frechheit. Der schmiert sich da was zusammen, bekommt Geld dafür und ich habe hinterher jede Menge Arbeit, um den Mist wieder hinzubiegen. Das ist doch nicht gerecht!«

»Tja, Gottfried. Steuerprüfung, Blinddarmreizung, Boulevard-Berichte – es gibt einfach Dinge im Leben, da wird erst einmal nicht nach Gerechtigkeit gefragt.«

Froelich musste lachen.

»Na also, Gottfried«, lachte Inge mit. »Es wird doch schon wieder besser.«

Den Rest des Tages rettete ihn die Erinnerung an den Klang von Inges Lachen.

Dienstag

Den Dienstagvormittag verbrachte Froelich am Telefon, um in den Seniorenheimen der Umgebung anzurufen, auch im Krematorium in Rutesheim – teils konnte er schon am Telefon alles klären, Frida Verhayen allerdings war nicht so leicht zu besänftigen.

Frau Schmitt, die wieder Dienst am Empfang hatte, half ihm, ihrer noch immer völlig aufgebrachten Chefin einen Termin in den Tagesplan zu schmuggeln, ohne allzu deutlich darauf hinzuweisen, wen sie da treffen würde. Frida Verhayen, die von dem ganzen Trubel um den Zeitungsartikel sehr mitgenommen war, stimmte zu, während sie mit ihren Gedanken ganz woanders war. Als dann gegen 14.30 Uhr die Tür aufging und Gottfried Froelich in ihr Büro trat, griff sie im ersten Reflex nach ihrem Telefon.

»Will sie jetzt den Hausmeister rufen, damit der mich rauswirft?«, schoss es Froelich durch den Kopf. Dann hob er mit der einen Hand die Bäckertüte hoch und öffnete sie mit der anderen Hand so weit, dass sie sehen konnte: Es steckten zwei Schokobananen drin.

Frida Verhayen trank nicht, rauchte nicht, aß nie zu viel und stets gesund – dem Geschmack von Schokobananen war sie allerdings rettungslos verfallen, sofern sie zwei Bedingungen erfüllten: Sie mussten aus der Konditorei Laufz stammen und die Banane musste mit dunkler Halbbitter-Schokolade umhüllt sein. Das alles wusste Froelich und erleichtert sah er zu, wie Frida Verhayen nach kurzem Zögern aufstand und aus der hinter ihrem Stuhl stehenden Espressomaschine je eine Tasse für Froelich und für sie selbst laufen ließ.

Sie tranken Kaffee, aßen die Schokobananen und plauderten zunehmend entspannt. Erst hatte Froelich noch etwas gegen ihre Wut ankämpfen müssen, die sie ihm gegenüber wegen des Zeitungsartikels offenbar immer noch empfand. Dann wurde es besser: Sie glaubte ihm, dass er Hasselmann eher versehentlich angerufen hatte und aus ganz anderen Gründen als denen, die der Reporter geschildert hatte.

»Wissen Sie, Frau Verhayen«, schloss Froelich seine Argumentation ab, »ich werde doch nichts gegen Seniorenheime unternehmen – da würde ich mir ja einen der Äste absägen, auf denen ich sitze.«

»Tja«, grinste Verhayen und deutete auf ihn, »und das wäre doppelt ungeschickt, denn diese Äste müssen ja einiges aushalten.«

»Meinetwegen«, dachte Froelich und quittierte den Scherz mit einem gequälten Lächeln. »Soll sie sich nur lustig machen über mich, Hauptsache, wir haben nun wieder Frieden.«

Tatsächlich war die Stimmung nun so locker wie sonst auch. Frida Verhayen war nicht besonders pietätvoll im Umgang mit verstorbener Kundschaft, aber eine muntere Unterhaltung konnte man jederzeit mit ihr führen. Nur gegen Ende stutzte Froelich noch einmal.

»Sie kennen Anita Wessel, oder?«, fragte Frau Verhayen, als sich Froelich schon erhoben hatte.

»Ja, warum?«

»Ach, nach dem Rummel von gestern fand ich erst heute früh so richtig Zeit, noch einmal über alles nachzudenken. Mir fiel das unangenehme Gespräch mit diesem Ferry Hasselmann wieder ein – und ich glaube mich zu erinnern, dass er auch nach Frau Wessel fragte. Können Sie sich vorstellen, warum?«

Froelich blickte drein, als sei er ertappt worden, schüttelte aber tapfer den Kopf.

»Dachte ich mir«, sagte Frida Verhayen und sah Froelich dabei mit einem ernsten, unergründlichen Blick an, bevor sie ihn verabschiedete.

An diesem Abend kam zwischen Froelich und Anita, die pünktlich wie jeden Dienstag zum Putzen erschienen war, kein längeres Gespräch zustande. Nur gegen Ende plauderten sie noch ein wenig und kamen darauf zu sprechen, dass am kommenden Donnerstag, dem Gründonnerstag, der wöchentliche Kochabend wegen Ostern leider ausfallen musste.

»Komm doch zu mir«, sagte Froelich aus einem Impuls heraus. »Dann kochen wir beide hier was zusammen.«

Fast bedauerte Froelich sein Vorpreschen, zumal er seit dem Abend mit Inge Coordes im »Chick'n'Egg« längst nicht mehr heimlich von Anita träumte. Doch zu seiner Überraschung sagte Anita zu, und die beiden beratschlagten, was sie kochen würden.

Mittwoch

Gottfried Froelich trat auf seine Terrasse hinaus und ging, eine Schere in der Hand, zu seiner Neuerwerbung hinüber. Er hatte zwei Blumentröge aus dem Keller gekramt, in denen früher Balkonpflanzen über die Brüstung der Terrasse hingen. Die Tröge hatte er mit Blumenerde gefüllt und einige Kräuterpflänzchen eingesetzt, die er sich auf Anregung von Dorothea und Hilde gekauft hatte. Nun wollte er sich Salbei und Basilikum holen, um eine Nudelsoße zum Mittagessen etwas aufzupeppen.

Als er die Pflanzen nach schönen Blättern absuchte, sah er aus dem Augenwinkel Anita über die Leonberger Straße rennen, ihr Fahrrad schob sie neben sich her.

»Komisch«, dachte Froelich. »Hat Anita schon Feierabend?«

Auf der Brücke der Stuttgarter Straße über die Würm blieb Anita stehen, lehnte ihr Fahrrad an die Brüstung und sah auf den Fluss hinunter. Sie wirkte traurig, soweit Froelich das von seiner Terrasse erkennen konnte. Lange stand sie da und sie regte sich auch nicht, als hinter ihr eine lärmende Gruppe Schüler vorbeiging, die aus vollem Hals etwas riefen und sangen, das klang wie »Endlich schulfrei!« und »Fee-hee-herien!«

Die Schüler schubsten sich und lachten und waren schließlich in den Straßen am Heinrichsberg verschwunden. Anita aber stand noch immer reglos auf der Brücke.

Nach einiger Zeit richtete sie sich auf. Es wirkte auf Froelich fast, als habe sie um eine schwierige Entscheidung gerungen und habe sie nun endlich getroffen. Anita sah auf und Froelich, der auf seiner Terrasse gut zu sehen war, fühlte sich im ersten Moment etwas verlegen. Dann hob er die Hand und winkte, Anita musste ihn sehen – aber sie reagierte nicht, stieg auf ihr Fahrrad und nahm auf dem Gehweg an der Malmsheimer Straße den Weg die Würm entlang, der sie schließlich durch das Ried bis heim nach Merklingen führen würde.

Froelich wunderte sich nicht, dass Anita vom Seniorenheim, wo sie vermutlich hergekommen war, den Umweg zur Brücke der Stuttgarter Straße gemacht hatte: Er wusste aus einem früheren Gespräch, dass Anita dort mit einer zwischen Büschen versteckten Stelle am Würmufer eine romantische Erinnerung verband. Erster Kuss oder große Liebe – ganz genau hatte sie es ihm dann doch nicht verraten.

Aber warum zog es Anita heute dorthin? Und warum wirkte sie so nachdenklich und traurig? Die Szene ließ Froelich auch dann noch keine Ruhe, als er die Nudeln mit der leidlich gelungenen Kräuter-Sahne-Soße gegessen und sein Geschirr in die Spülmaschine gepackt hatte.

Schließlich fiel ihm der Schluss seines gestrigen Gesprächs mit Frida Verhayen wieder ein und er wählte die Nummer des Seniorenheims Abendruh. Frau Schmitt hatte wieder Dienst.

»Froelich hier. Frau Schmitt, könnte ich wohl kurz mit Anita Wessel sprechen?«

Es war nur ein Versuch, ein Schuss ins Blaue, aber Froelich hatte Glück.

»Mit Anita? Äh … ja … nein, das tut mir leid, ich …«

»Was ist denn, Frau Schmitt?«

»Ach …« Sie schwieg. Froelich glaubte, ein unterdrücktes Schluchzen zu hören.

»Was ist denn, Frau Schmitt?«, wiederholte er.

»Anita ist weg, aber das darf ich Ihnen eigentlich …«

»Weg? Wieso weg?«

Frau Schmitt seufzte. »Anita wurde entlassen.«

»Warum das denn?«

»Keine Ahnung, Herr Froelich, ehrlich. Ich fürchte nur, das hat mit diesem unglaublichen Zeitungsartikel zu tun. Frau Verhayen ist völlig runter mit den Nerven und vielleicht will sie jetzt das Personal reduzieren, weil sie schlechtere Zeiten für uns befürchtet.«

»Das kann ich mir nicht vorstellen. Abendruh ist doch ausgebucht, es gibt eine lange Warteliste und Anita hat mir immer wieder erzählt, dass ihr viel mehr Personal brauchen würdet, aber keine qualifizierten Leute findet. Da setzt man doch nicht gute Mitarbeiter auf die Straße.«

»Ich weiß ja auch nicht«, sagte Frau Schmitt und schniefte.

»Und Sie müssen sich auch keine Sorgen machen um Ihren Job«, sagte Froelich, der endlich begriffen hatte, was Frau Schmitt zu schaffen machte. »Eine so gute Empfangsdame muss man erst einmal finden. Und wenn man sie hat, lässt man sie doch nicht gehen.«

»Danke«, sagte Frau Schmitt und sie klang tatsächlich ein wenig erleichtert. Froelich hatte fast ein schlechtes Gewissen, dass er hier so optimistisch über Dinge sprach, von denen er keine Ahnung hatte, nur um Frau Schmitt zu beruhigen.

Ein paar Floskeln später legte Froelich auf. Nun würde er mit Anita reden müssen. Die Szene vorhin auf der Brücke machte ihm immer noch Gedanken, und es war ja immerhin auch möglich, dass Anita wegen der Kündigung irgendeinen Blödsinn anstellte.

Kurz darauf stand er mit seinem weißen Transporter an der Einmündung der Leonberger Straße und wartete darauf, dass er sich nach links in den Verkehr einfädeln konnte. Endlich schien ihm eine Lücke groß genug und ruckelnd fuhr der Transporter an. Ein Sportwagen, der von der Bundesstraße herunterkam, hupte und im Rückspiegel sah Froelich, dass ihm die junge Frau am Steuer wütend den Vogel zeigte.

In Merklingen bog er vor der Kirchenburg nach rechts in die Mittlere Straße ein. Am Beginn der S-Kurve, an deren Ende das Haus von Anitas Familie stand, fuhr Froelich plötzlich rechts ran und wartete: Er hatte gesehen, wie Anita in ihr Auto gestiegen war und dass sie nun langsam rückwärts aus der Garageneinfahrt fuhr.

Die Frau im Sportwagen, die das Pech hatte, im dichten Verkehr den ganzen Weg bis hierher hinter dem rußenden Transporter herzuschleichen, war mit ihren Nerven offenbar völlig am Ende: Sie hupte wegen Froelichs plötzlichem Bremsmanöver, streckte ihm im Vorüberfahren ganz undamenhaft den Mittelfinger entgegen und schimpfte noch zu ihm herüber, als sie fast schon Anitas Haus passierte. Im letzten Moment sah sie Anitas Auto auf die Straße herausrollen, musste wieder hupen, wieder fluchen und dann schlingernd gerade noch so Anitas Wagen ausweichen – Froelich kannte die junge Frau im Sportwagen nicht, aber ihre Laune für den Rest des Tages konnte er sich lebhaft vorstellen.

Anita schien das ganze Durcheinander hinter ihr gar nicht richtig mitbekommen zu haben – sie musste völlig in Gedanken versunken sein. Ungerührt ließ sie ihren Wagen weiter auf die Mittlere Straße hinausrollen, dann fuhr sie los, und Froelich folgte ihr mit etwas Abstand. Über die Bühlstraße ging es schließlich hinaus aus Merklingen, dann durch Malmsheim und weiter nach Renningen, wo Anita am Seniorenheim vorbeifuhr, aber kurz danach den Wagen am Straßenrand abstellte und von der Seite her auf das Heim zuging.

Sie verschwand aus Froelichs Blickfeld, bevor er den Transporter hatte abstellen und verlassen können – Froelich vermutete, dass sie das Heim durch einen Nebeneingang betreten hatte. Schon auf der Fahrt hierher war ihm eingefallen, dass Franz Sedelmayr, einer der Senioren von Peter Prags' Spenderliste, hier lebte. Froelich dachte kurz nach, dann wandte er sich dem Haupteingang zu.

* * *

Anita Wessel drückte die Tür leise hinter sich zu. Franz Sedelmayr saß wie so oft in seinem Polsterstuhl vor dem Fenster und wandte ihr den Rücken zu.

»Herr Sedelmayr?«, flüsterte sie und wartete.

»Hallo? Herr Sedelmayr?«

Der alte Mann rührte sich nicht. Langsam näherte sich ihm Anita und versuchte dabei, möglichst kein Geräusch zu machen. Schließlich stand sie neben ihm und betrachtete sein Profil. Der Kopf war an die hohe Lehne des Polsterstuhls angelehnt und war seltsamerweise gar nicht auf eine Seite gesackt, wie Anita das sonst von ihren alten Leuten kannte.

Sedelmayrs dünne Brust hob und senkte sich leicht und in gleichmäßigem Rhythmus, die ein- und ausströmende Luft machte in der Nase des Mannes ein leises Geräusch, und die einzelnen Haare, die aus den Nasenlöchern hervorstanden, bogen sich im Luftstrom.

Die Augen waren geschlossen, und um den Mund zeigte sich ein entspannter, durchaus freundlicher Ausdruck. Sedelmayr schien wirklich zu schlafen.

Anita betrachtete ihn noch ein paar Minuten, dabei ließ sie im Kopf noch einmal die übliche Checkliste ablaufen …

War Franz Sedelmayr einsam? »Ja«, antwortete sich Anita stumm.

Hatte er noch Lust am Leben? »Nein.«

Stand ihm ein schöner Lebensabend im Kreise seiner Familie bevor? »Nein.«

War sein Lebenspartner schon tot und wartete gewissermaßen »drüben« schon auf ihn? »Ja.«

War finanziell alles so geregelt, dass Franz Sedelmayr auch nach seinem Tod noch als großzügiger Spender auftreten konnte und ihm so noch zusätzlich ein Andenken in allen Ehren gesichert war? »Ja.« Erst vor kurzem hatte sie gemeinsam mit Franz Sedelmayr die letzten Papiere auf den Weg gebracht. Sie lächelte bitter: Der arme alte Mann hatte nicht geahnt, wie schnell seine schriftlichen Anweisungen in die Tat umgesetzt werden sollten …

Leise huschte sie ins Badezimmer, nahm sich einen Waschlappen und hielt ihn unter das laufende Wasser. Sie wrang ihn aus wie immer, wärmte wie immer den Lappen noch etwas zwischen ihren Händen und ging dabei behutsam hinüber zu Sedelmayr.

Der alte Mann hielt die Augen fast ganz geschlossen, konnte aber durch den schmalen Schlitz, den er mühsam zwischen den Lidern offenhielt und der von seinen Wimpern weitgehend verdeckt wurde, im Fenster gespiegelt seine liebe, hilfsbereite Freundin Anita Wessel sehen, wie sie sich ihm langsam und geräuschlos von hinten näherte.

Sedelmayr bemühte sich, so ruhig und gleichmäßig zu atmen wie bisher, obwohl ihm vor Spannung fast die Nerven versagten. Als Anita hinter seinem Polsterstuhl zum Stehen kam, schloss er vorsichtig die Augen auch das letzte Stück und entspannte sich.

Nun hörte er das Rascheln von Anitas Kleidung, ganz nah hinter sich. Er spürte einen leichten Luftzug am rechten Ohr, dann drückte Anitas rechte Hand sanft, aber bestimmt den feuchten, angenehm lauwarmen Waschlappen auf seinen Mund und seine Nase. Ihre linke Hand legte sich auf seine linke Schulter, Anitas Körper drückte sich etwas gegen seinen Rücken, um seinen Oberkörper besser zu fixieren.

Unter dem Waschlappen breitete sich ein leichtes Lächeln auf Sedelmayrs Gesicht aus. Mit der linken Hand krallte er sich in seinen Oberschenkel, um gegen die nun bevorstehende Atemnot möglichst lange ankämpfen zu können. Langsam hob er seine rechte Hand.

Anita sah, dass sich der alte Mann zu bewegen begann und wappnete sich gegen den bevorstehenden kurzen Kampf, den sie schon so oft gewonnen hatte. Doch die rechte Hand von Franz Sedelmayr griff nicht nach ihrer Hand, um sie von Mund und Nase wegzureißen: Die Hand verharrte kurz oberhalb ihres Arms, dann legte sie sich sanft auf Anitas Unterarm. Ungelenk begann Sedelmayr ihren Unterarm, dann ihren Handrücken zu streicheln. Dann ließ er die Hand wieder sinken und krallte sich mit den rechten Fingern im rechten Oberschenkel fest. Erst jetzt fiel Anita auf, dass die linke Hand bereits das andere Bein umkrampfte – und Anita begriff: Sedelmayr versuchte, sich wortlos bei ihr zu bedanken.

Sie drückte etwas fester zu, und Tränen rannen ihr die Wangen hinunter, tropften auf den Nacken des alten Mannes und liefen ihm den Rücken hinab.

Erst gegen Ende zuckte der Körper Sedelmayrs etwas heftiger, seine Hände fuhren wie in Panik nach oben, und der übermächtige Reflex, der Menschen notfalls auch gegen ihren Willen bis zuletzt nach Luft schnappen lässt, brachte Sedelmayr dazu, sich in seinem Stuhl zu winden, seinen Rücken durchzudrücken und sein Gesicht etwas abzuwenden.

Aber Anita hatte Übung und Kraft genug. Sie hielt den alten Mann umklammert, bis er schließlich nach einem letzten Aufbäumen in sich zusammensackte und schlaff in ihrem Armen hing.

Behutsam legte sie seinen Kopf so zur Seite, dass er nicht aus dem Polsterstuhl glitt. Dann ging sie zurück ins Badezimmer, wusch den Waschlappen aus und steckte ihn in die Schmutzwäsche. Mit einem Handtuch kehrte sie zurück zu Sedelmayr und tupfte ihm vorsichtig die Stellen trocken, an denen sie den Waschlappen aufgedrückt hatte. Dann hängte sie das Handtuch zurück und kam ein letztes Mal zu dem alten Mann ans Fenster.

Es fühlte sich tagsüber anders an, wusste Anita nun. Unter diesen Bedingungen hätte sie all das nie durchgehalten – wenn man die Leute so gut sehen kann, wenn die Sonne alles so unromantisch und gnadenlos ins Licht rückt.

»Aber egal«, dachte Anita. Heute war ohnehin das letzte Mal gewesen, da hatten die sonst gepflegten Rituale nicht mehr dieselbe Bedeutung wie zuvor.

Noch einmal nickte sie Franz Sedelmayr zu, schloss ihm sanft die Augen und sah dann ein letztes Mal zu seinem Fenster hinaus auf die Bäume vor dem Seniorenheim. Dann riss sie sich von dem Anblick los und ging zur Tür. Sie öffnete sie leise, sah niemanden im Flur, nur vom Eingangsbereich im Erdgeschoss her hörte sie erregte Stimmen, ein Mann und eine Frau schienen sich zu streiten. Anita huschte leise und schnell um einige Ecken und schließlich durch eine Hintertür aus dem Gebäude hinaus.

* * *

Am Empfang wurde er aufgehalten. Der Mann, der dort Dienst tat, wollte Gottfried Froelich nicht zu Franz Sedelmayr durchlassen und es dauerte einige Minuten, bis er endlich die Heimleitung angerufen hatte. Der Chef war gerade außer Haus, seine Stellvertreterin, eine gewisse Irene Semmler, ließ sich ebenfalls nicht überreden, den offensichtlich unter Zeitdruck stehenden Froelich zu Sedelmayrs Zimmer zu lassen.

Auch in Renningen hatte Hasselmanns Sensationsbericht für Unmut gesorgt und natürlich wusste auch hier jeder, wer mit dem »Bestatter F.« gemeint war. Als sich Froelich dann auch nicht mehr mit irgendwelchen vorgeschobenen Argumenten zu helfen wusste und mit seiner Befürchtung herausrückte, der alte Herr Sedelmayr könnte genau jetzt im Moment Opfer eines Mordanschlags werden, lief Frau Semmler knallrot an und deutete mit großer Geste zum Ausgang hin.

»Sie verlassen jetzt sofort unser Haus!«, sagte sie mit leicht zitternder Stimme. Offenbar konnte sie sich nur noch mit Mühe beherrschen, um dem ungebetenen Gast nicht an die Gurgel zu gehen.

»Aber, Frau Semmler, ich beschwöre Sie!« Auch Froelich konnte dramatisch werden.

»Raus hier! Sie haben, weiß Gott, schon genug angerichtet!«

Nun lief Froelich rot an: »Und was machen Sie, wenn ich jetzt hier rausgehe und Sie finden heute Abend einen Toten da oben?« Der Minutenzeiger der Uhr am Empfang schnappte eine Position weiter und wackelte noch kurz nach.

»Sie spinnen doch, Froelich!«

Frau Semmler und Froelich standen sich nun in drohender Haltung gegenüber, die Nasenspitzen keinen halben Meter mehr voneinander entfernt. Der Mann vom Empfang drängte sich zwischen sie und schob die beiden ein wenig auseinander.

»Frau Semmler«, sagte er und sah sie fast flehend an, »jetzt gehen wir alle drei da hoch und sehen nach – und wenn Herr Sedelmayr gesund und munter in seinem Zimmer sitzt, wird Herr Froelich ohne weiteren Widerstand das Haus verlassen.« Er wandte sich Froelich zu: »Ja, Herr Froelich?«

Froelich nickte. Frau Semmler starrte ihren Mitarbeiter wütend an – »Wenn Sedelmayr noch lebt, ist dieser Mann seinen Job los …«, schoss es Froelich spontan durch den Kopf.

»Gut«, schnappte Frau Semmler und spießte Froelich förmlich mit ihrem ausgestreckten Zeigefinger auf. »Und dann, Herr Froelich, haben Sie hier Hausverbot, ist das klar?«

»Gehen wir endlich?«, drängelte Froelich und ging auf die Treppe zu. Das war natürlich ein Bluff – er hatte keine Ahnung, wo Sedelmayrs Zimmer war –, aber es funktionierte: Die beiden anderen setzten sich auch in Bewegung.

»Was wollen Sie denn dabei?«, watschte Frau Semmler ihren Mitarbeiter ab. »Sie halten hier die Stellung, mit Froelich werde ich schon alleine fertig!«

Daran hatte keiner der beiden Männer Zweifel.

Mit energischen Schritten eilte Frau Semmler die Treppe hinauf und steuerte auf das Zimmer von Franz Sedelmayr zu. Vor der Tür blieb sie stehen und wartete auf Froelich, der etwas hinter sie zurückgefallen war und nun schwer schnaufend die letzten Stufen nahm. Unter seinen Achseln breiteten sich dunkle Flecken aus und Schweißtropfen standen auf seiner Oberlippe.

»Ich dachte, Sie hätten es eilig …«, ätzte Frau Semmler, dann hatte Froelich sie erreicht.

»Wir können«, sagte Froelich und nickte zur Türklinke hin.

Frau Semmler holte tief Atem, dann öffnete sie die Tür und lugte vorsichtig ins Zimmer. Franz Sedelmayr saß auf seinem Polsterstuhl am Fenster und wandte ihnen den Rücken zu. Sein Kopf war leicht zur Seite geneigt.

»Da sehen Sie«, sagte Frau Semmler und schoss einen triumphierenden Blick auf Froelich ab, »da sitzt er und schläft friedlich.«

Froelich musterte den alten Mann.

»Ich sehe auch keine Axt aus seinem Kopf ragen«, merkte Frau Semmler spöttisch an. Froelich seufzte und sah sie tadelnd an.

Langsam ging Froelich einige Schritte in den Raum hinein, Frau Semmler hielt ihn kurz am Ärmel zurück.

»Kommen Sie halt mit«, murmelte Froelich und riss sich los.

Widerstrebend folgte ihm Frau Semmler, bis die beiden schließlich seitlich vor dem Stuhl standen. Auf den ersten

Blick wirkte Franz Sedelmayr tatsächlich, als würde er ruhig und fest schlafen – auf den zweiten Blick war zu erkennen, dass der alte Mann wirklich sehr tief ... schlief: Sein Mund war leicht geöffnet, der Gesichtsausdruck war verkrampft und auch seine Hände, die links und rechts auf den Oberschenkeln abgelegt waren, schienen mit gekrümmten Fingern verzweifelt etwas zu greifen versuchen.

Der hysterische Schrei, der sich aus Irene Semmlers Kehle den Weg bahnte, ließ Froelich zusammenzucken. Wieder und wieder schrie sie, obwohl ihre Stimme bald zu krächzen begann und schließlich brach. Nun stand sie zitternd vor dem Toten, noch immer mit weit aufgerissenem Mund und starren Augen und brachte nur noch ein stimmloses Röcheln hervor.

Gottfried Froelich stellte sich vor sie und schüttelte sie an beiden Schultern. Als das nichts half, gab er ihr eine Ohrfeige, erschrak aber darüber, wie viel Kraft er offenbar in den Schlag gelegt hatte – er musste den nach links wegkippenden Körper der stellvertretenden Heimleiterin mit dem Arm auffangen, damit sie nicht zu Boden stürzte.

Jedenfalls rappelte sich Irene Semmler mit Froelichs Hilfe wieder auf, rieb sich die knallrot gemusterte Wange und sah Froelich an – allerdings wirkte ihr Blick nicht wütend, eher irritiert und ein wenig peinlich berührt.

»Entschuldigen Sie, ich war ... irgendwie ...«, stammelte sie mit heiserer Stimme und räusperte sich geräuschvoll.

»Mir tut es leid, ich wollte nicht so fest ...« Froelich sah verlegen zu Boden und schaute überrascht, als er ein krächzendes Lachen hörte.

»Da musste wohl was raus, nehme ich an.« Irene Semmler grinste. »Wissen Sie, Herr Froelich, dieser Presserummel nimmt uns alle sehr mit. Da liegen die Nerven derzeit überall blank und als sie vorhin so bei uns reingeplatzt sind ... na ja.«

Inzwischen stand die Tür zum Flur weit offen und immer mehr Mitarbeiter drängten sich ins Zimmer. Ein etwas untersetzter, aber erkennbar muskulöser Mann im blauen Anton hielt mit ausgebreiteten Armen eine ganze Reihe von Pflegekräften zurück, nur eine junge Frau schlüpfte darunter durch und gesellte sich zu Gottfried Froelich und Irene Semmler.

Kurz kam es Froelich in den Sinn, dass er hinausrennen und versuchen konnte, Anita noch zu stellen, sie gewissermaßen auf frischer Tat zu ertappen – denn dass Anita für den Tod von Franz Sedelmayr verantwortlich war, stand für Froelich außer Frage. Doch dann sah er an sich hinunter und musste sich eingestehen, dass er nicht die geringste Chance hatte, der jungen und sportlichen Anita auch nur auf Rufweite nahezukommen.

»Ach, Maren, schön, dass Sie da sind«, sagte Frau Semmler und stellte sie Froelich vor. »Maren kümmerte sich ganz besonders reizend um Herrn Sedelmayr«, sagte sie zu Froelich gewandt und legte Maren dann eine Hand tröstend auf die Schulter. Die junge Frau stand stocksteif und sah unendlich traurig auf den Toten hinunter.

An der Tür entstand Gedränge und Dr. Jochen Fähringer schob sich durch die Traube der Angestellten.

»Darf ich mal?«, murrte Fähringer und schob Froelich zur Seite, um den Toten sehen zu können.

»Was tun Sie denn hier?«, wunderte sich Froelich. »Hat Renningen keinen eigenen Arzt?«

»Sagen wir mal so: Ich untersuche den Herrn hier, und das ist mein Beruf – während Sie als Bestatter für meinen Geschmack ein wenig früh dran sind.«

Maren Haase blickte mit tränenverschleierten Augen die beiden zankenden Männer an: »Hier liegt ein Toter und Sie pampen sich hier gegenseitig an? Von erwachsenen Männern sollte man doch wirklich etwas mehr Pietät erwarten können!«

Das hatte gesessen. Froelich trat in den Raum zurück und fühlte sich elend wie lange nicht mehr. Und Fähringer nahm den Toten in Augenschein und versuchte dabei ernsthaft, nicht aus den Augenwinkeln die schlanke Figur der jungen Pflegerin zu mustern.

»Dr. Fähringer besucht hier im Haus immer wieder mal Damen und Herren, die er früher in seiner Praxis in Weil der Stadt behandelt hat«, murmelte Irene Semmler, die sich nun ebenfalls zu Froelich stellte. »Und wenn er schon mal hier ist ... Ich vermute, jemand vom Personal wird ihn verständigt haben.«

»Ja, Sie«, sagte Fähringer, der in dem momentan sehr stillen Zimmer jedes Wort verstanden hatte, über die Schulter hinweg zu ihr. »Ihr Schrei war im ganzen Haus nicht zu überhören.«

»Oh, peinlich.« Sie sah Froelich an, als müsste er ihr einen Fehler verzeihen: »Herr Sedelmayr ist ja nicht der erste Tote, den ich hier im Haus gesehen habe. Aber die aufgeheizte Stimmung und die unterschwellige Angst, ein Mordopfer vorzufinden – Sie verstehen ...?«

Froelich verstand und strich aus einem Reflex heraus mit zwei Fingern an Irene Semmlers Oberarm entlang. Sie versteifte sich sofort, schien ein wenig zu erschauern und sah Froelich dann mit einem geheimnisvollen Blick direkt in die Augen. Froelich schluckte – da hatte er es mit dem Trösten wohl übertrieben.

* * *

Nach zehn Minuten war Fähringer fertig mit der ersten Untersuchung. Er stellte den Tod fest und teilte Irene Semmler in gedämpftem Ton mit, dass Franz Sedelmayr dem ersten Anschein nach eines natürlichen Todes gestorben sei.

Noch bevor Froelich, der neben Irene Semmler stand und alles mit anhörte, etwas dazu sagen konnte, hob Fähringer schon abwehrend die Hand. »Sagen Sie jetzt lieber nichts!«

»Pfff ...«, machte Froelich und drängte sich durch die Menge an der Tür nach draußen auf den Flur, wo er unruhig auf und ab ging.

Nach wenigen Minuten kamen auch die meisten Pflege-kräfte aus dem Zimmer und gingen in verschiedene Richtun-gen weg, um ihre Arbeit wieder aufzunehmen. Danach trat Dr. Fähringer, der die Selbstgerechtigkeit zeigte, die Froelich schon immer gehasst hatte, auf den Flur und ging mit hoch erhobenem Kopf grußlos vorüber.

Ihnen folgten der Mann im blauen Anton – der Haus-meister, wenn sich Froelich richtig erinnerte – und Irene Semmler, die miteinander redeten. Froelich drehte sich um und sah Fähringer nach. Er ballte die Fäuste, doch da war es schon zu spät, sich noch beherrschen.

»Natürlicher Tod, Herr *Doktor* Fähringer!«, rief er dem Arzt hinterher, der sich daraufhin umdrehte. »Was auch sonst? Der Mann war ja schon alt ...« Froelich schnaubte vor Wut und Fähringer quittierte seinen Ausbruch mit einem arrogan-ten Grinsen. »Und grüßen Sie Ihre Eltern herzlich von mir!«

Fähringers Grinsen war wie weggewischt. Er ließ seine Tasche fallen und stürzte mit wutverzerrtem Gesicht auf Froelich zu. Kurz bevor er ihn erreicht hatte, schritt der Hausmeister ein: Er stellte sich mit einem Schritt breitbeinig vor Froelich, und der dünne Fähringer, der nicht mehr rechtzeitig stoppen konnte, prallte gegen den mächtigen Brustkorb.

»Herr Dr. Fähringer«, sagte der Mann nun in einem be-eindruckenden Bass, »Sie haben sicher noch einen dringen-den Termin, zu dem Sie nicht zu spät kommen möchten?«

Fähringer strich sich eine Strähne aus der Stirn, setzte offenbar zu einer Antwort an, aber die entschlossene Mie-ne des Hausmeisters belehrte ihn eines Besseren. Fluchend drehte er sich auf dem Absatz um, schnappte im Vorüber-eilen nach seiner Tasche und war kurz darauf die Treppe hinunter und zum Haupteingang hinaus verschwunden.

»Und wenn Sie noch kurz warten und dann auch gehen, wäre es wohl das Beste«, sagte der Hausmeister nun zu Froe-lich. Damit ging er zur Treppe hin und postierte sich lässig am Geländer lehnend auf der obersten Stufe.

»Ich muss dann auch wieder«, sagte Irene Semmler. »Papierkram, Sie wissen schon.«

»Könnte ich noch kurz mit Maren reden?«

Irene Semmler sah Froelich kurz in die Augen, dann deutete sie über die Schulter auf Sedelmayrs Zimmer. »Sie ist noch da drin. Aber nur kurz, bitte. Das hat sie ziemlich getroffen.«

»Danke«, sagte Froelich und ging auf die Tür zu. Als er vor dem Zimmer noch einmal zu Irene Semmler zurückblickte, löste sich der Hausmeister gerade vom Geländer und kam einige Schritte auf ihn zu, aber seine Chefin gab ihm mit einer knappen Geste zu verstehen, dass er nicht eingreifen musste.

Maren Haase strich gerade das Leintuch von Franz Sedelmayrs Bett glatt und griff nach der Decke, um sie auszuschütteln. Als Froelich das Zimmer betrat, sah sie kurz auf und machte dann mit ihrer Arbeit weiter.

Froelich ging zu dem Sofa hinüber, das an der Zimmerwand dem Bett gegenüberstand. Als er sich setzte, tauchte er tief in das ausgeleierte Polstermöbel ein. Froelich seufzte, weil er ahnte, wie schwer er sich damit tun würde, hier nachher wieder aufzustehen.

Maren breitete die Decke mit einem geübten Schwung aus und schlug sie dann zur Hälfte zurück, gerade so, als wollte sie alles dafür vorbereiten, dass Franz Sedelmayr zu Bett gehen konnte. Sie rückte eine kleine Tischdecke mit kitschig wirkendem Spitzenbesatz glatt, dann schaute sie nachdenklich zum Fenster hinaus.

»Haben Sie kurz Zeit?«

Maren fuhr herum, als habe sie ganz vergessen, dass Froelich mit ihr im Zimmer war.

»Kurz, ja. Ich muss hier …« Sie machte eine kurze Handbewegung, die das ganze Zimmer umfasste.

»Ja, nur kurz. Wollen Sie sich zu mir setzen?«

Maren zögerte.

»Sie können sich ruhig setzen. Ich bin nicht Dr. Fähringer.«

Maren lächelte kurz, dann setzte sie sich.

»Ich kann ihn nicht mal leiden. Arrogantes Arschloch ...«

»Ach«, sagte Maren und winkte ab, »seine Arroganz macht mir von allem noch am wenigsten zu schaffen. Aber Sie wollen mit mir sicherlich nicht über Dr. Fähringer reden, oder?«

»Nein, wirklich nicht.«

Froelich überlegte fieberhaft, wie er diese junge Frau nach Sedelmayr fragen konnte, ohne angesichts ihrer Stimmung unsensibel zu wirken.

»Es geht Ihnen darum, wie ich zu Herrn Sedelmayr gestanden habe, stimmt's?«

Froelich nickte. Diese Maren war nicht nur hübsch, sondern auch ziemlich clever.

»Als kleines Mädchen war ich oft bei meinen Großeltern. Mein Vater ist Anwalt und hat mit einem Partner eine Kanzlei in Weil der Stadt in der Pfarrgasse. Stich & Haase, vielleicht kennen sie die Kanzlei.« Froelich nickte: Sie war in demselben Haus untergebracht wie das Büro von Steuerberater Prags. »Lena Stich ist seine Partnerin – in der Kanzlei und privat.«

Froelich sah kurz zur Tür. Er machte sich Sorgen, dass Maren Haase vielleicht nicht rechtzeitig auf den Punkt kommen könnte, bevor ihn der Hausmeister aus dem Gebäude geleiten würde.

»Damals jedenfalls war gerade meine Mutter gestorben, und mein Vater machte die ersten Schritte als selbstständiger Anwalt. Meine Großeltern lebten in der Oberen Klostergasse, also praktisch ums Eck. Nach Mutters Tod zogen wir alle zu Oma und Opa ins Haus, und weil mein Vater ständig unterwegs war, war meine engste Beziehung bald die zu meinem Großvater. Oma war lieb, aber damals schon ziemlich krank. Opa kümmerte sich um sie, kümmerte sich um mich – na ja, als er dann zwei Jahre nach Omas Tod auf der Treppe stolperte, war ich an der Reihe, ihn zu pflegen. Das ging jahrelang ganz gut. Es war viel Arbeit, aber man gewöhnt sich ja an manches. Irgendwann ging es aber wirklich nicht mehr, und Opa musste ins Heim. Damals war im Haus ›Abendruh‹ eine richtig blöde Pflegerin beschäftigt, die inzwischen entlassen wurde, Gott sei Dank. Mit der hatte Opa so seine liebe Not und sie schikanierte ihn, wo sie nur konnte, weil er sich immer wieder mal über sie beschwerte.«

Maren atmete tief durch und sah zu Franz Sedelmayr hinüber, der noch immer in seinem Polsterstuhl saß.

»Eines Morgens war er tot, einfach so. Dr. Fähringer untersuchte ihn und stellte fest, dass er wohl irgendwann in der Nacht einen Herzinfarkt erlitten hatte. Ich weiß es noch wie heute: Als ich bei Opa am Bett saß, grinste mich diese blöde Kuh immer wieder triumphierend an, wenn es niemand sah. Damals habe ich mir vorgenommen, selbst Altenpflegerin zu werden, und ich habe mir geschworen, dass ich nie so werde wie diese Pflegerin damals.«

Sie rieb sich die Augen und sah inzwischen sehr müde aus.

»Diese Kuh hatte damals auch ziemlich rücksichtslos darauf gedrängt, dass Opa schnell aus dem Zimmer verschwand und zum Bestatter gebracht wurde – ich vermute mal, Opa kam dann zu Ihnen ins Institut.«

Sie nickte zu Sedelmayr hinüber.

»Deshalb habe ich Frau Semmler gebeten, dass wir Herrn Sedelmayr noch ein wenig in seinem Lieblingsstuhl sitzen lassen.«

Sie sah Froelich an und lächelte ein wenig, während ihre Augen feucht schimmerten: »Albern, nicht?«

Froelich schüttelte den Kopf.

»Ich habe keine Kinder und lebe allein. Wenn ich mal ins Altersheim komme, hätte ich auch gerne eine Pflegerin wie Sie.«

»Das ist nett, danke.«

»Waren Sie Sedelmayrs einzige … ich darf doch ›Freundin‹ sagen?«

»Ja, gerne. Besuch bekam er nicht oft. Eine Kollegin von mir, die in Weil der Stadt im Heim arbeitet, ging ihm ein wenig für Papierkram und so zur Hand.«

»Sie meinen Anita Wessel?«

»Ja. Sie kennen sie?«

Froelich nickte.

»Ich fand das ziemlich klasse, dass sie sich die Zeit nahm, weil sie ja in ihrem Job auch schon viel mit alten Leuten zu tun hat. Wenn ich hier abends wegkomme, bin ich manchmal ganz schön deprimiert. Ich glaube nicht, dass ich es nach Feierabend noch packen würde, anderen Senioren zu helfen.«

»Hat er sie dafür bezahlt?«

»Keine Ahnung«. Maren zuckte mit den Schultern. »Vielleicht hat er ihr mal was zugesteckt, das weiß ich natürlich nicht. Aber glauben Sie mir: So ein bisschen Zuwendung, jemanden zum Reden … das ist für die alten Leute mit Geld nicht aufzuwiegen. Und wir Pfleger haben einfach zu viel um die Ohren, da muss manches einfach ruckzuck gehen. Wir versuchen ja mehr als nur ›satt und trocken‹ zu schaffen – aber an manchen Tagen ist einfach der Wurm drin.«

»War Anita Wessel heute hier?«, sagte Froelich dann so beiläufig wie möglich. Maren sah ihn fragend an.

»Haben Sie sie heute gesehen? Vorhin vielleicht?«

Maren wurde bleich.

»Das ist nicht Ihr Ernst, oder?«

Froelich schluckte schwer und schwieg.

»Nein«, sagte Maren dann nach einer Weile mit zitternder Stimme. »Nein, ich habe sie heute nicht gesehen. Nicht im Haus und nicht hier im Zimmer.« Dann ging sie ins Bad, kam mit einem Arm voller Schmutzwäsche zurück, sah Froelich noch einmal traurig an und hastete dann durch die Tür nach draußen.

Mühsam wuchtete sich Froelich aus dem Sofa und ging langsam aus dem Zimmer. Kurz bevor er im Flur den immer noch am Treppengeländer lehnenden Hausmeister erreicht hatte, fiel ihm vor der Damentoilette ein Häuflein Schmutzwäsche auf, das neben der Tür lag. Hinter der Tür waren würgende Geräusche zu hören.

Froelich sah den Hausmeister an: »Maren Haase?«

Der Mann nickte nur.

»Ich finde allein raus, schauen Sie doch mal nach ihr, ja? Danke.«

* * *

Erst als er den Transporter im Hof abgestellt hatte, fiel ihm ein, was ihm Alexander Maigerle nach dem Konzert im »Chick'n'Egg« erzählt hatte. Sie waren ins Plaudern gekommen, und neben vielen anderen Themen war es irgendwann auch um Maigerles Beruf gegangen. Froelich hatte ihn gefragt, wie viele Morde sie denn aufklären würden und wie viele Mörder ungestraft davonkämen.

Maigerle hatte eine beeindruckende Erfolgsquote genannt, dann aber eingeschränkt: »Das gilt aber eben nur für die Todesfälle, die auch tatsächlich als Mord erkannt werden.« Dann hatte er einen weniger schönen Prozentsatz von nie entdeckten Morden genannt.

»Für einen perfekten Mord muss man aber schon ganz schön clever sein, nehme ich an«, hatte Froelich angemerkt. Als Maigerle ihm einige Tötungsarten aufzählte, die in aller Regel nicht auffielen, hatte sich Froelich gewundert und gegruselt zugleich. Denn wie leicht konnte jemand mit einem feuchten Lappen erstickt werden – mit etwas Glück gab es keine sichtbaren Druckstellen im Gesicht, der feuchte Lappen hinterließ keine Flusen und Ersticken, das Ende der Atmung, war, wenn man es genau nahm, immer das Ende des Lebens.

So gut es seine mangelnde Kondition zuließ, hastete Froelich die Treppe hinauf zu seiner Wohnung und wählte die Nummer des Renninger Seniorenheims. Der Mann am Empfang stellte Froelich sofort zu Irene Semmler durch.

»Bitte halten Sie mich jetzt nicht schon wieder für übergeschnappt, aber es könnte sein, dass Herr Sedelmayr ermordet wurde.«

»Das hatten Sie vorhin schon vermutet, aber Dr. Fähringer hat doch eine natürliche Todesursache festgestellt.«

»Ich habe nur eine Bitte an Sie: Reinigen Sie die Schmutzwäsche von Herrn Sedelmayr noch nicht – ich wette, dass sich dort ein feuchter Waschlappen findet. Und wenn die Polizei diesen Lappen untersucht, wird sie wahrscheinlich genetische Spuren der Mörderin finden.«

»Der Mörderin?«

»Ja, oder des Mörders«, fügte Froelich hastig hinzu.

Irene Semmler überlegte kurz. »Was soll's«, sagte sie dann. »Bleiben Sie bitte kurz dran, das kläre ich sofort.«

Froelich hörte ihre Schritte, die sich aus dem Zimmer entfernten, dann Rufe, die er nicht verstehen konnte, andere Geräusche und schließlich, nach einigen Minuten, Schritte, die sich näherten.

»Herr Froelich? Sind Sie noch dran?«

»Ja.«

»Wir haben Pech: Die Wäsche wurde gerade abgeholt. Maren meinte, es waren auf jeden Fall Waschlappen mit dabei. Sie kann sich aber nicht erinnern, ob einer davon feucht gewesen war.«

Froelich legte auf.

Gründonnerstag

Den Gründonnerstagvormittag verbrachte Froelich zur Hälfte mit fälligem Papierkram. Er erledigte ihn zwar einigermaßen zügig, aber mit seinen Gedanken war er ganz woanders. Auch den anschließenden Einkauf für die Osterfeiertage erledigte er unkonzentriert und arbeitete mechanisch den Einkaufszettel ab, den er am Mittwoch erstellt hatte.

Erst als er zu Hause die gekauften Lebensmittel einräumte, fiel ihm auf, dass er auch alle Zutaten für das Essen mit Anita gekauft hatte, das für heute Abend geplant war. Froelich war es gelungen, für den Gottesdienst, der um 19 Uhr die kirchlichen Osterfeiern eröffnete, einen Organisten zu finden, der ihn vertrat. Aber nach dem gestrigen Zwischenfall konnte er sich den Abend mit Anita natürlich abschminken. Ohnehin waren die Vorzeichen ganz andere als noch Mitte März, als er Anita im »Chick'n'Egg« getroffen hatte.

Wie hatte er es genossen, dass auch Anita donnerstags mitkochte, und was hätte er darum gegeben, schon früher mit ihr zu zweit zu kochen und einen schönen Abend zu verbringen. Und heute? Heute war Inge Coordes der triftigste und schönste Grund dafür, dass er mit Anita weniger Privates im Sinn hatte – und einige tote Senioren der traurigste.

Gegen 18 Uhr überlegte Froelich kurz, ob er den Gottesdienst besuchen sollte, doch dann schnappte er sich seine Wolldecke und machte es sich vor dem Fernseher auf der Couch im Wohnzimmer gemütlich.

Er wurde vom Klingeln der Türglocke geweckt. Im Fernsehen begann gerade die Tagesschau, 20 Uhr. Bis sich Froelich den Schlaf aus den Augen gerieben, sich erhoben und die Türsprechanlage erreicht hatte, klingelte es erneut.

»Ja?«

»'n Abend, Gottfried«, hörte er Anitas Stimme aus der Sprechanlage. Verblüfft drückte er auf den Öffner und wartete oben an der Treppe, dass Anita heraufkam.

»Du siehst müde aus«, sagte Anita leichthin und hängte ihre Jacke an die Garderobe. Sie hauchte ihm einen flüchtigen Kuss auf die Wange und schien nicht zu bemerken, dass Froelich für einen Moment erstarrte.

»Na los«, ermunterte sie ihn und hielt ihm eine Flasche mit teurem Champagner hin. »Wir sollten anfangen, wenn wir heute noch was zu essen haben wollen.«

245

Damit ließ sie Froelich stehen und marschierte mit dem großen Weidenkorb, den sie mitgebracht hatte, schnurstracks in die Küche.

Langsam folgte er ihr und legte die bauchige Flasche im Kühlschrank ins Gemüsefach.

»Hast du den Schlüssel fürs Haus nicht mehr?«, fragte Froelich, weil ihm sonst nichts einfiel, womit er die für ihn so peinliche Stille überspielen konnte.

»Doch, habe ich, drüben in der Jacke. Aber ich dachte mir, dass ich ja heute nicht zum Putzen komme, sondern als Besuch – da fand ich es passender zu klingeln.«

»Ah«, machte Froelich lahm.

»War das nicht okay?«

»Doch, doch.«

Routiniert suchte Anita die Zutaten für das Essen zusammen, das sie für heute Abend geplant hatten: Putengeschnetzeltes, geschabte Spätzle, dazu etwas Gemüse.

Sie erklärte ihm, wie er die Marinade für das Fleisch vorbereiten musste, und putzte flink das Gemüse. Kohlrabi und Karotten landeten kurz darauf in sprudelndem Salzwasser, dann hackte sie Knoblauch und Ingwer klein. Froelich war inzwischen mit der Marinade fertig und mischte den dünnen, aus Sojasoße, Honig, Ingwer und allerlei Kräutern und Gewürzen angerührten Brei in einer Schüssel mit dem geschnetzelten Putenfleisch.

Nun setzte Froelich in seinem größten Nudeltopf Salzwasser auf, stellte die gusseiserne Pfanne auf den Herd und goss reichlich Olivenöl hinein. Anita verrührte mit dem Handmixer Mehl, Grieß, Salz, Eier und etwas Wasser zu einem Spätzlesteig, der dünner aussah als Froelich das vom Landfrauen-Kochabend her in Erinnerung hatte.

Unauffällig beobachtete er Anita immer wieder. Sie sah übernächtigt aus, hatte dunkle Ringe unter den Augen, war aber augenscheinlich guter Laune. Sollte er sich so getäuscht haben? Sollte Anita unschuldig sein am Tod von Sedelmayr?

Auch Anita musterte ihn heimlich. Dass Froelich ihr gestern nach Renningen gefolgt war, hatte sie nicht bemerkt. Aber sie wusste, dass Froelich nicht an Agathe Weinmanns natürlichen Tod glaubte. Und sie wusste, was Froelichs Recherchen für sie bedeuten konnten.

In ihrer Hosentasche steckte ein kleines Röhrchen mit Leitungswasser, in dem sie einige Schlafmittel aufgelöst hatte. Danach müsste auch dem einsamen und neugierigen Gottfried mit einem feuchten Waschlappen zu helfen sein.

Natürlich war Gottfried immer sehr nett zu ihr gewesen, und er musste noch nicht gepflegt werden. Auch waren in seinem Fall die Finanzen noch nicht geregelt, aber dieser Tod würde einen anderen Grund haben: Denn wäre es nicht schade, wenn ihr der gute Gottfried ausgerechnet jetzt etwas beweisen könnte? Ausgerechnet jetzt, da ihre Arbeit nach dem Tod Sedelmayrs getan war und alles ein gutes, ein richtiges Ende gefunden hatte?

Energisch schüttelte Anita ihren Kopf und merkte erst danach, dass Froelich sie aufmerksam ansah.

»Was ist?«

»Du hast gerade den Kopf geschüttelt«, meinte Froelich.

»Ja?« Anita zog eine Schublade auf, dann noch eine. »Ah, hier«, sagte sie und holte einen Rührlöffel und ein metallenes Handsieb mit langem Stiel heraus, wie sie es am Kochabend dazu benutzt hatten, die fertig obenauf schwimmenden Spätzle aus dem Salzwasser zu fischen.

»Macht dir was zu schaffen?«

»Mir? Nö, wieso?«

»Geht dir was durch den Kopf?«

»Das will ich doch schwer hoffen«, lachte Anita – es klang etwas aufgesetzt. Sie fasste Froelich an den Schultern und bugsierte ihn so an die Arbeitsplatte, dass er vor der Teigschüssel stand. »So«, fuhr sie dann fort, »jetzt müssen wir uns um die Spätzle kümmern – und du wirst sie schaben.«

»Aber ich kann das nicht«, protestierte Froelich lahm, und Anita stellte zufrieden fest, dass sie den guten Gottfried offenbar doch hatte ablenken können. Sie bückte sich und zog aus ihrem Korb ein viereckiges Stück Metall sowie ein Brett mit Griff und vorne dünn zulaufendem Ende.

»So, Gottfried«, sagte sie und hielt ihm die beiden Utensilien hin. »Das hier« – sie hob das Brett – »ist das Spätzlesbrett. Hier packst du mit dem Rührlöffel einen ordentlichen Klecks von dem Teig drauf.« Sie nickte zu dem Holzlöffel hin und Froelich stocherte ungeschickt in dem Teig herum, schaffte es aber schließlich doch, eine kleine Handvoll Teig auf das Brett zu klatschen.

»Gut«, sagte Anita. »Und nun nimmst du den Schaber.« Sie hielt ihm das Metallstück hin. Es war noch warm von ihrer Hand und ließ sich überraschend gut halten: Hinten war die Metallplatte zu einem runden Ende aufgerollt, was einen guten Griff gab. Vorne befand sich eine leicht schräg verlaufende Kante, die wie eine etwas stumpfe Schnittfläche wirkte.

»Jetzt tauchst du den Schaber bitte kurz in das Salzwasser, aber …«

»Aua!«

»… aber sei vorsichtig, wollte ich noch sagen.«

»Danke«, schimpfte Froelich, ließ den Schaber in den Topf fallen und rieb sich die Fingerspitzen an der Hose ab: Er war mit dem Schaber zu tief in den Topf eingetaucht und hatte sich am hochsprudelnden Wasser und am heißen Dampf leicht verbrüht.

»Geht's wieder?«, fragte Anita schließlich.

»Ja, geht wieder«, murmelte Froelich.

Anita hatte den Schaber mit dem Handseiher aus dem kochenden Wasser gefischt. Sie trocknete ihn ab, tauchte die Vorderseite noch einmal kurz in das heiße Wasser und drückte den Schaber Froelich wieder in die Hand.

»Jetzt streichst du den Teig glatt und zwar so …« Anita umfasste Froelichs Hand samt Schaber und zeigte ihm, wie er etwas Teig ans vordere Ende des Brettes ziehen und das Ganze dann möglichst dünn nach hinten glattstreichen musste.

»Und jetzt: schaben!«

Sie bugsierte Froelich nun vor den Nudeltopf und ließ ihn das Brett auf der Topfkante auflegen. Dann packte sie seine rechte Hand etwas fester und teilte mit dem Schaber in kleinen Abständen schmale Teigfetzen ab, die dann vom Brett ins heiße Wasser fielen.

Wie Anita so hinter ihm stand und ihn umfasste, kam ihm allerlei in den Sinn – auf die Bewegung seiner rechten Hand konnte er sich aber beim besten Willen nicht konzentrieren. Er spürte Anitas Oberkörper warm und weich in seinem Rücken und begann zu schwitzen. Mühsam rief er sich Agathe Weinmann in Erinnerung, dann Franz Sedelmayr und schließlich Inge Coordes. Halb erleichtert, halb bedauernd stellte er fest, dass das wirkte und dass das wohlige Gefühl, das sich in ihm ausgebreitet hatte, allmählich wieder nachließ.

»Gar nicht mal so schlecht«, lobte ihn Anita, als sie schließlich die erste Portion seiner geschabten Spätzle aus dem Wasser hob.

Zehn Minuten später dampften alle Spätzle in einer großen Schüssel, das Geschnetzelte lag dunkel in einer lecker duftenden Sahnesoße, und Anita rieb etwas frischen Parmesan über das hellgrün und kräftig orange leuchtende Gemüse.

»Mahlzeit, Gottfried«, sagte Anita schließlich und beugte sich zu Froelich hinüber, um ihm einen Kuss auf die Wange zu hauchen. Doch Froelich wich aus.

»Was ist denn?« Anita sah ihn staunend an. Hatte sie sich so in ihrer Wirkung auf Froelich getäuscht? Müsste er nicht dankbar alles genießen, was sie ihm zugestehen wollte? Der dicke Gottfried mit seinem seltsamen Beruf war ja nun wirklich nicht der Womanizer von Weil der Stadt. Es gab ja noch nicht einmal eine Fernsehsendung mit dem Titel »Bestatter sucht Frau«.

»Ich …«, stammelte Froelich und wurde rot.

»Süß«, dachte Anita, »aber es hilft ja nichts.« Das inzwischen leere Röhrchen drückte im Sitzen leicht gegen ihren Oberschenkel.

»Ich kann nicht, Anita«, brachte er schließlich hervor.

»Wie: Du kannst nicht – was meinst du damit?«

»Vor etwas mehr als einer Woche hätte ich mir das hier erträumt«, murmelte er.

»Das hier?« Anita deutete auf das dampfende Essen und lächelte.

»Nein, du weißt schon ...«

»Und heute?«

»Ich habe mich verliebt.«

»Ach?« Anita hatte wohl allzu überrascht geklungen, denn Froelichs Blick wirkte für einen Augenblick fast etwas beleidigt. Dann nahm er sich Anitas Teller, legte ihr Spätzle, Fleisch und Gemüse vor und füllte danach auch seinen.

»Ja, ich bin verliebt, und sie scheint mich auch zu mögen.«

Anita versuchte sich vorzustellen, wie jemand Froelichs dicke Lippen küsste, seinen wulstigen Nacken streichelte, unter seinem mächtigen Bauch mit den Händen ... Sie schüttelte den Gedanken leicht angewidert ab.

»Alles okay?«, fragte Froelich, der Anitas Blick und ihr scheinbares Frösteln nicht recht zu deuten wusste.

»Ja, ja«, beeilte sich Anita. »Lass dir's schmecken und erzähl!«

Er schob sich eine volle Gabel in den Mund und begann, Anita danach von Inge zu erzählen. Er wollte möglichst bald das Gespräch auf die Morde an den alten Leuten lenken, aber zwischendurch kam er doch etwas ins Schwärmen.

Anita sah ihn schließlich mit einem rätselhaften Blick an.

»Das freut mich für dich, ehrlich«, sagte sie.

»Schade eigentlich, dass er gerade jetzt sterben muss«, dachte sie.

»Aber eigentlich wollte ich mit dir über etwas ganz anderes reden«, sagte Froelich und putzte sich den Mund mit der Serviette ab. Sein zweiter Teller war noch halb voll – es musste ein ernstes Thema sein. Anita ahnte schon, was nun kommen würde.

»Ich würde gerne mit dir über deinen Onkel Fred reden«, begann er. »Und über Frau Weinmann, Herrn Sedelmayr und die anderen.«

Ruhig sah ihn Anita an. Froelich wartete auf ihre Reaktion und er wappnete sich insgeheim für alles Mögliche. Würde Anita aufspringen? Würde sie ihn beschimpfen? Sich ahnungslos stellen? Alles abstreiten?

»Okay«, sagte sie stattdessen und nahm ein Stück Kohlrabi in den Mund.

Froelich kam etwas ins Schleudern: Anitas Verhalten hatte er so nicht erwartet.

»Hast du Frau Weinmann …?«

Anita nickte. Froelich schluckte.

»Herrn Sedelmayr?«

Anita nickte wieder. Froelich musterte sie, dann schüttelte er den Kopf und trank einen Schluck Trollinger, den ihm Anita vorhin zum Essen eingeschenkt hatte.

»Du streitest nichts ab?«

»Nein, warum sollte ich?«

Froelich trank noch etwas Trollinger und dachte fieberhaft darüber nach, wie dieses seltsame Gespräch nun weitergehen sollte und wie er Anita, die sich hier völlig ungerührt eine Mordserie vorwerfen ließ, dazu bringen konnte, sich der Polizei zu stellen.

»Du hast Menschen ermordet!«, brach es schließlich aus ihm hervor. »Zwei, drei, vier mindestens, wahrscheinlich mehr!«

»Mehr, Gottfried, viel mehr«, nickte Anita und sah ihn weiter mit ruhigem Blick an.

Froelich wunderte sich, wie ihm dieses so dahingesagte Geständnis zusetzte. Er hatte doch eigentlich nichts anderes erwartet. Müdigkeit stieg in ihm auf.

»Und warum? Nur für Geld?«

»Ja, eigentlich schon«, sagte Anita, bemerkte dann aber, dass sich Abscheu in Froelichs Blick mischte. »Nicht wie du denkst. Die alten Leutchen haben mir zwar auch ab und zu was zugesteckt oder überwiesen – oder die alte Weinmann, die ständig mit ihrem blöden Scheckbuch kam. Aber das waren nicht die ganz großen Summen. Ich habe das Geld eher genommen, um den Alten eine Freude zu machen – und damit sie nicht misstrauisch wurden und sich allzu genau fragten, warum ich mich so aufopferungsvoll um sie kümmerte.«

»Aufopferungsvoll …«, echote Froelich und schüttelte den Kopf.

»Ich weiß gar nicht, was du willst!«, empörte sich Anita.

»Du weißt nicht …?« Froelich war fassungslos. »Du bringst reihenweise Menschen um und wunderst dich, dass ich das nicht toll finde, oder wie meinst du das?«

»Jetzt krieg dich mal wieder ein, das waren alte Leute …«

»Ach, und ab wann hat man deiner Meinung nach nicht mehr das Recht zu leben?«

Froelich war außer sich und er dachte keinen Moment darüber nach, dass er mit seinen Vorwürfen natürlich niemanden überzeugen konnte – und eher riskierte, dass Anita ging und ihn einfach hier sitzen ließ, bevor er sie dazu bringen konnte, zur Polizei zu gehen.

»Du siehst das völlig falsch, Gottfried«, begann Anita, aber Froelich winkte ab und versuchte beiläufig ein Gähnen zu unterdrücken. »Das waren einsame Menschen, die an ihrem Leben litten. Der alte Sedelmayr zum Beispiel hat mir die Hand gestreichelt, während ich ihm Mund und Nase zugehalten habe. Wirkt das auf dich so, als habe er unbedingt weiterleben wollen?«

Froelich schwieg.

»Und die Weinmann …«

»Agathe Weinmann war befreundet mit Lina Laurentii, einer anderen alten Dame im Seniorenheim«, warf Froelich ein.

»Ja, ja: befreundet … Ständig hat ihr die Laurentii vorgejammert, wie schlecht doch heute die Oper sei und was für Mist im Radio laufe und wie gut sie den Wieland Wagner als

Regisseur gefunden habe und so weiter. Würdest du dir so etwas anhören wollen?«

»Und deshalb hast du sie umgebracht? Weil ihre Freundin sie mit alten Geschichten nervte? Oder eher dich …«

»Frau Weinmann litt darunter, dass sie wegen einer alten Geschichte ihre besten Freunde verprellt hatte – und dass sie nicht den Mumm aufbrachte, den ersten Schritt zu einem neuen Kontakt zu wagen.«

Und so fuhr Anita fort. Zu jedem Toten auf der Liste, die ihm Peter Prags mitgegeben hatte, wusste sie eine ähnliche Geschichte. Außerdem hörte Froelich noch ein paar Namen, die er nicht auf der Spenderliste stehen hatte.

Schließlich war Anita fertig. Froelich atmete auf, denn die lange Rede hatte ihn doch sehr ermüdet.

»Und Onkel Fred?«

Anita schob ihren Teller weg und sah Froelich nachdenklich an.

»Er war der erste.«

»So lange geht das schon?«

»Ja – und nein«, seufzte Anita. »Als Onkel Fred tot vor mir lag, war ich lange Zeit wie betäubt. Die Beerdigung und die Zeit danach, das ging alles irgendwie an mir vorüber. Wenn ich heute an damals zurückdenke, habe ich eigentlich nur Mamas verheultes Gesicht vor Augen – und Onkel Fred, wie er endlich friedlich und ohne Schmerzen dalag.«

Froelich seufzte. Und gähnte.

»Nach einiger Zeit fiel mir auf, dass Frau Wöllhaff bei uns im ›Abendruh‹ Tag für Tag so trübsinnig in ihrem Zimmer saß und nie Besuch bekam. Ich unterhielt mich mit ihr und konnte mich kaum retten vor allem, was sie an schmerzlichen Erinnerungen über mich ausschüttete. Das war echt deprimierend, das kannst du mir glauben. Abends heulte ich mich in den Schlaf und morgens ging ich dann wieder zu ihr hin und hörte mir die nächsten Sachen an. Keine Familie, keine Freunde – nichts war von ihrem langen Leben übriggeblieben. Na ja, fast nichts: Geld hatte sie reichlich. Irgendwann brachte ich sie auf die Idee, von ihrem Geld doch etwas zu spenden. Ich gab ihr Tipps und konnte richtig sehen, wie sie aufblühte. Wahrscheinlich sah sie endlich wieder einen Sinn in ihrem Leben. Und wenn sie dann durch die Stadt ging mit ihrem kleinen Gehwägelchen, grüßten sie alle Vereinsvorsitzenden und der Pfarrer – das hat ihr richtig gut getan.«

»Damit wäre dein Job doch erledigt gewesen, oder? Frau Wöllhaff hatte wieder Spaß am Leben.«

»Schon, aber irgendwann wäre ihr aufgefallen, dass sie das alles nur ihrem Geld zu verdanken hatte. Stell dir nur vor: Die begreift das und steckt noch viel tiefer in ihrem persönlichen Elend als zuvor, ist viel einsamer und trauriger …«

»Und davor hast du sie bewahrt …«

»Na, endlich«, atmete Anita auf, »endlich hast du es verstanden.«

»Nein, Anita«, seufzte Froelich. »Das war ironisch gemeint.«

Anita goss ihm nach, trank selbst aber nichts vom Rotwein, was Froelich aber nicht auffiel.

»Anita, du hast Menschen ermordet!«, unternahm er einen neuen Anlauf.

Anita zuckte mit den Schultern. »Sedelmayr zum Beispiel …«

»Hör mir doch auf mit dieser Litanei von den dankbaren Opfern. Drüben in St. Peter und Paul haben sie heute die Osterfeierlichkeiten eröffnet.«

»Triduum sacrum«, murmelte Anita und nickte. »Das hast du mir schon mal erzählt.«

»Genau. Und da geht es um den Tod Jesu und seine Auferstehung.«

»Lass stecken, Gottfried. So gläubig bin ich nicht.«

»Dazu, nicht einfach Leute umzubringen, weil du sie für unglücklich hältst, sollte es aber schon reichen!«

Anita sah ihn an, sagte aber nichts.

»Da könntest du genauso gut mich umbringen. Bis vorhin wusstest du ja noch nicht, dass ich jetzt verliebt bin.«

»Stimmt«, nickte Anita und sah zu, wie Froelich die Hand vor den Mund hielt, während er schon wieder gähnen musste.

»Mensch, Anita!« Froelich flehte sie förmlich an. »Begreif doch endlich, was du da getan hast!«

Stumm saß Anita da.

»Du musst zur Polizei, du musst dich stellen. Du musst dein Gewissen erleichtern – mit dem Gefühl, so viele Menschen umgebracht zu haben, kannst du doch nicht einfach so weiterleben!«

»Du bist doch Katholik?«, fragte Anita.

Froelich stutzte. »Na ja«, sagte er, »die Orgel spiele ich eher, weil ich den Sound so klasse finde. Aber irgendwie … ja, irgendwie bin ich schon gläubiger Katholik.«

»Ich bin evangelisch getauft, aber geht ihr nicht beichten, wenn ihr euer Gewissen erleichtern wollt?«

Froelich nickte.

»Na also: Ich habe dir heute Abend gebeichtet. Ist es damit nicht fürs Erste getan?«

Froelich schnappte empört nach Luft. »Ich bin kein Pfarrer, damit fängt es schon mal an. Und …«

»Gut, dann gehe ich halt zum Pfarrer und beichte. Wer ist das bei euch?«

»Jan Staupitz.«

»Gut, also gehe ich zu Staupitz. Der muss das doch für sich behalten, oder?«

Froelich nickte.

»Was soll ich denn dann noch bei der Polizei?«

»Staupitz wird im Moment wohl keine Zeit haben. Heute Abend hat mit dem Gottesdienst das …«

» …das Triduum Sacrum begonnen. Das hatten wir schon, Gottfried!«

Froelich gähnte noch einmal herzhaft, er hatte das Gefühl, vor Müdigkeit vom Stuhl zu rutschen.

»Ich mach' dir einen Vorschlag«, sagte Anita schließlich. »Du erinnerst dich, dass ich nur dann bei dir als Putzfrau anfangen wollte, wenn du im Gegenzug an unserem wöchentlichen Kochabend teilnehmen würdest. Du warst in so viele Fettnäpfchen zum Thema Landfrauen getappt, da wollte ich dich einfach mal ein wenig kurieren. Außerdem, nimm mir das bitte nicht übel: Mit deiner Figur siehst du nicht so aus, als würdest du dich allzu bewusst und allzu gesund ernähren.«

Froelich lächelte lahm. Er konnte nur mühsam die Augen offen halten.

»Also: Ich besuche den Oster-Gottesdienst in deiner katholischen Stadtkirche, horche in mich hinein und achte darauf, was mir mein Gewissen rät. Wenn dein Pfarrer Staupitz zwischendurch Zeit hat, lege ich auch noch die Beichte ab. Okay?«

Froelich kniff die Augen zusammen und rieb sich die Nasenwurzel.

»Wie lange geht denn dieser Oster-Gottesdienst?«, fragte Anita dann.

»Tja«, murmelte Froelich und gähnte wieder, »das ist es ja: Mit dem Abendgottesdienst heute am Gründonnerstag beginnt die dreitägige Osterfeier …«

»Nicht schon wieder, Gottfried!«

»Jetzt lass mich doch mal ausreden. Der heutige Gottesdienst beginnt normal, aber eigentlich endet er nicht so richtig. Das geht am Karfreitag um 15 Uhr mit der Gedenkfeier zur Sterbestunde Jesu weiter, um 17 Uhr ist Karmette, und am Karsamstag geht es um 20.30 Uhr los. Da wird das Osterfeuer angezündet und erst dann … dann …«

Froelich fielen die Augen zu. Anita schüttelte ihn leidlich wach.

»Und dann?«

»Erst dann«, fuhr Froelich mit schwerer Zunge fort, »ist alles vorbei. Es gibt den Schlusssegen vom Pfarrer, und am Ostersonntag ist um 10.30 Uhr wieder ein normales Hochamt, mit Eucharistie und Kirchenchor und so.«

»Das heißt: Ich müsste« – sie sah auf die Uhr – »na ja, heute geht nichts mehr, aber ab morgen müsste ich zweimal am Freitag und einmal am Samstag in die Kirche. Richtig?«

»Ja«, brummte Froelich und ließ den Kopf auf seine Brust sinken.

»He!«, sagte Anita und hob sein Kinn etwas an. Froelich sah sie aus trüben Augen an. »Also, Gottfried: Ich mach' das und danach höre ich auf mein Gewissen und mache, was es mir rät, ja?«

Froelich schwieg.

»Gottfried!«, rief sie noch einmal und Froelich hob seine Lider halb empor.

»Okay, Gottfried?«

»Hm«, machte Froelich und schlief endgültig ein.

Lange stand Anita vor ihm und betrachtete den schnarchenden Koloss. Dann ging sie nach nebenan und holte die Wolldecke. Sie breitete die Decke auf dem Boden vor dem Esstisch aus, legte ein Sofakissen oben an den Rand und ließ Froelich vorsichtig vom Stuhl auf die Decke gleiten.

Danach stand sie schwer atmend am Esstisch. Sie räumte das Geschirr in die Spülmaschine, leerte die Rotweingläser aus und spülte sie von Hand. Die halb leere Rotweinflasche und ihre Kochutensilien packte sie in ihren Korb, dann ging sie zur Garderobe und zog ihre Jacke über.

Als sie schon zwei Stufen nach unten gegangen war, drehte sie sich noch einmal um und ging wieder zu Froelich hin.

»Tja, Gottfried, dann warten wir mit allem mal bis nach deinem Triduum Sacrum«, murmelte sie und schlug die Decke so um, dass Froelich etwa halb zugedeckt war.

Sie ging nach unten, trat auf die Straße hinaus und ließ Gottfried Froelichs Haustür hinter sich ins Schloss fallen.

Karfreitag

In der Nacht zum Karfreitag erwachte Froelich, weil er das Gefühl hatte zu ersticken. Er lag rücklings auf dem Boden im Esszimmer und fror jämmerlich. Ein Hustenanfall schüttelte ihn durch, aber danach waren seine Atemwege wieder halbwegs frei und er konnte durchatmen. Sein Puls raste, und in ihm legte sich erst langsam das panische Gefühl, das die Atemnot stets in ihm auslöste.

Mühsam rappelte er sich auf und schleppte sich ins Schlafzimmer. Mit seinen Kleidern fiel er vornüber ins Bett, und während er in die nächste Schlafphase hinüberdämmerte, trieben Erinnerungsfetzen vom gestrigen Abend mit Anita vor seinem geistigen Auge vorbei.

Den Vormittag des Karfreitag verbrachte er mit Kopfschmerztabletten und Kaffee im Büro. Er blätterte in Ordnern und Prospekten, konnte aber gegen Mittag nicht sagen, was er gelesen oder gesehen hatte.

Der Hunger trieb ihn in die Küche. Im Kühlschrank standen die Reste vom Vorabend, fein säuberlich in Plastikbehältern untergebracht und ordentlich in die Fächer gestapelt. Froelich wärmte sich Geschnetzeltes und Spätzle auf und aß mit wachsendem Appetit.

Gegen halb zwei duschte er und zog sich für den Gottesdienst an. Er klemmte sich die Mappe mit den Noten unter den Arm und machte sich auf den Fußweg zu St. Peter und Paul. Auf dem kleinen Platz vor der Kirche, auf den Treppen und in den Gässchen rund um das stolze Gotteshaus standen schon Leute. Froelich kannte einige und grüßte sie im Vorübergehen mit einem knappen Kopfnicken.

Anita konnte er nicht entdecken – während des Mittagessens war ihm wieder eingefallen, dass sie eine Abmachung hatten. Wobei sich Froelich nicht ganz sicher sein konnte, ob das nicht ein Traum gewesen war.

Pfarrer Staupitz kam ihm entgegen und verwickelte ihn in ein belangloses Gespräch. Dann ging Froelich in die Kirche hinein und die Treppe zur Orgelempore hinauf. Auf halber Höhe ließ er noch einmal den Blick über die Sitzreihen schweifen, da sah er sie: Anita saß in der vierten Bankreihe von hinten, ganz rechts außen, und sie wirkte sehr ernst, fast ergriffen.

Frohen Mutes kletterte Froelich vollends die Stufen hinauf und nahm seinen Platz an der Orgel ein. Pfarrer Staupitz fiel auf, dass Froelich heute besonders beseelt spielte, und er musste kurz lächeln. Der gemeinsame Kochabend mit der jungen Frau, von dem ihm Froelich vor der Kirche erzählt hatte, schien ihm gutgetan zu haben. Dann fasste sich Staupitz und ging für den Gottesdienst dem heutigen ernsten Anlass entsprechend feierlich zu Werke.

Auch die Karmette verfolgte Anita aufmerksam und schaute sich alles, was sie vom Verhalten der Gemeinde während eines katholischen Gottesdienstes nicht ohnehin schon aufgeschnappt hatte, von ihren Banknachbarn ab. Froelich traf Anita beim Hinausgehen und nickte ihr lächelnd zu. Anita blickte ernst drein, grüßte zurück und ging dann zur Stuttgarter Straße hinunter, wo Froelich sie aus den Augen verlor.

Karsamstag

Am Karsamstagabend ging Froelich unruhig vor der Stadtkirche auf und ab. Den ganzen Tag über hatte er sich mit allen möglichen Dingen abzulenken versucht. Das war nicht besonders gut gelungen, aber schließlich ging es endlich auf den Gottesdienst zu. Doch nun, kurz nach acht am Abend und damit zwanzig Minuten vor dem Beginn des Oster-Finales, wie sie als Ministranten immer gewitzelt hatten, war Anita noch nirgends zu sehen.

Schließlich bedeutete ihm Pfarrer Staupitz mit einer Geste, dass es nun höchste Zeit sei, seinen Platz an der Orgel einzunehmen. Ganz in Gedanken begann Froelich schließlich zu spielen. Staupitz las Bibeltexte und nach einer Weile standen alle auf und drängten aus dem Kirchenschiff auf den Vorplatz. Die Gesichter der Anwesenden glühten förmlich im Osterfeuer, das wie jedes Jahr ehemalige Ministranten entfacht hatten. Die Flammen wärmten die Wangen, den Bauch und die Oberschenkel. Froelich stand in zweiter Reihe und konnte die Menschenmenge gut überblicken. Nun wurde die Osterkerze am Feuer entzündet, und nach und nach gingen fast alle Besucher zu den lodernden Flammen hin und entzündeten ihre mitgebrachten Kerzen ebenfalls.

Mit in der Reihe stand Anita. Sie hatte den traurigen Blick auf den Rücken ihres Vordermanns geheftet und folgte ihm langsam und mechanisch immer näher ans Feuer. Vor sich hielt sie mit beiden Händen eine weiße Kerze mit aufgeklebten Verzierungen, vermutlich aus buntem Wachs – sie sah aus wie eine Konfirmationskerze, die ihm ein evangelischer Schulfreund vor langer Zeit mal gezeigt hatte.

Auch Anita ließ den Docht ihrer Kerze aufflammen, dann kehrte sie mit den anderen in die Kirche zurück. Froelich war erleichtert, dass sie da war – und ihre ernste Miene ließ darauf schließen, dass sie sich langsam bewusst wurde, welches Unheil sie angerichtet hatte.

Die romantische Stimmung in der von unzähligen Kerzen erleuchteten Kirche würde den Rest besorgen, da war sich Froelich sicher. Wie befreit spielte er an der Orgel auf und gegen Ende des Gottesdienstes musste er sich beherrschen, dass er nicht noch ein zusätzliches Nachspiel anfügte.

Im Hinausgehen sah er nur noch kurz Anitas Rücken, die sich durch die Menge der Umstehenden drängte und dann zwischen den vielen Leuten schon bald nicht mehr zu sehen war.

Froelich ging nach Hause, nahm auf halbem Weg noch einen Döner mit, der ihm wunderbar schmeckte – dass er sich dabei den linken Ärmel so eingesaut hatte, dass ihm die Spezialsoße aus der Jacke tropfte, sobald er den Arm hängen ließ, merkte er erst vor seiner Haustür, als er den Schlüssel aus der Jackentasche klauben wollte.

Ostersonntag

Am Ostersonntag ging Gottfried Froelich geradezu beschwingt zum Gottesdienst. Er machte kräftige, große Schritte und kam nicht ganz so schnell aus der Puste wie sonst. Heute Nacht war er nur zweimal kurz aufgewacht und jedes Mal mit einem guten Gefühl bald wieder eingeschlafen.

Kurz nach zehn traf er vor der Stadtkirche ein. Es waren einige Leute weniger da als an den beiden vergangenen Tagen, aber die Menge konnte sich trotzdem sehen lassen. Pfarrer Staupitz stand dabei und plauderte. Die Sonne schien, es war vergleichsweise warm und um die Kirche herum breitete sich eine entspannte, wohlige Atmosphäre aus.

Froelich sah sich um, konnte Anita aber nicht entdecken. Er ging in die Kirche hinein und entdeckte sie auch dort nicht. Fast war er ein wenig enttäuscht, aber er musste zugeben: Anita hatte sich an ihre Abmachung gehalten, dieser Gottesdienst gehörte nicht mehr zu denen, die sie unbedingt besuchen sollte.

Froelich absolvierte sein Programm an der Orgel mit viel Routine und etwas Freude, danach schlenderte er durch die Stadt. Als er Lust bekam, etwas essen zu gehen, fiel ihm ein, dass er heute Pfarrer Staupitz gar nicht gefragt hatte, ob er mit ihm in ein Restaurant wollte.

»Auch gut«, dachte Froelich. »Frage ich eben Anita.« Ein Ristorante mit feinen Nudelgerichten wäre kein schlechter Rahmen, um herauszufinden, was Anita nun – nach den

Ostergottesdiensten – darüber dachte, sich der Polizei gegenüber zu ihren Taten zu bekennen.

Er ging nach Hause und fuhr mit dem Transporter nach Merklingen. Anitas Wagen stand vor dem Haus, aber auf sein Klingeln reagierte niemand. Enttäuscht stieg Froelich wieder in den Transporter und machte sich auf den Weg zurück nach Weil der Stadt. Kurz vor dem Merklinger Ortsende kam ihm die Idee, doch einfach mal im Ried nachzusehen. Anita hatte ihm ja von ihren Lieblingsplätzen erzählt, etwa von der Würmbrücke bei ihm in der Nähe – noch mehr allerdings genoss sie es, wenn sie allein im Ried unterwegs war. Mit dem Fahrrad auf dem Weg zur Arbeit und wieder zurück oder zu Fuß ohne bestimmtes Ziel.

Froelich bog nach links ab und parkte den Transporter in der Bleichstraße, die den östlichen Ortsrand von Merklingen markierte. Er stieg aus und wandte sich auf dem Fußweg der Würm zu. Am Flüsschen entlang ging er gemächlich in Richtung Weil der Stadt, atmete die würzige Frühlingsluft ein und genoss die Landschaft wie schon lange nicht mehr. Neben ihm gurgelte das Wasser und ab und zu kamen Radfahrer und Spaziergänger an ihm vorbei.

Etwa auf halbem Weg zwischen Merklingen und Weil musste er eine kleine Brücke überqueren, weil das kleine Sträßchen von hier an am nördlichen Ufer der Würm weiterführte. Auf der Brücke wich er zwei Radlern in knallbunten Trikots aus, die den Hügel heruntergerast kamen und nun weiter zur Landstraße hinüberhetzten.

Als die beiden weit genug entfernt waren, dass er ihre schweren Atemzüge nicht mehr hören konnte, trat Froelich in die Mitte der Brücke und blickte versonnen dem ruhig fließenden Wasser der Würm nach. Einige Minuten lang genoss er den beruhigenden Anblick, dann fiel ihm ein Schuh auf, der nicht weit von der Brücke entfernt unter einem kleinen Busch direkt am Ufer hervorragte.

Zwischen Büschen und Bäumen arbeitete sich Froelich langsam das südliche Ufer der Würm hinunter, bis er sie sah:

Anita lag bäuchlings im Gras und ihr Kopf und ein Teil des Oberkörpers ragten ins Wasser.

Es dauerte einige Minuten, bis Froelich begriff, was er da sah. Dann sackte er auf die Knie, stützte sich schwer auf seine Arme, erhob sich dann, drückte den Rücken durch, als habe er körperliche Schmerzen, und schrie.

Er schrie noch immer, als sich schon die ersten Passanten hinter ihm eingefunden hatten. Und selbst eine Viertelstunde später konnte ihn Polizeioberkommissar Rainer Fähringer nur mit aller Gewalt und mit der Hilfe seiner sportlichen Kollegin Pia Beyfuß vom Würmufer wegziehen.

* * *

Der restliche Ostersonntag verging wie in einem schlechten Traum. Froelich beobachtete alles, was mit ihm und um ihn herum geschah, durch einen Schleier, als betrachte er einen Stummfilm in Farbe und 3D, allerdings nicht ganz scharf gestellt. Außerdem hielt niemand Texttafeln ins Bild. Was er hörte, nahm er reglos auf – das meiste drang erst verspätet in sein Bewusstsein.

Jemand hatte sich in Anitas Haus umgesehen. Auf einem kleinen Tischchen im Flur stand ihre halb abgebrannte Konfirmationskerze, daneben lag eine Mappe mit verschiedenen Dokumenten, unter anderem einer handschriftlichen Anweisung, wie mit ihrer Leiche zu verfahren sei. Unter der Kerze steckte ein gelochtes DIN A5-Blatt, auf dem stand: »Es ist dir gesagt, Mensch, was gut ist und was Gott von dir fordert, nämlich Gottes Wort halten und Liebe üben.« Dahinter das Kürzel »Micha 6,8«, alles geschrieben mit blauer Füllhaltertinte und in einer mädchenhaft wirkenden Schönschrift. Die Kripo hatte den alten evangelischen Pfarrer von Merklingen befragt, der schließlich bestätigte, dass auf dem Blatt der Konfirmationsspruch von Anita Wessel stand.

Walter Reiff war gerufen worden. Fähringer mochte ein Idiot und kein besonders guter Polizist sein, aber selbst ihm war sofort klar gewesen, dass mit Froelich angesichts der toten Anita nicht viel anzufangen war. Nach einigem Hin und Her fiel die Entscheidung, die Leiche Anita Wessels zunächst im Kühlraum des Instituts Froelich unterzubringen. Unter Tränen hatte Froelich seinen Mitarbeiter deswegen bekniet, und Reiff hatte schließlich erfolgreich auf die Polizisten, auf den Arzt und die Männer von der Kripo eingeredet.

Als Arzt war ausgerechnet Dr. Jochen Fähringer gerufen worden, doch Froelich zeigte keine Regung, als Fähringer an ihm vorbei zur Leiche ging, und schaute nur weiter trübe zur Würm hinüber. Fähringer wirkte nicht halb so selbstsicher wie sonst, fast kleinlaut gab er seine erste Diagnose weiter.

Die Kriminalpolizei hatte einige Leute geschickt. Es wurden Fotos gemacht, Spuren gesichert. Das zog sich hin, und Reiff brachte seinen Chef nach Hause, wo er ihn mithilfe seiner Frau, die er per Handy zum Institut gebeten hatte, ins Bett packte. Dort dämmerte Froelich mit einer Wärmflasche, einer Kanne Tee und einem Teller mit Wurstbroten durch den Nachmittag.

Ostermontag

In der Nacht zum Ostermontag schreckte er immer wieder auf. Als er gegen drei Uhr früh auf der Bettkante saß und zum großen Turm von St. Peter und Paul hinüberstarrte, kamen ihm einige Details in den Sinn, die er gestern nebenbei aufgeschnappt und ihm aber nicht gleich bewusst geworden waren.

Anita hatte wohl Schlaftabletten geschluckt und sich dann so ans Ufer der Würm gekniet, dass sie schließlich beim

Einschlafen nach vorne gekippt war und mit dem Gesicht nach unten im Fluss liegen blieb. So war sie dann ertrunken. Froelich mochte sich nicht vorstellen, ob es stimmte, was man von Selbstmorden mit Tabletten hörte: Wachte sie kurz vor ihrem Tod noch auf? Erlebte sie das Ertrinken leidlich bewusst, aber wegen der bleiernen Müdigkeit völlig hilflos?

Froelich schüttelte sich. Dann fiel ihm ein, dass Anita unten in seinem Kühlraum lag. Mit Jacke und Wolldecke ging er nach unten und trat in den kalten und hell beleuchteten Raum.

Walter Reiff saß in einem bequemen Lehnsessel, den er in einem der angrenzenden Kellerräume gefunden und sich in den Kühlraum hinübergeschoben hatte. Er hatte der Kripo hoch und heilig versprochen, bei Anitas Leiche Wache zu halten und darauf zu achten, dass der angeschlagene Froelich nicht noch irgendeinen Blödsinn mit der Toten anstellen würde. Zwar hatte Reiff nicht ganz verstanden, was die Kripo-Leute damit andeuten wollten, aber er hätte alles versprochen, nur um seinem Chef zu ermöglichen, in Ruhe von Anita Abschied zu nehmen. Was Froelich für die junge Frau empfunden hatte, war selbst Reiff aufgefallen.

Nun allerdings schlief Reiff tief und fest. Froelich ging zu ihm hin und deckte ihn mit der Wolldecke zu, die er eigentlich für sich selbst mitgebracht hatte. Dann ging er nach nebenan, wo noch das Wägelchen mit dem Keyboard stand, und schob es neben den Sarg von Anita. Weder die quietschenden Räder noch das Netzteil, das zwischendurch vom Wagen auf den Boden polterte, weckten Reiff auf.

Schließlich saß Froelich am eingeschalteten Keyboard und dachte nach, was er für Anita spielen könnte. Darüber schlief er, unbequem vor der Tastatur hockend, ein. Wenig später wachte er auf und rieb sich den schmerzenden Rücken. Dann kam ihm eine Idee.

Walter Reiff erwachte von einer traurigen Melodie, die er kannte und unzählige Male auf dem Friedhof gehört hatte. Im grellen Neonlicht des Kühlraums blinzelte er ein wenig, dann öffnete er langsam die Augen. Ihm gegenüber und neben dem Sarg von Anita Wessel saß Gottfried Froelich, spielte Keyboard und sang dabei aus voller Brust eine bluesige Version von »Ave Maria«. Reiff rieb sich mit dem Hemdsärmel einige Tränen aus dem Gesicht und schniefte.

Dienstag

Froelich kurvte mit dem Leichenwagen nach Stuttgart. Für Anita sollte eine Obduktion in der Pathologie stattfinden, nachdem nun ausgerechnet die junge Altenpflegerin tot aufgefunden worden war, deren Name im Zusammenhang mit dem unseligen Artikel über die vermeintliche Mordserie in Seniorenheimen mehr oder weniger offen genannt worden war.

Froelich war zwar von der Kripo befragt worden, aber er gab sich sehr einsilbig im Gespräch mit den Kommissaren Rothe und Pfahls. Froelich hatte gewollt, dass Anita für ihre Taten einstehen sollte – nun, da sie tot war, sah er keinen Sinn mehr darin, in dieser Geschichte noch mehr Staub aufzuwirbeln. Froelich war sicher: Das nützte den Toten nichts mehr und schadete den Lebenden.

In gleichmäßiger Fahrt folgte Froelich der B295 von seinem Institut in Weil der Stadt bis fast direkt vor das Robert-Bosch-Krankenhaus, in dem die Leiche untersucht werden sollte. Neben ihm saß Walter Reiff, der sich nicht davon hatte abbringen lassen, seinen Chef in die Stadt zu begleiten. Reiff wollte ihm zur Seite stehen, falls sich die Fahrt und der letzte Weg in die Pathologie doch als zu schwere Belastung für den einigermaßen mitgenommenen Froelich herausstellen würden.

Mit Blick auf den unter ihnen liegenden Stuttgarter Talkessel nahm Froelich eine letzte Kurve und fuhr durch eine

Art Tunnel seitlich in den Gebäudekomplex ein. Vor einer schmucklosen Betonrampe hielt er an und ließ den Leichenwagen mitten in dem kleinen Innenhof stehen.

Reiff hatte Froelich und sich per Handy angekündigt, als sie auf dem Pragsattel angelangt waren, und nun stand auf der Rampe ein groß gewachsener, schlanker Mann mit einer Zigarette in der Hand. Er kam die Treppe herunter und sah zu, wie Froelich und Reiff die Leiche in ihrem Transportbehälter zu einer kleinen Hebebühne hinüberrollten.

»So, jetzt«, sagte der Mann und gab Froelich und Reiff die Hand. »Grüß Gott miteinander.«

»Hallo, Herr Krüger«, sagte Reiff, während Froelich dem Mann nur knapp zunickte.

»So ernst, Herr Froelich?«, fragte Krüger und schnippte Asche von seiner Zigarette. »Verwandtschaft?« Er nickte zu dem Sarg hin.

»Beinahe«, brummte Froelich. »Eine Freundin.«

»Oh, das tut mir leid«, murmelte Krüger und setzte die Hebebühne in Bewegung.

Ein paar Minuten später lief die Routine an, mit der Krüger, einer der Sektionsgehilfen am Robert-Bosch-Krankenhaus, und sein Kollege im Sektionsraum die eigentliche Obduktion vorbereiteten. Froelich und Reiff trollten sich wieder und bald rollte der Leichenwagen durch Feuerbach und wenig später aus der Stadt hinaus.

Reiff beobachtete seinen Chef auch weiterhin, und er konnte so weit zufrieden sein mit ihm. Froelich hatte sich wacker gehalten, er fuhr auch trotz der Anspannung, die Reiff ihm im Gesicht ansah, ganz ordentlich. Und dass Gottfried Froelich von Zeit zu Zeit Tränen über das Gesicht rannen, konnte man ihm nun wirklich nicht übelnehmen.

Mittwoch

Draußen an der Tür des Bestattungsinstituts hing ein Schild mit der Aufschrift »Wegen Todesfalls geschlossen«. Walter Reiff hatte ihm zwar dringend von diesem Text abgeraten, weil das für ein Bestattungsinstitut doch irgendwie eigenartig klinge, aber sein Chef konnte stur sein. Als er das Schild gestern am späten Abend aufgehängt hatte, besah er das Ergebnis zufrieden und ging dann grimmig lachend nach oben.

Nun saß Gottfried Froelich im Ausstellungsraum auf einem kleinen, freien Podest zwischen seinen Särgen und hielt eine halb leere Cognac-Flasche umklammert. Sonnenlicht flutete den hell tapezierten Raum und verlieh den schön verzierten und blankpolierten Holzbehältern eine überraschend freundliche und heimelige Wirkung.

Durch die geschlossenen Fenster drang ganz leise Verkehrslärm, in den sich alle Viertelstunde die Glocken von St. Peter und Paul mischten. Jetzt schlugen sie wieder. Froelich zählte mit: zwölf Uhr. Verblüfft stellte er fest, dass er keinen Hunger hatte. »Auf nichts ist mehr Verlass«, brummelte er und nahm wieder einen tiefen Schluck aus der Flasche.

Gegen eins war die Flasche leer, gegen halb zwei erbrach er sich in die Toilette, gegen zwei stand er mit der nächsten Flasche auf der Terrasse und stierte mit trübem Blick über die Würm hinweg zum Friedhof hinüber.

Eine Menschenschlange ging gemessenen Schrittes hinter einem Sarg her. Vor dem Friedhofstor stand der Leichenwagen eines Bestattungsinstituts aus Merklingen. Ihm war schon aufgefallen, dass immer häufiger Leichenwagen von fremden Instituten nach Weil der Stadt kamen – und das machte sich auch in Froelichs Auftragsbuch bemerkbar.

Natürlich war das nicht bedrohlich. Das Institut Fürchtegott Froelich & Söhne stand wirtschaftlich gut da und die

Weil der Städter Niederlassung – gewissermaßen das Stammhaus – hatte nach wie vor einen ausgezeichneten Ruf zwischen Heimsheim, Grafenau und Simmozheim. Döffingen, Dätzingen, Ostelsheim, Malmsheim, Renningen ... Mehr als ein Dutzend Ortschaften konnte Froelich zu seinem Einzugsgebiet zählen, und all die Jahre war genug gestorben worden, damit sich die alteingesessenen Institute eher als Kollegen betrachteten, nicht als Konkurrenz.

Der Markt war allerdings etwas härter geworden. Noch immer wurde viel gestorben, aber inzwischen gab es auch im Bestattungswesen bundesweit operierende Discounter-Ketten – »MacTod«, hatte Froelich immer wieder mal gewitzelt. Dazu kam, dass Bestatter kein Beruf war, für den man zwingend eine Ausbildung machen musste: Immer mehr »Laien« drängten in die Branche, ein Kollege vom Bestatterverband hatte einmal etwas drastisch von »Schnellverscharrern« gesprochen.

Das war allerdings kein Wort, das Gottfried Froelich im Moment noch fehlerfrei hätte aussprechen können. Seufzend wandte er sich vom Friedhof ab und stolperte in sein Büro. Schwer ließ er sich in seinen wuchtigen Chefsessel fallen. Er ließ seinen Blick über die Wände streifen, allerdings verschwamm die dort unter anderem hängende Urkunde vom »Bestatter Award 2004« vor seinen Augen – der damals ins Leben gerufene Wettbewerb hatte ihm nicht den ersten Preis, aber eine Auszeichnung eingebracht, was etwa einem zweiten Platz entsprach.

»Subbr«, murmelte Froelich und prostete der Urkunde mit der Cognac-Flasche zu. Er setzte die Flasche an, verschüttete diesmal aber das meiste.

Es läutete an der Tür. »Geschlsn ...«, lallte Froelich halblaut. Es läutete wieder. »...zefix«, entfuhr es ihm – er hatte die Flasche vom Mund genommen und dabei vergessen, dass er noch immer den Flaschenhals nach unten geneigt hielt. Ungeschickt stellte er die Flasche so zwischen seinen Büroutensilien ab, dass sie bedenklich wackelte, aber immerhin nicht umfiel. Dafür lagen nun der Locher, der Tacker und eine Handvoll Stifte auf dem Boden verstreut.

Es läutete wieder. »Himmlhrgszk!«, schimpfte Froelich und strich hilflos mit den Händen über sein Hemd, das klatschnass vom Cognac war und unangenehm kühl am Bauch klebte.

Wieder läutete es, allerdings dauerte es einen Moment, bis Froelich bemerkte, dass es diesmal das Telefon war. Er ließ es klingeln, bis das Gerät verstummte. Offenbar hatte er vergessen, den Anrufbeantworter einzuschalten. Als er versuchte, sich aus dem Sessel zu stemmen, um das nachzuholen, rutschte er zweimal mit der cognacnassen rechten Hand von der Armlehne ab, bevor er sich schwankend erhob.

Das Telefon begann wieder zu klingeln. Wütend riss Froelich das Mobilteil aus der Ladeschale und wollte hineinbrüllen, dass er seine Ruhe haben wolle, dass er heute nicht zu sprechen sei und dass ihn die ganze Welt gefälligst am Arsch ... Nichts davon brachte er heraus, denn ein gewaltiger Rülpser entfuhr ihm in diesem Moment.

»Also weißt du, Gottfried!«, drang aus dem Telefon Dorotheas Stimme an sein Ohr. Schlagartig war Froelich zwei Gläser Cognac nüchterner, was in seinem Zustand allerdings noch nicht viel brachte.

»'tschuldg ...«, machte er zerknirscht.

»Du kommst jetzt sofort an deine Haustür und machst uns auf!«

»Wso Hau...?«, versuchte Froelich zu fragen.

»Das Reden solltest du jetzt am besten ganz lassen. Da versteht man sowieso kein Wort. Also komm jetzt runter und mach uns auf! Wir klingeln uns hier schon die Finger krumm.«

»Pfz ...«, lachte Froelich und unterdrückte mit viel Mühe einen neuen Rülpser. Mit Dorothea war vermutlich nicht zu spaßen, wenn es um Manieren ging.

»Los jetzt!«, kommandierte Dorothea, und im Hintergrund glaubte er Hildes Stimme zu hören.

270

Die Treppe nach unten sah bedrohlich aus. »Ssu schtl«, sagte Froelich in das Telefon, das er noch immer fest umklammert hielt.

»Die Treppe ist nicht steiler als sonst«, erwiderte Dorothea, die wohl Erfahrung damit hatte, aus dem Gebrabbel betrunkener Männer sinnvolle Worte zu schälen. »Einfach eine Stufe nach der anderen nehmen.«

»Hm«, machte Froelich und tastete sich zwei Stufen nach unten. Dann strich er unsicher mit der linken Hand über die Wand und ließ sich in die Hocke sinken. Stufe um Stufe rutschte er nun langsam im Sitzen ins Erdgeschoss hinunter, den Aufprall seines ohnehin gut gepolsterten Hinterns auf der jeweils nächsten Stufe spürte er nur als dumpfen Klaps – ein Rausch hatte offenbar auch seine Vorteile.

Als noch zwei Stufen vor ihm lagen und er die Silhouetten von Dorothea und Hilde schon als Schatten hinter der Milchglasscheibe der Haustür sehen konnte, wurde Froelich wieder etwas mutiger. Er erhob sich und rief ein triumphierendes »Ja!« ins Telefon, als ihm auch schon schwindlig wurde. Mit beiden Händen hielt er sich am Telefon fest und fiel geradewegs nach vorne, wo er direkt an der Haustür zu liegen kam.

»Gottfried!« Dorotheas gellender Schrei, den er zugleich gedämpft durch die Haustür und leicht verfremdet aus dem Telefon hörte, riss ihn wieder aus der aufkommenden Ohnmacht, die sich wohlig in ihm auszubreiten begann.

»Äis okee!«, brummte Froelich in den Hörer, den er sich mit beiden Händen vor den Mund hielt. Umständlich rollte er sich auf die Seite, stemmte sich auf die Knie und zog sich an der Türklinke vollends nach oben. Im dritten Anlauf schaffte er es, den innen steckenden Schlüssel zu drehen, bevor er die Klinke drückte und im Fallen die Tür mit nach innen aufriss.

Als er wieder erwachte, lehnte er halb sitzend hinter seinem Leichenwagen an der Wand der Garage. Hilde zerrte ihm gerade das nasse Hemd über den Kopf, während Dorothea Anstalten machte, ihm unter einen Arm zu greifen.

»He!«, protestierte Froelich. »Ws sll ds?«

»Entspann' dich, Gottfried!«, sagte Hilde. »Wir haben, weiß Gott, schon Aufregenderes gesehen als deinen Oberkörper.«

» …ch weiss, Schtiebch …«

»Weißt du, Gottfried, Horst Stiebich war nicht der Einzige, dem wir damals gefallen haben«, grinste Dorothea schelmisch. »Und du musst ja auch nicht alles wissen, gell Hilde?«

Hilde kicherte, dann ächzten die beiden, denn sie hatten Froelich unter den Armen gefasst und schleiften ihn nun halb sitzend, halb liegend zu einem kleinen Trog, den Dorothea aus einem anderen Kellerraum herbeigeholt hatte. Sie bugsierten Froelichs Oberkörper darüber und Dorothea drehte einen Gartenschlauch auf. Dass das Wasser kalt war, registrierte Froelich erst mit einiger Verzögerung, aber der verspätet empfundene Schreck wurde bald von dem angenehmen Gefühl abgelöst, langsam etwas klarer im Kopf zu werden.

Eine halbe Stunde später saß Froelich fröstelnd am Esstisch, zwei Badetücher um den bloßen Oberkörper geschlungen, und schlürfte eine Tütensuppe, die ihm Hilde gekocht und mit zwei rohen Eiern aufgepeppt hatte. Dorothea hatte den Cognac-Fleck im Büro aufgewischt und auch die verstreuten Büromaterialien wieder auf den Schreibtisch gelegt. Nun saßen beide Frauen links und rechts von Froelich am Esstisch und tranken Kaffee.

Auch für Froelich hatten sie eine große Tasse eingeschenkt, die schon neben dem Suppenteller dampfte.

»Danke!«, murmelte Froelich und löffelte weiter von seiner Suppe.

»Schon gut, Gottfried«, sagte Dorothea und lächelte ihn traurig an. »Wir hatten schon befürchtet, dass es dir nicht gutgehen könnte.«

»Es ist schön, wenn man Freunde hat«, schmatzte Froelich und merkte, wie ihm Tränen in die Augen stiegen.

»Na ja, Gottfried, nun wollen wir es mal nicht übertreiben!«, tadelte ihn Hilde gutmütig und grinste. »Wir machen uns nur Sorgen, ob unser Kochabend womöglich ausfallen muss. Anita kommt nicht mehr, und wenn du auch noch ausfällst, stehen wir schön blöd da …«

Dorothea wurde bleich und funkelte Hilde zornig an. »Also, Hilde, ehrlich … weißt du?«

»Nein, nein, lass nur«, warf Froelich schnell ein und legte ihr eine Hand auf den Arm. Dorothea sah verblüfft, dass Gottfried Froelich grinste. »Euer etwas rauer Charme tut mir ganz gut – und schwarzen Humor habe ich schon immer vertragen.«

»Rauer Charme«, protestierte Hilde scheinbar aufgebracht und fiel dann in das schallende Lachen von Dorothea und Gottfried ein.

Donnerstag

Inge war am frühen Abend zu ihm gekommen, und Gottfried Froelich hatte dafür ohne Bedauern seinen donnerstäglichen Kochabend abgesagt. Er würde zwar weiterhin mitmachen, aber eine kleine Pause wollte er schon einlegen. Inges Besuch, den sie am Vormittag telefonisch verabredet hatten, war dafür der ideale Vorwand.

Heute würde er zwar auch kochen, aber diesmal ausschließlich mit und für Inge Coordes. Gerade schüttete sie eine Packung Bandnudeln in den großen Topf mit Salzwasser, im Backofen verströmte eine mit Senf, Salz, Öl und Kräutern marinierte Rinderlende schon einen herrlichen Duft.

»Tja«, sagte Inge, nachdem sie die Nudeln einmal kurz umgerührt, den Rührlöffel auf den Topfrand und danach den Deckel schräg auf den Rührlöffel gelegt hatte. »Wenn dein Kochabend immer donnerstags stattfindet und du ihn heute für mich hast sausen lassen, habe ich dir allerdings eine betrübliche Mitteilung zu machen.«

Froelich sah Inge an.

»Am kommenden Donnerstag wirst du auch nicht hingehen können.«

»Ach? Und warum nicht?«

»Am kommenden Donnerstag habe ich Geburtstag und den würde ich gerne feiern.«

»Und ich bin eingeladen? Schön!«, freute sich Gottfried und strahlte.

»Ja, bist du – und zwar nur du. Da möchte ich mit dir schön essen gehen und dann sieht man ja, was uns noch einfällt.«

Froelich strahlte. Da fiel ihm schon jetzt etwas ein. Er ging zum Telefonschränkchen hinüber und kam zurück. »Schau mal«, sagte er und hielt Inge zwei Eintrittskarten und einen bunten Flyer hin. »Das haben mir Hilde und Dorothea gestern gebracht, als sie mich mit kaltem Wasser und frechen Sprüchen davor bewahrten, vollends im Selbstmitleid zu ertrinken. Es ist zwar nicht für kommenden Donnerstag, aber …«

»Magische Nacht«, stand in geschwungener Schrift auf den Karten, der Flyer wurde beherrscht von einem malerischen Foto, das zwei Gebäude von der Giebelseite her zeigte, eines mit und eines ohne Fachwerk. In stimmungsvoller Beleuchtung ragten die beiden Häuser aus der in schwarzem Schatten liegenden Landschaft, darüber wölbte sich der dunkelblau dräuende Abendhimmel, und in golden schimmernder Schrift prangte da der Schriftzug »Zaubermühle«.

»Soll gut sein«, kommentierte Froelich. »Das sind zwei Schauspieler oder Variété-Leute, so genau weiß ich das gar nicht. Die haben vor ein paar Jahren in Merklingen in einer alten Mühle ihr Theater eingerichtet.«

»Schön«, sagte Inge und sah Froelich schelmisch an.

»Ist übrigens gar nicht so leicht, an Karten zu kommen – die sind immer schnell ausverkauft.«

»Hm«, machte Inge und grinste immer noch.

»Was ist denn?«, fragte Froelich irritiert. »Ach so … Ja, natürlich gehe ich mit dir dahin und nicht mit Dorothea und Hilde.« Er lachte und Inge stieß ihm grinsend einen Ellbogen in die Seite.

»Das will ich doch schwer hoffen, wobei …«

»Wobei?«

»Woher bist du dir sicher, dass ich mitgehen will?«

»Das lohnt sich«, beteuerte Froelich und wedelte mit den Karten.

»Was steht da drauf? ›Magische Nacht‹? Hmm …« Inge schaltete den Herd aus und schob den Nudeltopf zur Seite, dann drehte sie den Regler des Backofens auf »Aus«. Froelich, der sie zunächst staunend dabei beobachtet hatte, begriff nun doch und schmiegte sich sanft von hinten an Inge, die noch vor dem Backofen stand.

Inge drehte sich um, schlang ihre Arme um seinen Hals und küsste ihn lange und leidenschaftlich. Nach und nach schmusten und küssten und streichelten sie sich ins Schlafzimmer hinüber. Da machte sich Froelich ein wenig los, hielt Inge mit beiden Händen an den Schultern fest und drückte sie auf Armlänge von sich weg. Inge sah ihn mit einer Mischung aus Überraschung, Verärgerung, Enttäuschung und Furcht an.

»Eine Bitte hätte ich aber noch …«, sagte Froelich schließlich.

»Eine Bitte? Ich bin gespannt.«

»Könntest du noch einmal für mich lachen?«

Inge blickte Froelich erst verständnislos an, dann überrascht, dann amüsiert – und schließlich lachte sie und wollte auch nicht damit aufhören, als Froelich wieder näher rückte und sie in seine Arme nahm.

In dieser Nacht schlief Gottfried Froelich das erste Mal seit vielen Jahren durch.

ENDE

Dank

Danke an alle, die sich auch seltsame Fragen gefallen ließen und die diesem Buch informative und skurrile, unappetitliche und diesmal auch ausgesprochen appetitliche Details bescherten – die Fehler, falls Sie welche finden, kreiden Sie einfach mir an.

Sollte sich jemand in diesem Buch wiedererkennen, danke ich für das (unverdiente) Lob: Wie in Krimis üblich, sind Handlung und Personen frei erfunden. Für Versuche, herauszufinden, was an den Schauplätzen real und was erfunden ist, wünsche ich viel Spaß.

Jürgen Seibold

Froelichs Rezepte

Salzkuchen

*Nach Else, Lucie und Renate (wie ihn Froelich
auf Seite 166 eigentlich im Sinn hatte)*

Zutaten:

Für den Teig: 200 g Mehl, 50 g Margarine oder Butter,
1 EL Öl, 1/8 l Milch, 1/2 Würfel Hefe, etwas Salz

Für den Belag: 300 ml saure Sahne, 200 ml süße Sahne,
2 Eier, 1 EL Mehl, etwas Salz. Nach Geschmack Rauchfleisch, Kümmel und/oder Schnittlauch

Den Teig aus den Zutaten in einer Schüssel anrühren und
durchkneten, danach das Ganze mit einem Geschirrtuch ab-
decken und an einer warmen Stelle (z. B. Backofen, 30 Grad)
eine halbe Stunde lang gehen lassen. Den Belag aus allen Zutaten anrühren. Den aufgegangenen Teig ausrollen und auf
ein gebuttertes Blech legen. Dabei sollte rundum ein Teig-
rand stehen bleiben, der dafür sorgt, dass die flüssige Belagmasse nicht abfließen kann. Den Teig mit der Gabel an einigen Stellen einstechen. Nun die Belagmasse gleichmäßig
auf dem Teig verteilen, eventuell Kümmel, Rauchfleisch
und/oder Schnittlauch aufstreuen. Und wer mag, kann auch
noch Butterflocken aufsetzen. Den Salzkuchen im vorgeheizten Backofen (möglichst Umluft) bei 180 Grad etwa
30 bis 40 Minuten lang backen. Falls sich Blasen aufwölben,
können Sie mit der Gabel an der betreffenden Stelle noch
einmal einstechen. Der Kuchen ist fertig, wenn die Belagmasse eine hellbraune Farbe angenommen hat. Danach
kommt das Schwerste: Essen Sie den Salzkuchen heiß, aber
ohne sich dabei zu verbrennen.

Dazu passt als Getränk fast alles, was nicht zu lieblich
schmeckt – stilecht wäre ein trockener Trollinger.

Putengeschnetzeltes mit Spätzle
Für 4 Personen
(oder für Froelich und einen Gast, siehe Seite 246)

Zutaten:
600 g Putengeschnetzeltes, 100 g Rauchfleisch, 1 kleine Zwiebel, Bratenfond oder Soßenwürfel, Salz, Pfeffer, Paprikagewürz, Butter, Pflanzenöl, etwas trockenen Weißwein oder Rosé, 200 ml süße Sahne, 1 TL mittelscharfer Senf, 1 TL Tomatenmark, gehackte Kräuter (z. B. Basilikum, Oregano) nach Geschmack
Für die Marinade:
20 g Knoblauch, 20 g Ingwer, 20 ml Honig, 20 ml dunkle Sojasoße, ein halber Teelöffel mittelscharfer Senf, Koriander (eher in Pulverform), Pflanzenöl.

Am Vorabend Knoblauch und Ingwer schälen, fein hacken und dann mit den anderen Zutaten der Marinade verrühren. Idealerweise schmeckt man in der fertigen Marinade die Sojasoße etwas stärker und den Honig etwas schwächer. Das Putengeschnetzelte mit der Marinade vermischen und abgedeckt in den Kühlschrank stellen. Wer mag, kann am Vorabend einen Bratenfond (Fleischknochen, Zwiebeln, Sellerie etc.) ansetzen – oder sich am folgenden Tag auf fertige Fonds oder auf Soßenwürfel verlassen.

Am Kochabend Salzwasser für die Spätzle aufsetzen. Das Fleisch in ein Sieb gießen, die abtropfende Marinade in einer Schüssel auffangen. Die Zwiebel schälen und die Zwiebel und das Rauchfleisch nach Geschmack grob oder fein schneiden oder hacken. Butter und Öl in einer hohen Pfanne mäßig erhitzen, bis die Butter zerlaufen ist. Dann darin Zwiebel und Rauchfleisch leicht anschwitzen, danach das Fleisch dazugeben und bei mittlerer Hitze unter wiederholtem Wenden vorsichtig anbraten (damit Knoblauch und Ingwer, die noch am Fleisch hängen, nicht schwarz werden).

Ablöschen mit Wein und Bratenfond (oder Wasser und So-ßenwürfel zugeben), dann die übrigen Zutaten (ohne die Sahne) einrühren. Nach Geschmack würzen, mit der Marinade abschmecken und bei mittlerer Hitze etwas reduzieren.

Nun ist Zeit, die Spätzle durchzudrücken oder zu schaben, eventuell Beilagengemüse (Karotten, Kohlrabi) zu blanchieren und mit etwas Butter und/oder geriebenem Parmesan anzurichten. Danach die Sahne unter die Soße rühren, eventuell die Soße noch eindicken und nach Geschmack eine kleine Prise Muskat oder eine sehr kleine Prise Zimt zugeben – fertig.

Dazu passt der für die Soße verwendete Wein.

Marinierte Rinderlende
Für 4 Personen (oder für Froelich und einen Gast, siehe Seite 273)

Zutaten:

600 g Rinderlende (oder eine ganze, damit leckerer Rest für den nächsten Tag bleibt), 2 große Zwiebeln, 2 Knoblauchzehen, 2 TL Tomatenmark, Mehl, Pflanzenöl, Gewürze nach Geschmack

Für die Marinade:

1 TL mittelscharfer Senf, reichlich Salz, 1 Knoblauchzehe, Pflanzenöl (wenn Sie eine ganze Lende nehmen, verdoppeln Sie einfach die Menge der Zutaten)

Am Vorabend die Marinade aus der gehackten Knoblauchzehe und den anderen Zutaten anrühren. Die Marinade sollte nicht viel flüssiger als eine dünne Paste und leicht versalzen sein. Die Lende waschen. Ein kleines Endstück (50 bis 100 g) von der Lende abschneiden und kühl stellen, den Rest der Lende mit der Marinade einreiben, in Alufolie wickeln und kühl stellen.

Am nächsten Tag die Rinderlende in der geschlossenen Alufolie auf ein Backblech oder in eine Auflaufform legen

(Gitter reicht nicht, es kann tropfen) und bei 180 Grad in den vorgeheizten Backofen (Umluft oder Ober- und Unterhitze) geben.

Zwiebeln in halbe Ringe schneiden, Knoblauch klein hacken, das abgeschnittene Lendenstück in halber Gulaschgröße würfeln. Pflanzenöl in einer tiefen Pfanne erhitzen und darin das Fleisch und die Zwiebeln scharf anbraten. Gegen Ende den Knoblauch kurz mitbraten und das Tomatenmark dazugeben. Mehl einstreuen und verrühren, bis alle Flüssigkeit gebunden ist. Die Masse immer wieder umrühren und dabei hellbraun anschwitzen, dann die Pfanne vom Herd nehmen und unter ständigem Rühren vorsichtig erst sehr wenig, dann immer mehr Wasser zugeben, bis die gewünschte Soßenmenge erreicht ist. Danach aufkochen und nach Geschmack würzen, eventuell mit etwas Wein und/oder Sahne abschmecken. Wer die Soße feiner haben will, kann sie abseien.

Nach etwa 50 bis 60 Minuten die Alufolie, in der die Lende gart, oben einen Spalt breit öffnen. Nach weiteren 25 bis 35 Minuten ist die Lende gar – je nachdem, wie durchgebraten Sie das Fleisch mögen. Nehmen Sie die Lende aus dem Backofen und lassen Sie das Fleisch zugedeckt noch 5 Minuten ruhen.

Dazu passen Bandnudeln, Brokkoli und ein kräftiger Rotwein oder ein würziges Bier.

Wenn Sie während der Garzeit den Backofen ausschalten, wie es Ingeborg Coordes auf Seite 275 tut, sollten Sie dafür einen guten Grund haben: Dem Fleisch tut es nicht gut.

Die Landfrauen-Rezepte

Die im Krimi verwendeten Landfrauen-Rezepte stammen aus dem Buch »**Unsere Lieblingsrezepte. Gießbert kocht mit den LandFrauen**« von Martin Born, erschienen im Silberburg-Verlag.

Erster Kochabend (ab Seite 64):
Zwiebelkuchen (Unsere Lieblingsrezepte, Seite 66)

Zweiter Kochabend (ab Seite 123):
Maultaschen (Unsere Lieblingsrezepte, Seite 14)

Dritter Kochabend (ab Seite 161):
Nonnenfürzle (Unsere Lieblingsrezepte, Seite 21)

Vierter Kochabend (ab Seite 186):
Remstäler Schneckensuppe (Unsere Lieblingsrezepte, Seite 6)
Schwabentopf (Unsere Lieblingsrezepte, Seite 18)

Martin Born:
Unsere Lieblingsrezepte.
Gießbert kocht
mit den LandFrauen.
Illustriert von Sepp Buchegger.

112 Seiten, zahlreiche farbige
Abbildungen, fester Einband.
ISBN 978-3-87407-710-1

Ein Schwäbischer-Wald-Krimi

In Ihrer Buchhandlung

Jürgen Seibold

Endlich ist er tot

Ein Schwäbischer-Wald-Krimi

Bauer Greininger, Mitte fünfzig, ledig und allseits unbeliebt, liegt tot vor seiner Scheune. Ermordet. Niemand im ganzen Wieslauftal trauert um ihn. Und bald hat die Polizei mehr Tatverdächtige, als ihr lieb ist. Kommissar Schneider, aus Karlsruhe zugezogen, hatte sich seinen Start in der Kripo-Außenstelle Schorndorf leichter vorgestellt. Aber nicht nur die Polizei sucht nach dem Mörder ...

288 Seiten. ISBN 978-3-87407-762-0

Silberburg-Verlag

www.silberburg.de

Ein Remstal-Krimi

In Ihrer Buchhandlung

Jürgen Seibold

Endlich Richtfest

Ein Remstal-Krimi

In einem Schorndorfer Baugebiet wird ein Aushubunternehmer tot unter der Schaufel seines Baggers gefunden. An der Hydraulik wurde manipuliert und am Fundort gab es offenbar einen Kampf. Unglück oder Mord? Die Kommissare Schneider und Ernst ermitteln wieder …
Ein fulminanter Krimi und zugleich eine abgründige Milieustudie aus der Welt der Häuslesbauer.
288 Seiten. ISBN 978-3-87407-799-6

www.silberburg.de

Ein Tübingen-Krimi

In Ihrer Buchhandlung

Michael Wanner

Tot-geschrieben

Ein Tübingen-Krimi

Die kurdische Studentin Ayfer liegt tot in ihrem Zimmer, gestorben nur wenige Minuten, bevor sie von ihrer Professorin gefunden wird. Ein Schleier ist um ihr Haupt drapiert, in der Mülltonne finden sich Dessous, die nicht recht zum Inhalt des Kleiderschranks der Toten passen wollen. Hanna Kirschbaum, Professorin für Literaturwissenschaft, kann den Tod ihrer begabtesten Studentin nicht auf sich beruhen lassen ...

256 Seiten. ISBN 978-3-87407-773-6

www.silberburg.de

Ein Tübingen-Krimi

In Ihrer Buchhandlung

Ulrike Mundorff
Efeuschlinge
Ein Tübingen-Krimi

Holger Krause, Student der Altorientalistik und freier Journalist beim Schwäbischen Tagblatt, ist tot. Seine Leiche lag kunstvoll – wie ein rituelles Opfer – drapiert in der Nähe eines beliebten Wanderparkplatzes im Schönbuch. Dieser Mord und der mysteriöse Tod mehrerer Schafe in der Umgegend: die taffen Kommissarinnen Birgit Wahl und Carolynn Baumann stehen vor mehreren Rätseln zugleich. Den Ausschlag zur Lösung des Falles gibt letztlich Birgits abgebrochenes Biologiestudium ...
208 Seiten. ISBN 978-3-87407-830-6

www.silberburg.de

Ein Taubertal-Krimi

In Ihrer Buchhandlung

Wolfgang Stahnke

Der schwarze Fluss

Ein Taubertal-Krimi

Dr. Markus Ulshöfer, ein angesehener Facharzt aus Bad Mergentheim, ist verschwunden. Tage später wird er im Wald gefunden – von einem morschen Hochsitz gestürzt und überdies mit seiner eigenen Flinte erschossen. Ein Jagdunfall? Hans-Ulrich Faber ist skeptisch. Der Lokalredakteur der Tauber-Post und seine junge Kollegin Sylke Hebenstreit sind rasch vor Ort ...

Ein abgründiger Psycho-Krimi vor der idyllischen Kulisse des Taubertals.

320 Seiten. ISBN 978-3-87407-801-6

Silberburg-Verlag

www.silberburg.de

Ein Oberschwaben-Krimi

In Ihrer Buchhandlung

Helene Wiedergrün

Apollonia Katzenmaier und der Tote in der Grube

Ein Oberschwaben-Krimi

Mit Scharfsinn und Hartnäckigkeit gelingt es der alten Dorfhebamme, den Hintergrund eines Verbrechens aufzuspüren. Doch bevor sie sich ihrer Nichte Apollonia anvertrauen kann, sackt sie bewusstlos zusammen ... Helene Wiedergrün fesselt den Leser im Spannungsfeld zwischen Glaube und Aberglaube, zwischen Wahrheit und Lügen vor der Kulisse des ländlichen Oberschwabens.
208 Seiten. ISBN 978-3-87407-721-7

www.silberburg.de

Ein Ulm-Krimi

In Ihrer Buchhandlung

Manfred Eichhorn

Frei zum Schuss

Ein Ulm-Krimi

Kathrin Freudenberg, umstrittene Präsidentin des Ulmer Sportvereins, hat zu viel riskiert. Wenige Stunden nach dem Anpfiff der Fußballweltmeisterschaft in München schwimmt ihre Leiche in der Donau. Hauptverdächtiger ist Bobo Müller, Leiter des Dezernats für Wirtschaftskriminalität. Klaus Lott übernimmt die Leitung der Soko. Lotts Ermittlungen beginnen schleppend. Doch dann geschieht ein zweiter Mord, ausgerechnet in Söflingen, am Ort seiner Kindheit. Jetzt wird dieser Fall für ihn zur Begegnung mit der Vergangenheit. Er gerät in ein mörderisches Spiel …

256 Seiten. ISBN 978-3-87407-802-3

www.silberburg.de